나는 행복을 포기했다

·**일러두기**

저자의 집필 의도에 따라 인물명은 현지 발음에 맞춰 표기하였습니다.

세 상 이
말 하 는
성 공 이
부 질 없 다 고
느 껴 질 때

나는 행복을 포기했다

김천균 지음

책들의정원

사랑하는 딸 샘물과 아들 륜에게

진정한 행복을 찾아서…

누구나 '무엇을 위해 살 것인가'에 대해 고민을 하지만 살기 바빠서 이 질문에 대한 명확한 답을 내리지 못하고, 별생각 없이 지나쳐버 릴 때가 많다. 하지만 삶의 어느 순간 심각하게 고민하게 될 때가 있다. 숨이 꽉 막히거나, 더 이상 숨을 쉬고 싶지 않은 순간, 그토록 무언가를 위해 열심히 살아왔는데 다 소용이 없다고 느껴질 때, 그 리고 세상에서 말하는 성공이 다 부질없는 것으로 느껴지고 희망 이 없다고 느껴질 때 무엇을 위해 살아야 하는지 고민하게 된다.

우리 삶의 목적이 '행복'에 있다는 생각이 자리 잡으면 행복에 이 르는 조건들을 충족시키는 데 집중하면서 살게 된다. 돈, 건강, 인 기, 권력, 명성, 명예, 학식, 가족, 인간관계 등의 행복 조건을 이루는 데에는 어려움이 많이 따르지만, 이 조건을 성취한다 해도 반드시 행복하지는 않다는 것을 경험하게 된다. 행복은 좇으면 좇을수록 오히려 멀어지게 된다. 마치 무지개를 잡으려고 하면 할수록 멀어지듯이. 행복 추구를 포기하면 역설적으로 행복이 다가온다. 세상이 말하는 성공을 포기하면 진정한 의미의 성공이 다가온다.

우리가 진정 필요로 하는 것은 지속 가능한 행복이다. 삶의 상승과 추락에 관계없이 유지되는 행복, 상황과 조건에 관계없이 유지되는 행복, 그리고 감정의 변화나 욕망의 충족과는 상관없이 지속되는 행복이 필요하다. 지속 가능한 행복은 우리가 의미 있는 삶을 살아갈 때 보너스로 주어지는 선물이다. 행복이라는 목표를 향해 경주하기보다는 의미 있는 삶을 하루하루 충실하게 살아갈 때 우리는 진정한 의미의 행복을 느끼게 된다. 삶의 목적은 본연의 자신이 되어 의미 있는 삶을 사는 것에 있다. 의미 있는 삶은 인격적으로 성숙해져서 다른 사람들의 삶과 사회에 가치를 더하는 삶이다. 자신의 삶의 목적과 의미를 깨닫고 자기 자신을 뛰어넘어 무언가 가치 있는 것을 창조하고 개척해 나가는 것이 최고의 삶이요, 진정한 행복이자 성공이다.

　이 책은 '무엇을 위해 살 것인가'라는 근본적인 질문에 대한 해답으로, 의미 있는 삶을 찾아 떠나는 수업이다. 나는 수업을 이끌어가는 강사로서, 그리고 스토리텔러로서 우리가 알고 있는 유명한 인물이나 사건을 예시로 들어 이야기하고, 학자들의 여러 가지 이론과 의견을 소개한다. 아주 가끔은 내 개인적인 이야기도 하게 된다. 이 여행에서 많은 지혜와 통찰이 함께하기를 소망한다.

2019년 7월

뉴욕에서 김천균

Contents

part 3

의미 있는
삶을
찾아서

part 4

피어나는
꽃이
지기 전에

왜 살아야 하는지 인생의 의미를 아는 사람은

어떻게 해서든지 살아 나갈 수 있다.

— 프리드리히 니체

지상에

남아 있는

시간

미국의 요양원은 한국의 요양원처럼 연세 많은 노인들이 같은 공간에서 여러 가지 편의시설을 편리하게 이용하면서 적절히 의료진의 도움을 받을 수 있는 곳이다. 그러나 다른 측면에서 보면 별 의미 없이 하루하루 무료한 시간을 죽을 때까지 보내게 되는 장소이기도 하다. 많은 사람이 요양원, 실버타운에 대한 환상을 가지고 있기도 하다. 하지만 현실은 그렇게 낭만적이지 않다. 뉴스에서는 요양원에서 의료진의 학대로 사망하거나 치명상을 입은 노인에 대한 사건이 보도되기도 한다. 하버드 의과대학 출신인 내과의사 빌 토머스*Bill Thomas*는 희망이 보이지 않은 노인 요양원을 어떻게 혁신시켰는지를 잘 보여준다.

빌 토머스는 어린 시절에는 그다지 성적이 뛰어난 학생이 아니었다. 대신 남다른 생각으로 선생과 동료 학생들을 놀라게 하는 학생이었다. 하버드대학교 의과대학원을 졸업하고 수련의 과정을 뛰어난 성적으로 이수한 그는 놀랍게도 뉴욕 같은 대도시의 이름 있는 병원을 마다하고 고향으로 내려가 동네요양원의 내과의사를 자청하며 새로운 실험을 하게 된다.

요양원에 거주하는 노인들은 사실 외롭고 우울하고 지루하고 희망이 보이지 않는 생활을 하고 있었다. 토머스는 어떻게 하면 이들을 변화시킬 수 있을까 고민하게 되었고, 우선 요양원 환경을 바꿔야겠다고 마음먹었다. 요양원 노인들에게 개, 고양이, 새 같은 반려동물을 허용하고, 방마다 조화 대신 살아있는 식물을 배치하였다. 그리고 직원 가족, 아이들, 친구들이 방문하여 요양원 정원과 놀이터에서 놀며 시간을 보내게 했다.

경영진과 직원들의 강한 반대에 부딪히기도 했지만 강행하였고, 시간이 지나면서 요양원 노인들의 사망률과 질병 감염률이 떨어지고 약의 복용률도 떨어지는 놀라운 사실을 발견하게 된다. 작은 변화들이 노인들이 삶에 대한 생각과 행태에 변화를 가져온 것이다.

> 사람으로서 살아갈 이유를 알게 되는 것이 가장 중요하다.
> 요양원에서 인간적인 새로운 변화들이 그들에게 살아갈 이유를 제공한 것이다.
> — 아툴 가완디Atul Gawande, 《어떻게 죽을 것인가Being Mortal》 중에서

코네티컷주의 한 노인 요양원에서도 이와 유사한 실험이 있었다. 실험은 하버드대학교의 심리학과 교수인 엘렌 랭어*Ellen Langer*에 의해 다음과 같이 진행되었다.

> **실험 집단**: 자신이 원하는 화초를 키우도록 하고 자신과 관련되는 일에서도 스스로 선택하고 책임지고 결정할 기회를 부여.
>
> **통제 집단**: 화초를 키우는 것을 허용하지 않고 자신과 관련되는 일에서도 스스로 선택하고 책임질 기회를 박탈.

실험 결과는 놀랍게도 실험 집단에 있는 노인들의 사망률이 통제 집단에 있는 노인들보다 절반 이하였으며, 훨씬 활동적이고 정신 상태도 좋았다.

> 요양원이라는 제한된 공간이라도 스스로 선택하고 책임지고 통제할 수 있는 기회가 주어졌을 때 인간으로서 존재 이유를 상기시켜주고 인간으로서 품격을 고양시켜주는 것을 보여준다.
>
> — 엘렌 랭어, 《마음챙김*Mindfullness*》 중에서

인간으로서 존재 이유를 알기 위해서, 그리고 의미 있는 삶을 찾아 떠난 나의 여정은 길고 길었다. 끝이 보이지 않는 터널과 같았다. 반평생, 아니 평생이 걸렸다. 그렇다고 해답을 얻었다고 하면, 과장된 표현일 것이다. 초등학교 때가 그리울 때가 있다. 운동을 좋아하고 친구들과 아무 생각 없이 뛰어놀던 시절이니, 미래가 어떻게 펼쳐질지 걱정 없이 지낼 수 있었다.

중학교 1학년 때, 항상 곁에 있을 것만 같았던 할아버지가 폐렴으로 돌아가시는 고통스러운 장면을 지켜보는 것으로부터 나의 끝없는 방황이 시작되었다. 윌리엄 셰익스피어*William Shakespeare*, 헤르만 헤세*Hermann Hesse*, 레프 톨스토이*Lev Tolstoy*, 표도르 미하일로비치 도스토옙스키*Fyodor Mikhailovich Dostoyevsky* 같은 대문호들의 작품들을 읽으면서, 밤하늘의 별들을 세면서 중학교 생활을 보냈다. 그 후 아르투어 쇼펜하우어*Arthur Schopenhauer*, 프리드리히 니체*Friedrich Nietzsche* 같은 철학자들의 책들에 빠져들었지만, 친형의 권유로 기독교에서 위안을 얻으며 고등학교 생활을 보냈다.

스스로 성직자가 될 만큼 신앙심이 깊지 않다고 판단하여, 대학원에 진학하고 대기업을 다니다 뉴욕으로 유학을 떠났다. 그렇다고 해서 공부를 잘하는 모범생과는 거리가 멀었기 때문에 살아남기 위해 치열하게 공부하는 수밖에 없었다. 그러는 동안 나 자신과는 너무도 다른 환경과 문화에서 사는 서양 사람들은 무엇을 위해 어떻게 살아가는지 살펴보았다. 비록 정치학을 공부했지만, 정치학도 인간에 관한 학문이다. 강산이 몇 차례 변할 시간 동안 미국에서 생활하면서 나와는 다른 사람을 많이 만나 이야기하고 배우고 경험했다. 인간의 존재 이유는 무엇인지, 우리의 목적은 무엇인지, 그리고 의미 있는 삶은 무엇인지를 항상 생각하고 고민하였다.

누구에게나 단 한번만 주어진 소중한 삶, 그리고 누구에게나 언젠가는 다가올 죽음 앞에서 후회하지 않고 가치 있는 삶을 살기 위해서는 우리 삶의 목적이 무엇이고 진정 의미 있는 삶이 무엇인지를 살펴볼 필요가 있다. 자신의 목적과 방향을 알고 자신의 존재이유와 의미를 실현하고자 하는 것은 머나먼 여정을 떠나 망망대해를 항해하는 모든 사람들의 근본적인 출발점일 것이다.

chapter 1

당신에게
시간은
얼마나
남았나

현재 미국에서 가장 큰 사회적, 의학적 이슈 중의 하나는 우울증이다. 미국 청소년의 약 3분의 1이 우울증에 시달리고 있으며 그 비율은 갈수록 높아지고 있다. 성인과 대학생들뿐만 아니라 중·고등학생들도 우울증에 시달려 술, 마약, 약물에 중독되거나 스스로 목숨을 끊는 경우가 허다하다. 자살률은 갈수록 높아지고 있다.

〈죽은 시인의 사회*Dead Poets Society*〉 등 많은 영화에서 우리를 웃기기도 눈물 짓게도 만든 영화배우이자 코미디언이며 〈굿 윌 헌팅 *Good Will Hunting*〉으로 아카데미 남자주연상을 받은 로빈 윌리엄스*Robin Williams*가 캘리포니아 자택에서 목을 매 숨졌을 때, CNN 인기 프로그램이자 에미상 수상작인 〈앤서니 보데인: 파츠 언노운*Anthony Bourdain: Parts Unknown*〉에서 세계 곳곳을 다니면서 음식뿐만 아니라 다양한 문화와 전통을 소개하던 앤서니 보데인*Anthony Bourdain*이 촬영을 마친 후 프랑스 호텔에서 목숨을 끊었을 때, 그리고 유명 패션 디자이너 케이트 스페이드*Kate Spade*가 뉴욕 아파트에서 목을 매 자살했을 때, 많은 사람이 슬픔에 잠겼다.

이탈리아 출신의 잔니 베르사체*Gianni Versace*는 베르사체*Versace*라는 명품 브랜드를 진두지휘하는 세계적인 패션 디자이너였다. 그는 예술적이고 화려한 디자인으로 슈퍼모델 붐을 이끌기도 했다. 1997년 7월 16일 아침, 플로리다 마이애미 비치 맨션에서 연쇄살인범 앤드루 커내넌*Andrew Cunanan*의 총에 맞아 죽었다. 미국 전역은 믿을 수 없는 큰 충격에 빠졌다. 범인은 자살로 생을 마감했다. 두 사람은 예전에 몇 번 만났다는 이야기도 있지만, 베르사체의 가족들은 두 사람이 일면식도 없다고 했다. 범행 동기도 뚜렷하지 않았다. 한동안 매스컴은 온통 그의 살인 사건으로 채워졌다.

2017년 10월 1일 밤 10시경, 한 남성이 라스베이거스의 만달레이 베이 호텔 32층 방에서 호텔 반대쪽에 있는 야외공연장에서 열리는 컨트리 뮤직 페스티벌 현장을 향해 10여 분간 총기를 난사한 사건이 있었다. 무려 58명이 죽고 500명 이상이 다친 미국 역사상 최악의 총기 난사 사건이었다. 범인은 64세 백인 남성인 스티븐 패덕*Stephen Paddock*이다. 그는 호텔 방으로 무려 23정의 총기를 들여와 난사하다 현장에서 스스로 목숨을 끊었다. 평소에 도박을 즐기던 그는 회계사로 일하며 부동산업으로 수십억의 자산과 여러 채의 건물을 소유한 중산층이었다. 전과도 없었고 정부 기관에 주의 인물로 올라간 적도 없었다. 많은 조사가 이루어졌지만, 그가 왜 이런 끔찍한 일을 저질렀는지 뚜렷한 범행 동기를 찾아내지 못했다.

미국에서는 정신병을 앓고 있거나 인간과 사회를 혐오하는 사람들이 학교, 직장, 극장, 식당, 거리에서 아무런 이유 없이, 아무런 연고도 없는 사람들에게 묻지마 범죄처럼 총으로 대량 학살하는 경우가 빈번히 발생하고 있다. 유명 인사이든 평범한 사람이든, 젊은 사람이든 늙은 사람이든, 잘 사는 사람이든 못 사는 사람이든, 학식이 많든 적든지에 상관없이 삶에 회의를 느끼고 스스로 목숨을 끊거나 타인의 생명을 빼앗는다. 인간적으로나 사회적으로나 그 손실과 아픔은 막대하다. 비록 치료약이 많이 발전하였지만, 사람들이 우울증에 빠져 자살하거나 타인의 생명을 빼앗는 것을 근본적으로 막지 못하고 있는 실정이다. 많은 연구에서 보여주듯이, 자신의 삶이 무의미하다고 생각하거나 삶의 공허함을 느끼는 사람들은 우울증에 걸리거나 약물 또는 마약 중독에 빠지거나 공격적인 행동을 하게 된다. 극단적으로는 자살을 하거나 타인의 목숨을 빼앗는다.

한국은 OECD 국가 중 자살률 1위이고, 한국 청년층에서는 사망률 1위가 자살이라고 한다. 자살은 많은 경우 우울증에서 비롯된다. 우울증은 여러 가지 환경적인 요인과 유전적인 측면도 있지만, 자신의 삶을 부정적으로 보는 정신적인 측면이 강하게 작용한다. 하지만 내과 의사 빌 토머스가 시도했듯이, 우리를 둘러싼 환경을 조금만 변화시키면 자신이 살아야 할 이유를 다시 생각하게 될 수도 있다. 그리고 자신의 목적을 다시 발견하게 될 수도 있다. 삶의 마지막 단계에 있는 사람일지라도, 이제 삶을 정리하거나 삶을 포기하려는 사람들일지라도 '살아갈 이유'를 알게 되면 마지막 순간까지 자신의 삶을 긍정적으로 바라보고 남은 삶을 즐길 수 있을 것이다.

소중한 삶
....

'왜 살아야 하는지'와 같은 '삶의 의미' 또는 '삶의 목적'을 규정하는 것은 간단해 보이면서도―예를 들면 꿈을 성취하기 위해, 나와 가족의 행복을 위해, 더 나은 사회를 만들기 위해, 아니면 오늘 밥 한 끼를 맛있게 먹고 따뜻한 햇볕 아래서 파란 하늘을 보기 위한 것 등―그렇게 간단하지 않으며 사람의 숫자만큼 그 의미는 다양하다. 인류의 역사는 이러한 질문에 답하기 위해 수많은 종교, 사상, 예술들이 여러 가지 모습으로 접근해 해답을 주려고 했지만, 모두에게 설득력이 있는 답은 존재하지 않았다. 혹자는 하루하루 살아가는 것에 의미를 부여할 뿐, 정답이 없는 질문에 시간을 소모할 필요가 없다고 말하기도 한다. 혹자는 이 지상에서 아무리 많은 것을 이룬들 삶의 의미를 추구하고 발견하지 못하면 아무런 의미가 없다고 단호히 말하기도 한다.

> 죽어 가는 사람들은 자신의 육체는 사라질 것이고 더 이상 육체를 가진 존재로 이 세상에 살아갈 수 없다는 것을, 신앙이 있어 사후세계에 부활을 믿든 신앙이 없어 그런 것을 믿지 않든, 고민하게 되고 죽어 가는 순간까지 이러한 현실을 매일 매일 직면하게 된다.
>
> — 케리 이건, 《살아요On Living》 중에서

하버드대학교에서 신학을 공부했던 케리 이건Kerry Egan은 의미를 발견하거나 의미를 만들려고 하는 시도는 영적인 삶에 있어 가장 중심적인 임무라고 말한다. 그녀는 한때 호스피스로 일했었는데, 그때 많은 사람의 죽음을 지켜보면서 그들의 이야기를 들어주었다. 그녀는 죽음을 앞두고 얼마 남지 않은 마지막 순간을 살아갔던 환자들을 잊지 못한다. 이 지상을 떠나는 사람들과 이 지상에서 마지막 순간을 보내는 사람들, 그리고 현재를 살아가는 우리 모두 '어느 순간에' 지나온 삶을 돌이켜보며 자신의 삶이 의미가 있었는지를 생각하게 된다.

질병이나 사고, 또는 연로해서 죽음을 앞둔 사람들, 그리고 죽음으로 소중한 가족을 떠나보내는 사람들은 이루 말할 수 없는 심리적 고통을 겪는다. 당장 죽어 가는 사람 중에는 죽음의 공포와 고통에 시달리기도 한다. 죽음을 옆에서 지켜보는 가족들은 평생 가슴속에 시퍼런 멍이 남아 괴로워한다. 영국에서 심리 치료사로 활동 중인 줄리아 새뮤얼*Julia Samuel*은 죽음을 앞두고 있거나 죽음으로 고통받는 사람들과 그 가족들을 위로하며 심리 치료를 하고 있다. 그녀는 많은 사람을 상담하며 경험해보니, 살면서 꽤 충격적인 사건을 경험한 사람들은 삶에서 진정 무엇이 중요한지를 깨닫고 이전과는 달리 돈과 사회적 지위보다는 삶의 의미와 사람들과의 관계에 가치를 두게 된다고 한다.

> 자신의 삶이 의미 있다고 믿는 것은 행복을 결정하는 중대한 요인이며 어떠한 역경도 이겨내게 한다. 자신이 의미 있는 존재이며 자신의 삶에 만족하는 사람들은, 그리고 자신을 존중하고 사람들과 좋은 관계를 유지한 사람들은 죽음의 공포를 덜 느낀다.
>
> — 줄리아 새뮤얼, 《슬픔의 작동*Grief Works*》 중에서

삶은 의미 있고, 자신은 가치 있는 소중한 존재라는 생각, 즉 자존감Self-Esteem은 죽음의 공포와 죽음으로부터의 불안에 대한 면역력을 키워준다. 미국 심리학자 솔로몬, 그린버그, 피진스킨에 의하면, 모든 인간 행동의 배후에는 '우리는 결국 언젠가는 죽는다'는 생각이 자리 잡고 있지만 인간은 이 지상에 존재한 이후, 각종 의례, 예술, 신화, 종교를 통해서, 그리고 가족, 명성, 돈, 물질, 정의, 대의명분 추구를 통해서 죽음의 공포를 잊거나 죽음을 넘어 영원히 죽지 않는 불멸을 추구한다. 그들은 문화적 세계관과 더불어 자존감이야말로 죽음의 공포에 적절히 대응하도록 한다며 '공포관리이론Terror Management Theory'을 제안한다.

그들은 우울증을 비롯하여 각종 정신병, 중독, 그리고 자살의 배후에는 죽음의 불안이 자리 잡고 있으며 자존감이 강한 사람일수록 정신질환에 걸릴 가능성이 낮고 죽음을 덜 두려워한다는 것이다. 실존주의 심리치료는 환자가 자존감을 회복할 수 있도록 자기 삶이 의미 있고 가치 있다는 생각을 가질 수 있게 돕는 데 역점을 둔다. 거창하고 추상적인 이론보다는 비교적 덜 거창하더라도 자기 삶의 중요한 대상에 관심을 갖게 하고, 사소하지만 우리에게는 삶의 중요한 측면이 언제나 존재함을 상기시키도록 한다.

36세의 나이에 폐암 말기 진단을 받고 죽음을 앞두기 전까지 폴 칼라니티Paul Kalanithi는 미래가 전도유망한 의사였다. 그는 스탠퍼드대학교, 케임브리지대학교, 예일대학교의 의과대학을 졸업하고 스탠퍼드대학병원에서 신경외과 레지던트 마지막 수련의 과정을 밟으며 박사 후 연구원으로 있었으며, 여러 대학에서 교수 자리를 제안받는 등 장밋빛 미래를 꿈꾸며 살아가고 있었다. 하지만 갑작스럽게 찾아온 사망 선고로 죽음을 눈앞에 두고 보니, 그는 이 지상에서 우리에게 주어진 한정된 시간이 얼마나 소중한지, 가족과 함께 보내는 시간이 얼마나 중요한지를 깨닫게 되었다. 그리고 의사가 아닌 환자가 되어 병원에 입원해 치료를 받아보니 환자의 입장에서 병원이 얼마나 힘들고 불편한 곳인지 알게 되었다.

칼라니티는 〈나에게 시간은 얼마나 남았나?〉라는 제목으로 《뉴욕 타임스*The New York Times*》에 기고했던 에세이를 포함한 《숨결이 바람 될 때*When Breath Becoms Air*》라는 책을 펴내 많은 이들에게 감동을 주었다. 이 책에는 인간 생명의 유한함, 삶과 죽음의 의미, 가족의 소중함, 의사가 아닌 환자의 입장에서 본 의술 등을 진솔하게 담겨 있어 많은 독자에게 큰 반향을 일으켰다. 연명 치료를 거부하고 병마와 사투를 벌이며 얼마 남지 않은 가장 아깝고 소중한 시간에 그의 삶과 생각을 정리한 것은, 세상에 남겨진 가족에게 주는 그의 마지막 선물이었다.

우리는 '내일도 태양이 뜬다'며 당연히 내일이 올 거라 생각하지만 내일은 나에게 더 이상 존재하지 않을 수 있다. 마지막 하루는 누구에게나 언젠가는 찾아온다. 오늘은 누구에게는 너무도 살고 싶은 하루일 수 있다. 당연한 하루라 생각하지만 더 이상 존재하지 않을 하루를 생각하면 오늘 하루가 너무도 소중하다. 오늘 하루를 절실하게 느끼고 만끽할 필요가 있다. 일상생활이 반복적으로 바쁘게 돌아가더라도 가끔씩 우리는 이 지상에서 남아 있는 시간이 얼마나 되는지 자신에게 물어보고, 남아 있는 시간에 무엇을 해야 하는지, 무엇이 의미가 있는지 자신의 마음을 헤아려볼 필요가 있다. 그리고 그 시간을 자신에게 가장 의미 있는 것으로 채워 나가야 한다.

의미를 추구하려는 의지

오스트리아 빈 태생의 정신분석 의학자 빅터 프랭클*Victor Frankl*은 빈대학교에서 의학을 전공하는 동안 정신분석학의 대가인 지그문 트 프로이트*Sigmund Freud*와 알프레드 아들러*Alfred Adler*에게서 배웠다. 그 리고 신경정신과 수련의 동안 자살 성향이 있는 여성 3만 명 이상 을 치료했으며, 이후 빈에 병원을 개업한 장래가 촉망되는 정신의 학자였다. 그러나 그는 나치가 오스트리아를 침공한 후 유대인이 라는 이유로 체포되어 아우슈비츠 수용소에 끌려갔고 누이를 제외 한 가족 모두를 잃었다. 부모와 형, 아내, 그리고 두 아이까지.

인간으로서 상상할 수 없는 무자비한 학대를 당하면서도 어떻게든 살아남으려는 수용수의 에고이즘을 마주한 그는 인간다운 품위를 지켜내기 위한 정신적인 투쟁을 하게 된다. 그는 말한다. "산다는 것은 고통을 당하는 것이고 살아남는다는 것은 고통을 당하는 속에서 의미를 찾는 것이다." 프리드리히 니체가 먼저 비슷한 말을 남겼다. "산다는 것은 고통받는 것이요, 살아남는다는 것은 고통 속에서 의미를 발견하는 것이다."

프랭클은 수용소 생활을 통해 모든 형태의 삶에서, 설사 너무나 잔혹한 상황에 놓여 있더라도 삶의 의미는 있으니 의미를 발견하는 것이 중요하며—역설적으로 여건이 어려워지면 어려워질수록 삶에 의미가 있으며 별 보람이 없어 보이는 자기희생도 의미가 생긴다—의미 발견은 어떠한 고통도 극복하도록 이끈다고 했다. 고난은 희생의 의미와 같이 그 의미를 발견하는 순간 어느 점에 있어서 고난은 고난이 되기를 그친다. 용감히 고난을 겪음으로써 인생은 최후의 순간까지 의미를 갖는 것이며 문자 그대로 최후까지 의미를 지니기 때문에 인생의 의미는 무한하다고 강조한다.

프랭클은 수많은 무고한 사람들이 최악의 상황에서 죽음을 맞이하는 광경을 목격했다. 다행히도 기적적으로 수용소에서 살아남아 수용소 생활의 경험을 바탕으로 인간 생존의 의미 추구를 강조하는 '의미를 지향하는 의지*Will to Meaning*'라는 의미치료법 *logotheraphy*을 주창하여 실존 분석학에 크게 기여하였다. 인생의 참 의미는 폐쇄된 '인간의 내부나 영혼에서 보다는 세계 자체에서' 그리고 인간 존재의 참 목적은 '자기실현보다는 자기 초월'에서 찾을 수 있다고 했다. 왜냐하면 인간은 노력하면 노력할수록 더 모자라는 것을 느끼게 되지만, 자기 인생 의미의 충족에 자신을 맡기는 정도와 비례하여 자기실현을 할 수 있다. 그리고 자기실현은 그 자체가 목적이 되면 달성할 수 없고 자기 초월의 부산물로써만 달성이 가능하기 때문이다.

> 인간의 주요 관심사는 쾌락을 얻거나 고통을 피하는 것이 아니라 자기 인생의 의미를 깨닫는 것이다. 우리에게 본질적으로 필요한 것은 삶에 의미를 부여해주는 만족감과 사명감이다.
>
> ― 빅터 프랭클, 《죽음의 수용소에서 Man's Search for Meaning》 중에서

프랭클은 '어떻게 사느냐'보다는 '무엇 때문에 사느냐'가 더 중요하며 '삶이 나에게 무엇을 제공할 것이냐'보다는 '삶이 나에게 무엇을 요구하는 있는가'라는 질문이 더 중요하다고 했다. 프로이트는 무의식적 동기에 의해서 발생한 고민 속에서 정신병의 원인을 찾았지만, 프랭클은 생존에 있어 의미를 발견하지 못하는 데서 오

는 고통이 정신병이라고 보았다. 죽음의 수용소에서 그는 부인과 가족을 떠올리며 고통을 참았다. 그러면서 '사랑'이야말로 사람들이 열망하는 최고의 궁극적 목적이라는 것을 깨달았다. 수용소에서 풀려난 후 오스트리아 빈에서 정신과 클리닉을 운영하고 빈 대학 신경병리학 및 정신의학 담당 교수로 있으면서, 그리고 죽는 날까지 책을 쓰고 강의를 하고 전 세계를 다니면서 삶의 의미의 중요성과 사랑의 소중함을 알렸다.

삶다운 삶, 죽음다운 죽음

'삶의 의미' 또는 '의미 있는 삶'을 생각하게 되는 것은 우리에게 주어진 시간은 제한되어 있고, 원하든 원하지 않든 우리는 모두 언젠가는 이 지상을 떠나야 하는 유한한 존재이기 때문이다. 세상에 존재하는 모든 것은 언젠가는 결국 사라져버린다. 붙잡고 있는 것이 영원할 것 같아도 지나고 보면, 잠시 거쳐 가는 정거장처럼 지나가 사라진다는 것을 알게 된다. 우리의 목숨뿐만 아니라 부, 권력, 사랑, 명예 등 세상에서 이룰 수 있는 모든 것, 그리고 부모, 형제, 자식, 친구, 동료, 동반자 등 사람들과의 인연마저도 결국에는 사라져버린다. 프로이트는 "사람들이 경험하는 모든 문제점은 영원히 살 수 있다는 착각에서 비롯된다"고 했다. 사실 우리는 영원히 살 것처럼 착각에 빠져 살다가 죽을 때가 되어서야 착각에서 깨어나 회한의 눈물을 흘리게 된다.

> 왜 살아야 하나? 모든 것은 공허하도다! 삶, 그것은 나락을 타작하는 것이로다. 삶, 그것은 스스로를 불에 구워서, 그러나 역시 따스하게 되지는 않게 하는 것이로다.
>
> — 프리드리히 니체, 《짜라투스트라는 이렇게 말했다Also sprach Zarathustra》
> 중에서

이 세상에 영원이란 존재하지 않는다. 영원한 사랑, 영원한 행복, 영원한 건강, 영원한 나라 등 영원을 바라는 우리의 소망과는 달리 모든 것은 일시적으로만 존재할 뿐이다. 영원하지 않고 결국에는 사라져 없어지기 때문에 역설적으로 우리의 삶은 고귀하고 아름다우며 가치 있고 의미 있는 것을 추구하게 된다.

> 사람은 하나의 갈대에 지나지 않으며, 자연계에서 가장 약하다. 그러나 그는 생각하는 갈대이다. 그는 자기가 죽는다는 것과 우주가 자기보다 우세하다는 것을 알고 있지만, 우주는 그런 것을 도무지 모르기 때문이다.
>
> — 블레즈 파스칼Blaise Pascal, 《팡세Pensées》 중에서

영국의 제국주의에 맞서 무저항 비폭력 운동을 전개해 인도를 독립시킨 마하트마 간디Mahatma Gandhi는 "매일 밤 잠들 때 나는 죽고, 다음 날 아침 깨어날 때 나는 다시 살아난다"고 했다. 그가 지적했듯이, 우리는 매일 밤 죽고 매일 아침 다시 태어난다. 우리가 영원히 산다면 독일 철학자 쇼펜하우어가 지적한 것처럼 인간은 삶의 권태와 싸워야만 한다. 매일 반복되는 똑같은 일상이 주는 권태를 벗어나기 위해 전쟁, 살인, 마약 등 어떠한 잔악한 일도 서슴지 않을지도 모른다.

무료한 일상적인 삶을 죽을 때까지 무수히 반복해야만 하는 운명에서 벗어나 바로 이 순간, 그리고 오늘 하루의 삶이 새롭고 영원처럼 느껴질 정도로 가치 있고 의미 있는 삶이 절실하다. 이것은 니체가 말하는 '영원회귀'와 같다. 그는 "다시 살아가길 희망할 수밖에 없을 정도로 사는 것, 이것이 과제다"라고 지적한다.

인간이란 짐승과 초인 사이에 연결시켜 놓은 하나의 밧줄이다. 이제 신은 죽었다. … 모든 신들은 죽었다. 이제 우리들은 초인이 살기를 바란다.

— 프리드리히 니체, 《짜라투스트라는 이렇게 말했다》 중에서

10년 동안 산에서 사색하다 아침에 떠오르는 태양을 마주하며

하산하는 짜라투스트라의 입을 통해 니체가 한 선언이다. 그리고 그가 "너희는 자기 자신을 극복하기 위해 무엇을 했는가?"라고 물었듯이, 초인은 자신을 극복하고 자신의 한계를 뛰어넘어 스스로를 규정하고 만들어 간다. 자기 삶의 방향을 스스로 정하고 삶의 목적을 분명히 하여 새로운 것을 개척하며 창조하는 것이다. 세상살이가 허망하게 느껴질 때가 있고 자신의 존재 가치가 무의미하게 느껴질 때가 있더라도, 이러한 부정적 허무주의를 비워내면 새로운 가치로 자신을 재창조할 수 있는 긍정적 허무주의로 채워질 수 있다. 설사 우리의 존재가 무의미하게 느껴지더라도 우리는 의미 있고 가치 있는 삶을 살 수 있다.

니체는 허무주의를 수동적인 것과 능동적인 것으로 구분한다. 그는 허무한 현실의 공허감을 순간적인 쾌락이나 무관심으로 채우며 현실에서 도피하는 '수동적 허무주의'에서 벗어나 허무한 현실을 초극하기 위해 기존의 권위와 가치를 무너트리고 새로운 가치를 창조해 나가는 '능동적 허무주의'를 지향한 것이다.

레오 버스카글리아*Leo Buscaglia*는 서던캘리포니아대학 재직 중에 충격적인 사건을 경험하게 된다. 자신의 수업을 열심히 듣던 여학생이 언젠가부터 계속 결석하던 이유가 그녀가 자살했기 때문임을 나중에 알게 된다. 또 어느 해에는 자신의 수업을 들었던 두 학생이 교정에서 총에 맞아 죽게 된 것을 알게 된다. 파티를 마치고 걸어가던 중에 장래가 촉망되는 예쁜 여학생과 잘생긴 남학생이 이유도 모른 채 살해당한 것이다. 범인이 누군지도 모른다고 한다. 지식의 전달자로서 한계를 느낀 그는 삶에 있어 가장 중요한 것은 사랑임을 알리기 위해 《사랑학 수업Love Class》이라는 세미나를 시작하고 미국 전역을 다니며 강연을 하게 된다. 그는 "모든 인간에게는 진심으로 걱정해주는 사람이 단 한 명이라도 있어야 한다"고 강조한다.

버스카글리아는 미국 사회는 죽음을 가장 싫어하는 사회이고, 미국인들만큼 죽음을 두려워하는 사람들은 없을 것이라고 이야기한다. 그 이유는 '삶을 제대로 살지 못했기 때문'이며, '열심히 살았다면 죽음을 두려워할 이유는 없다'고 지적한다.

> 그러므로 죽음이 바로 곁에서 '내가 기다리고 있어, 내가 기다리고 있어, 내가 기다리고 있어'하고 중얼거리기라도 하는 것처럼 매 순간 열심히 살아야 합니다.
> — 레오 버스카글리아, 《살며 사랑하며 배우며Living Loving Learning》 중에서

사회심리학자 에리히 프롬Erich Fromm에 의하면, 우리가 죽음에 대한 공포에 신경질적으로 빠져드는 것은 자신의 능력을 생산적으로 사용하지 못하고 인생을 제대로 살아보지 못하고 죽어야 한다는 삶의 실패에서 오는 후회와 회한이 작용하는 죄책감의 표현이다.

노화에 대한 두려움 역시 자신이 비생산적으로 살고 있다는 감정의 표현이며, 노년에 인격이 급격히 흔들리는 것도 젊은 시절에 생산적으로 살지 못한 아쉬움과 양심의 반응이다.

프롬은 우리가 삶의 무의미, 무력감, 고립감, 그리고 불안에 빠지는 근본 배경을 현대화와 산업화, 그리고 자본주의에서 찾았다. 중세가 무너지고 르네상스와 근대화를 겪으면서 인간은 오랫동안 지배해온 교회와 전통적인 권위나 윤리에서 해방되어 소극적 의미에서 자유로운 '개인'이 되었다. 하지만 격동적으로 밀려온 새로운 물결인 산업화를 겪으면서 인간은 기계의 톱니바퀴처럼 자동인형이 되어 자아를 상실하고 고립되었으며 무력해졌다. 진정 자신이 원하는 것이 무엇인지 알지 못하게 되었고 타인이 원하는 대로 외부에서 주입된 삶을 살게 되었다. 인격은 팔려 나가는 상품이 되었고 목적이 아닌 수단이 되어 새로운 속박에 꽁꽁 묶이게 되었다.

람 다스*Ram Dass, 본명: 리처드 앨퍼트*는 수백만 부가 판매된 《지금 여기에 머물라*Be Here Now*》, 《성찰*Still Here*》의 저자이다. 그는 하버드대학교의 교수였으나, 어느 날 교수를 그만두고 인도로 건너가 영적 스승인 스리 니사르가다따 마하라지*Sri Nisargadatta Maharaj*를 만나 영적 탐구자의 길을 걸었다. 재단을 설립하고 봉사단체를 만들어 많은 사람을 정신적으로 돕는 삶을 살아온 그는 "삶다운 삶을 살아야 죽음다운 죽음을 맞이할 수 있다"고 말한다. 그가 말하는 '삶다운 삶'이란,

인간으로서 가치 있고 의미 있는 행복한 삶을 말하는 것으로 해석할 수 있다.

람 다스의 지적처럼, 삶다운 삶을 살지 못하면 죽음다운 죽음을 맞이할 수 없다. 도둑, 강도, 사기꾼이 경찰에 잡히지 않기 위해 필사적으로 도망가며 몸부림치는 모습을 보라. 그리고 잡혔을 때, 허탈함과 후회로 가득 찬 얼굴을 보라. 죽음다운 죽음을 맞이하지 못하는 사람들은 마치 범죄를 저지르고 어두운 곳으로 도망 다니다가 잡혔을 때 완강히 저항하는 도둑이나 강도, 사기꾼의 모습과 흡사하다. 오히려 재수가 없어 잡혔다고 남을 탓하거나, 조금만 운이 좋았으면 안 잡혔을 거라며 운이 없음을 탓하기도 한다. 죽음다운 죽음을 맞이할 기회를 빼앗긴 사람들이다.

삶다운 삶을 산 사람들에게 죽음은 마치 여행지에서 보낸 아름다운 시간을 회고하며 편하게 잠자리에 드는 것과 같다. 최선을 다해 열심히 운동경기를 마치고 난 후 샤워를 하고 경기의 승패와는 상관없이 눈을 지그시 감고 편안한 휴식 시간을 갖는 것과 같다. 또한 직장에서 오랫동안 중점 사업인 중요한 프로젝트를 마친 후 동료들과 헤어지고 집에 돌아와 침대에 누웠을 때 피곤에 지쳐 눈이 감기면서 프로젝트 하는 동안 힘들고 어려웠지만 즐겁고 보람된 중요한 순간들이 주마등처럼 지나가는 것과 같다.

이 세상을 떠날 때 사람들에게 어떻게 기억되고 싶은가?
마지막 순간을 마음속에 새긴 채 시작하라.

— 스티븐 코비Stephen Covey, 《성공하는 사람들의 7가지 습관The 7 Habits of
Highly Effective People》 중에서

이 세상을 떠날 때를 생각하면, 한시적인 인생에서 무엇을 위해 무엇을 하고 무엇을 이루어 나가야 하는지, 목적과 사명을 생각하게 되고, 목적과 사명을 발견하면 그걸 이룩하는 데 집중하게 된다. 자신이 죽고 난 후, 자신의 비석에 어떤 글귀로 자신의 삶이 정의 내려질지, 또는 어떤 글귀로 자신의 삶이 정리되기를 바라는지는 많은 사람에게 중요하게 여겨지지 않을 수도 있다. 살기 너무 바빠서 또는 그런 것들로 인해서 자기 인생이 바뀌는 것은 아무것도 없다고 생각해서 그럴지도 모른다. 하지만 이 지상에서 삶의 의미를 발견하려고 하거나 의미를 실현하려고 하는 사람에게 있어서는 중요한 과업일 것이다. 하루하루가 그러한 의미 발견과 실현을 위해 나아가는 발자국으로 채워질 것이다.

우리는 자신의 목적을 찾아 그 목적에 어울리는 의미를 발견하고 실현하고 싶은 간절한 욕구가 있다. 그렇게 살아가지 않는 사람들조차도 무언가 자신에게 의미를 부여하고 자신의 행위를 그럴듯하게 합리화할 명분을 찾는다. 그것은 우리가 먹고 자는 것에 만족하는 단세포적이고 일차원적인 존재로 머무를 수 있는 존재가 아닌, 자기 존재의 의미를 생각하는 고등동물이며 정신적이고 사회적인 동물이기 때문이다.

chapter 2

소중한
당신에게
의미 있는
무언가

마이클 제이 폭스*Michael J. Fox*는 영화 〈백 투 더 퓨처*Back To The Future*〉를 통해 과히 폭발적인 인기를 누리며 최고의 전성기를 보내고 있었다. 골든글로브상, 에미상도 수상하였다. 하지만 그가 30대에 접어들 즈음인 1991년, 불행히도 너무도 젊은 나이에 파킨슨병 진단을 받았고, 손과 발, 온몸이 떨리는 증상이 시간이 갈수록 심해져 살아가는 것 자체가 위험에 빠지게 되었다. 결국 은퇴를 선언하고 영화와 TV 브라운관에서 사라지게 되었다. 그는 '마이클 제이 폭스 재단'을 만들어 봉사활동과 함께 파킨슨병 치료 연구를 위해 국민들에게 호소하여 수천억 원의 후원금을 모금했다. 국회 청문회에도 참석해 파킨슨병에 대한 경각심을 높였다.

2018년 어느 날, CBS 일요일 아침 시사프로 〈선데이 모닝 *Sunday Morning*〉에 출연한 그를 보니, 젊고 화려한 20대의 폭스는 사라져 있었다. 자신의 몸도 제대로 추스를 수 없는 지경에 있는 50대 후반의 폭스의 모습은 참으로 안타까웠다. 사회자가 물었다. "파킨슨병이 치료되려면 많은 시간이 필요할지도 모르고, 결국 당신이 그 혜택을 받지도 못하고 이 세상을 떠날 수도 있다." 폭스는 파킨슨병으로 온몸을 떨면서 다음과 같이 대답했다. "나는 파킨슨병으로 죽을지라도 다른 환자들이 혜택을 받아 치료되면 그것만으로도 만족한다." 그는 자신의 목숨도 중요하다고 생각하지만 자신의 헌신과 희생으로 타인의 목숨을 살릴 수 있다면 자신의 삶은 보람 있다고 생각한 것 같다. 눈시울이 뜨거워지는 장면이었다.

자기 자신을 뛰어넘는 큰 의미

하버드대학 철학과 교수였던 조시아 로이스 *Josiah Royce*는 다음과 같은 논리를 펼친다. 우리가 중요하게 여기는 것들, 예를 들어 집을 장만하고 잘 먹고 안전하게 살려고 하는 단편적인 것들에 대한 집착은 별 의미가 없다. 오히려 이러한 것들은 우리의 가슴을 텅 빈 것처럼 공허함을 느끼게 한다. 결국 우리는 삶이 진정 가치 있게 느껴지게 하는 무언가를 추구하게 된다. 사람은 자기 자신을 뛰어넘는 어떤 것들에 가치와 이유를 부여하고, 그것을 위해 자신을 희생할 만큼 우리의 삶에 의미를 부여하는 것에 자신을 바친다. 자기 자신을 뛰어넘어 어떤 것을 위해 헌신하는 것을 충성심으로 보았다. 이는 개인주의와는 충돌되는 개념이다.

로이스는 흥미로운 예를 든다. 많은 사람이 생각하듯, 인간은 근본적으로 이기적이기 때문에 이기심이 삶의 의미를 제공하는 주요한 근원지라고 생각한다. 그렇다면 극단적인 경우이기는 하지만 자신이 죽고 한 시간 뒤에 자신이 아는 모든 사람들이 지상에서 사라진다고 상상해보라. 이기적인 인간에게는 그러한 비극적인 것들이 별 중요하지 않고 되려 고소하게 느껴질 수도 있을 것이다. 하지만 죽어 가는 사람은 그러한 비극적인 사건들이 우리의 삶에 어떠한 의미도 부여하지 않는다는 것을 떠올릴 수 있을 정도로 이기적이지 않다.

> 우리의 죽음이 의미가 있는 것은 우리가 자기 자신을 뛰어넘어 가족, 공동체, 사회 같은 더 큰 무언가의 일부로 여기며, 그러한 시각에서 자신을 바라보기 때문이다.
>
> — 조시아 로이스, 《충성심의 철학 The Philosophy of Loyalty》 중에서

미국의 주요 방송사 중의 하나인 CBS는 저녁 뉴스가 끝날 즈음 훈훈한 사연을 소개하는데, 그러한 사연들은 로이스의 논점을 지지한다. 다음과 같은 사연들이 방송된 적이 있었다. 믿겨지지 않겠지만, 미국의 일부 학생들은 너무 가난해 잠을 잘 집이 없어 공원 같은 한적한 곳이나 길거리에서 자는 경우가 있다. 그런 사연을 접한 어느 부부는 자신의 집으로 집 없는 학생을 초대해 장기간 무료로 기거하게 하고 식사도 제공하였다. 나중에 이 학생은 좋은 대학에 입학하여 꿈을 펼칠 수 있게 되었다.

또 뉴욕의 어느 기업가는 가난한 지역의 학생들에게 학비와 장학금을 주고 대학에 입학하면 졸업할 때까지 학비와 장학금을 주었다. 이런 혜택을 받고 졸업한 학생들은 훌륭한 사회인이 되어 자신과 같은 환경에서 자라는 다른 학생들을 돕기도 했다. 로스앤젤레스의 다운타운에는 주말이면 재봉틀을 들고나와 노숙자들의 옷을 수선해주고 대화를 나누는 대학교수가 있다. 이처럼 의미 있는 삶은 자기 자신을 행복하고 풍요롭게 할 뿐만 아니라 타인도 자신을 통해 더 행복해지고 더 풍요로워지게 한다.

30년 넘는 베테랑 미국 상원의원이고 2008년 공화당 대통령 후보였던 존 매케인John McCain은 죽음의 사선을 넘은 적이 있다. 베트남 전쟁 때 전투기 조종사로 참전했다가 격추되어 포로로 잡혔고, 포로수용소에서 5년 반 정도 있으면서 말로 표현할 수 없는 심한 고

문을 받으며 여러 차례 죽을 고비를 넘겼다. 그가 극한의 상황을 견딜 수 있었던 것은 삶을 의미 있게 만드는 강한 신념을 지니고 있었기 때문이다. 그는 자신과 부모들의 지나온 삶을 비춰볼 때, 자기 자신의 이익보다 더 위대한 명분을 위해서 성실하게 봉사하는 것이 매우 중요하다고 강조한다.

> 살아가면서 자기 자신보다 큰 대의, 자신을 감싸고 있지만 자신의 존재만으로는 규정되지 않는 그 무엇을 위해 싸우는 것보다 더 인간을 자유롭게 만드는 것은 없다. 자기 자신의 이익보다 더 큰 무엇을 위해 다른 사람에게 희생한다면 그 무엇은 우리가 얻는 명예이자 우리가 주는 사랑이다.
>
> — 존 매케인, 《아버지들의 신념 Faith of My Fathers》 중에서

이러한 자기희생과 자기 초월 사상은 수백 년간 전해 내려온 그의 집안의 전통이고, 젊은 시절 해군 사관학교 재학 중에 터득한 '평생 자기 존중의 마음을 갖기 위해서는 자신의 이익보다 더 고귀한 일을 하려는 의로운 정신이 필요하다'는 교훈과 관련이 있다.

많은 논쟁이 있고 여러 학자가 견해를 달리하고 있지만, 인문 사회과학에서는 인간을 근본적으로 이기적이고 합리적인 동물이라고 본다. 서양의 학문은 더욱더 그렇다. 인간은 일부 이타적인

면이 있고 많은 행동경제학자가 강조하듯 감정·심리의 지배를 받아 때로 비합리적인 행동을 하는 것을 부인할 수는 없다. 하지만 인간은 일반적으로 자기 이익을 좇아서 자기 욕구를 충족하는 것을 무엇보다 중요하게 여기고 자신의 목표를 달성하기 위해 합리적인 수단과 대안을 찾으려 한다.

고전 경제학자 애덤 스미스*Adam Smith*가 《국부론*The Wealth of Nations*》에서 지적했듯이, 이기적인 행위가 오히려 사회를 더 풍요롭게 만들기도 한다. 하지만 사회 전체의 부의 총량은 늘어나지만, 부의 편중과 왜곡이 늘어나는 측면도 있다. 제러미 벤담*Jeremy Bentham*, 존 스튜어트 밀*John Stuart Mill* 같은 공리주의 철학자들이 주장했던 '최대 다수의 최대 행복'이라는 이념의 함정이 보여주듯이.

옥스퍼드대학교 교수였던 생물학자 리처드 도킨스*Richard Dawkins*에 의하면, 사람을 포함하여 모든 동물은 유전자에 의해 만들어진 생존 기계이다. 즉 'DNA라고 불리는 분자를 위한 생존 기계'이다. 그의 저서 《이기적 유전자*The Selfish Gene*》에서 유전자에 관해 상세히 말하고 있다. 유전자는 바로 이기주의의 기본 단위이다. 유전자 풀 속에서 자기 생존 기회를 증가하도록 행동하는 유전자는 오래 살아남는다. 열성 유전자는 자동적으로 소멸하고 우성 유전자만 살아남는다. 살아남은 유전자는 '비정한 이기주의'라는 특성을 가진다. 결국 유전자 수준에서는 이기주의가 우세하고 이타주의는 열세하다는 의미이다.

국제적으로 저명한 생물학자이자 퓰리처상을 두 번이나 받은 하버드대학교의 명예교수인 에드워드 윌슨*Edward Wilson*은 조금 다른 입장을 취하고 있다. 그의 저서 《인간 존재의 의미*The Meaning of Human Existence*》에서 인간은 집단에 속하길 원하는 속성이 있는데, '집단 내에서는 이기적인 개인이 이타적인 개인을 이기지만, 이타적인 개인들의 집단이 이기적인 개인들의 집단을 이긴다'고 한다. 즉, 개인의 생존 차원에서는 이기심이 큰 무기일 수 있지만, 개인들로 이루어진 집단에서는 이기심이 집단을 무너트리고 이기적인 개인들의 후손도 쇠퇴한다. 정반대로, 이타심은 개인의 생존에는 불리하지만, 집단을 유지하고 발전시키고 이타적인 개인들의 후손도 번성하는 역설을 보여준다.

많은 진화 생물학자들은 이타심이 진화의 산물이라고 본다. 나무에서만 살던 원시 인간들이 기후의 변화에 따라 지상에 내려와 채집을 하고 사냥을 하고 공동체 생활을 하게 되었다. 자신의 생존과 이익보다는 타인의 안전과 공동체의 이익을 고려해야만 하는 상황에 놓였던 것이다. 공동체보다 자신을 먼저 내세웠다가는 공동체의 규범과 규칙에 따라 오히려 처벌받는 상황이 된다. 역설적으로 자신보다는 타인을 위하는 것과 공동체를 위하는 것이 자신에게 유익하다고 학습했다. 타인의 존재를 인정하고 타인과 협력하여 타인의 이익을 실현하도록 도와주는 것이 나중에 자신에게 더 큰 보상이 주어진다는 것을 알게 된 것이다. 더 나아가 가족이나 동료, 이웃, 사회를 위해 하나뿐인 자신의 목숨을 기꺼이 바치는 것이 유한한 생명체에 큰 의미를 부여한다는 것을 깨달았다. 그렇다면 이러한 이타심은 고상한 이기심, 발전된 이기심의 다른 면모라고 해도 될 것인가? 공동체의 규모가 커지고 정교해질수록 인간은 자신의 의미를 공동체에서의 자신의 역할과 위상에서 찾는 빈도가 높아지게 되었다. 죽음의 의미마저도 일개인의 사망 차원을 넘어 공동체의 기여도와 영향력으로 바뀌었다. 아리스토텔레스*Aristoteles*가 규정한 사회적·정치적인 존재인 인간은 무인도에서 홀로 살며 자급자족하는 범위에서 벗어나 가족, 공동체, 학교, 직장, 사회, 국가 같은 규모가 큰 조직에서 자신을 바라보고 의미를 부여하는 존재로 바뀌었다. 자신의 생명체의 범위를 넘어 후손과 미래세대, 동료와 이웃, 사회와 국가로 확대하여 자신의 존재 의미를 바라보고 삶과 죽음의 의미를 적용하고 확대 해석하게 된 것이다.

CNN의 창업자 테드 터너*Ted Turner*는 드라마와 같은 화려한 인생을 산 사람이다. 그는 애틀랜타에서 작은 뉴스 방송국으로 시작하여 세계 최대의 케이블 뉴스 방송사로 키워내 전 세계인들이 CNN 뉴스를 24시간 시청하게끔 한 장본인이다. 사업 수완이 뛰어나 갑부가 되는 것에 그치지 않고 유엔에 10억 달러를 기부할 정도로 평화와 환경에 관심이 많은 자선 사업가이다. 두 차례의 결혼과 이혼을 경험한 후, 세기의 여배우인 제인 폰다*Jane Fonda*와 결혼해 많은 화제를 낳았지만 그 결혼 생활은 10년이 지나 끝을 고했다. 이제는 80대 노인이 되어 치매로 힘들어하며 황혼기를 초원으로 둘러싸인 몬태나의 목장에서 보내고 있다.

CBS 일요일 아침 시사프로인 〈선데이 모닝〉에서 있었던 그의 인터뷰는 잔잔한 여운을 남긴다. "자살하고 싶지 않으냐"는 베테랑 앵커 테드 커플*Ted Koppel*의 질문에 그는 "아니다"라고 단호하게 말했다. 누구나 노인이 되면 잘 나가던 젊었을 때를 생각하며 우울해지고 극단적인 선택을 생각하게 된다. 화려했던 인생을 산 테드 터너는 더더욱 그럴 수 있을 것이다. 하지만 그에게는 다섯 명의 자식들과 열네 명의 손자들이 있고, 그들에게 고통을 주고 싶지 않다고 했다. 그의 아버지가 자살했었기에 남겨진 이의 고통을 잘 알기 때문이다. 자살하면 세상과 쉽게 이별할 수 있겠지만 이 지상에서 자신의 삶에 오점이 생기고 자식들과 손자들에게 큰 충격과 불명예를 준다는 것을 잘 알고 있었다. 그는 자신의 삶과 죽음의 의미를 자신 일개인에 한정하지 않고 가족과 공동체의 입장에서 생각하고 있는 듯했다.

의미 있는 삶

펜실베이니아대학교 심리학 교수인 마틴 셀리그먼*Martin Seligman*은 오랜 세월 동안 정신적으로 문제가 있는 사람들을 상담하며 연구해왔다. 기존의 심리학이 비정상적인 사람들의 심리와 행태를 이해하고 치료하는 데 집중했다면, 그는 행복은 다른 차원의 영역임을 경험상으로 깨달아 긍정심리학을 제창한다. 행복은 행운이나 좋은 유전자의 결과물이 아니고 자신의 약점보다는 장점에 집중하여 삶의 모든 면을 개선해 나가는 데 있다고 한다. 그는 자신의 저서인《완벽한 행복*Authentic Happiness*》에서 행복은 세 가지 주요 요소, 즉 긍정적인 감정, 몰입, 의미로 구성되어 있다고 했다. 즐거운 감정이나 쾌락에 의존하는 행복은 순간적이고 지속되지 않는다. 사람이나 일, 또는 무언가에 몰입하며 느끼는 행복은 좀 더 오래 지속된다. 자신의 장점과 덕을 알고 그걸 살려 자기 자신보다 더 큰 무언가를 위해 사는 의미 있는 삶은 가장 오래 행복이 지속되고 만족감이 크다고 한다.

펜실베이니아에서 정신과 의사이자 심리치료사로 활동하던 대니얼 고틀립*Daniel Gottlieb*는 33세 때 마주 오던 트럭이 자신의 차로 돌진해 교통사고를 당했다. 전신 마비로 불구가 되어 하루아침에 타인의 도움이 없이는 살아갈 수 없는 지경이 되어버렸다. 설상가상으로, 몇 년 후 그의 부인마저 이혼을 선언하더니 암으로 세상을 떠났다. 병원 침대에 누워 죽음을 생각하며 자신의 삶을 한탄하던 그는 어느 날 어려움을 토로하며 상담을 요청해온 환자를 통해 심리 상담을 다시 하게 된다. 그 후로는 침대에서 일어나 휠체어에 의지해 이동하며 필라델피아 라디오 방송에서 상담도 하고 책도 쓰며, 사고 후 30년 동안 왕성한 사회 활동을 하고 있다.

그는 자폐증이 있는 손자를 위해—우리는 모두 어느 정도의 자폐증이 있지만—삶의 지혜를 전하고 있다. 자신의 문제에서 벗어나 다른 사람을 돕는 사람들이 훨씬 빨리 치유되는데, 그들은 보다 큰 세상의 일부가 되어 자신의 문제가 더는 자기 자신을 채울 수 없게 되기 때문이다. 그러니 그릇을 크게 만들면, 자기는 물론 세상을 변화시킬 수 있다고 한다. 그는 '의미 있는 날'을 정의하길, 내가 다른 사람의 행복에 보탬이 되었다고 느끼는 날, 예를 들어 그 사람의 이야기에 누구보다 더 귀 기울여 들어주었을 때, 그로 인해 그 사람이 이전과 다르게 생각할 수 있게 되었을 때라고 한다.

진정한 행복은 내 삶을 충실히 살았다고 느낄 때 얻을 수 있는 보너스와 같다. 진정한 성공은 진심으로 사랑하는 사람이 많아질수록 더 충만한 사랑과 행복을 느낄 수 있다. 그게 진정한 성공이다.

미국의 어느 젊은 여자 변호사는 길거리에서 또는 인터넷으로 남녀노소를 불문하고 처음 만난 사람들의 이야기를 그냥 들어주기 시작했다. 사람들의 사연은 참으로 다양했다. 그들의 슬프거나 또는 기이한 인생 이야기를 그냥 들어주기만 하는 것으로도 그들은 치유가 되는 것 같았다고 말한다. 누구나 책이나 영화의 소재가 될 만한 인생 이야기가 있다. 누구에게나 가슴에 쌓아둔 아픈 사연이 있다. 아무리 사회적으로 성공한 사람들이라도 슬픈 사연은 있다. 상대방의 이야기를 듣다 보면 감동을 받기도 하고 슬픔에 잠기기도 하고, 많은 생각을 하게 된다. 조금만 관심을 갖고 들어주기만 해도 마음의 응어리가 녹아들 수 있다. 설사 의학적으로 근본적인 치료가 되지 않더라도.

프랑스 사람들에게 최고의 휴머니스트이자 '살아있는 성자'로 불린 아베 피에르*Abbe Pierre* 신부는 파란만장한 삶을 살며 여러 차례 죽음의 고비를 넘겼다. 프랑스 리옹의 상류층 가정에서 태어난 그는 모든 유산을 포기하고 수도원에 들어가 사제의 길을 걸었다. 2차 세계대전 때는 레지스탕스로 활동하며 독일의 나치를 피해 국경을 넘어오는 많은 유대인의 목숨을 구하기도 했다. 전쟁이 끝난 후에는 잠시 국회의원으로 활동했고, 남은 평생을 집 없이 가난하고 소외된 사람들을 위해 '엠마우스'라는 빈민구호 공동체를 만들어 그들과 함께했다.

그의 자서전인 《단순한 기쁨Memoire d'un Croyant》에서 그는 "희망은 삶에 의미가 있다고 믿는 것이다"라고 했다. 프랑스의 실존주의 철학자 장 폴 사르트르Jean Paul Sartre는 "타인은 지옥이다"라고 했는데, 피에르 신부는 "타인과 단절된 자기 자신이야말로 지옥이다"라고 했다. 사람들은 자유롭기 위해 자유롭겠다는 것인데, 그것은 단절과 궁지와 공허 그 자체이며 자유는 사랑하기 위해서 존재한다고 그는 강조한다.

> 인간의 자유는 그것이 사랑을 위해 쓰일 때만 위대하다. …
> 자유가 사랑에 봉사할 때만 그 의미를 가진다. 진정한 해방
> 은 내면적인 것이다.
>
> — 피에르 신부, 《단순한 기쁨》 중에서

《청소부 밥The Janitor》은 실화는 아니지만, 경영 위기에 처해 있고 아내와의 소원한 관계에 있는 주인공인 젊은 CEO 로저에게 죽음을 앞둔 청소부 밥이 삶의 지혜를 전해주고 있다. 우리가 이 세상에 머무는 시간은 한정되어 있고, 그 끝이 언제가 될지도 모르는 상황에서 우리가 할 수 있는 최선은 바로 가치 있는 일에 시간을 '투자'

하는 것이며, 진정 가치 있는 삶은 내가 깨달은 삶의 지혜를 후대에 물려주는 삶이라고 밥은 강조한다.

> 우리는 우리의 인생에서 지속적으로 중요한 의미를 부여받을, 믿을 만한 일들에 시간과 열정을 투자해야 한다.
>
> — 토드 홉킨스*Todd Hopkins*, 레이 힐버트*Ray Hilbert*, 《청소부 밥》 중에서

《탈무드*Talmud*》에는 사람이 몇 년 동안 살았는가 하는 것이 중요한 것이 아니라 얼마나 많은 업적을 남겼는가가 중요하다고 한다. 사람이 죽음을 맞이할 때는 그가 일생 동안 어떻게 살아왔는지 모두에게 알려져 있으므로, 그는 긴 항해를 마치고 돌아온 배와 같다는 것이다. 이때야말로 모든 사람이 진정한 축복을 보내야 할 때라고 한다.

디트로이트에 있는 신문사 스포츠 기자로 있던 미치 앨봄*Mitch Albom*은 그의 대학 은사인 모리 슈워츠*Morrie Schwartz*와 매주 화요일에 삶에 관한 담론을 나눴다. 그들이 나눈 담론은 약 20년 전에 《모리와 함께한 화요일*Tuesdays With Morrie*》이라는 제목으로 출간되었는데, 아직도 미국에서 큰 화제이다. 그의 은사는 시카고대학교에서 박사학위를 받은 후, 브랜다이스대학교 사회학 교수로 지냈다. 하지만 갑자기 불치병인 루게릭병에 걸려 78세의 나이로 죽기 직전이

었다. 지금도 유튜브에는 ABC 밤 뉴스 프로그램인 〈나이트라인 Nightline〉에서 모리 슈워츠가 죽기 전 인터뷰한 내용을 볼 수 있다.

그는 '의미 있는 삶'을 '사람들을 사랑하고, 지역사회에 기여하고, 삶의 목적과 의미를 부여하는 무언가를 창조하는 데 헌신하는 것'이라고 정의한다. 나중에 TV 인터뷰를 보니, 스승의 말을 따라서인지 미치 앨봄은 지역사회를 위해 봉사에 전념할 뿐만 아니라 해외 봉사도 자주하고 있다. 모리가 지적한 '의미 있는 삶'은 복잡하지도 추상적이지도 않으며 우리가 공감할 만큼 분명하고 단순하다. 간단명료하기에 복잡하고 추상적인 것보다 훨씬 설득력이 있고 진실하다.

모리에 의하면, 가족을 내 몸처럼 아끼며 사랑하고, 이웃에 관심을 갖고 지원하고, 내가 속한 직장, 공동체, 지역 사회를 위해 헌신하는 것이 가장 기본적이고 근본적인 '의미 있는 삶'이다. 거기에 더하여 자기 삶의 의미와 목적을 깨닫고 무언가 가치 있는 것을 창조하고 개척해 나간다면 한 단계 발전한 것이라고 한다. 그것은 개인 차원을 넘어 인간 사회와 미래를 의미 있게 바꾸는 데 기여하는 것이다. 조지프 스티글리츠와 토머스 프리드만이 바로 그런 부류에 해당하는 사람들이다.

미래를 열어가는 삶
~~~~~~~~~~~~~

조지프 스티글리츠*Joseph E. Stiglitz*는 1%의 부자들의 횡포에 대항해서 '나는 99%다'라는 운동에 이론적 토대를 제공한 인물이다. 뉴욕에 있는 컬럼비아대학교의 경제학 교수이며 정보 비대칭 이론으로 노벨경제학상을 받았다. 그는 매사추세츠공과대학*MIT*에서 노벨경제학상 수상자인 폴 새뮤얼슨*Paul Samuelson*의 지도로 박사학위를 받은 후 예일대학교, 옥스퍼드대학교, 프린스턴대학교 교수를 역임했다. 그는 교육, 의료, 법 집행 등 모든 분야에서 지난 수십 년 동안 어떻게 불평등이 구조화되어 왔는지 설명하면서, 1%의 부자들은 어떻게 특혜를 받고 나머지 99%는 어떻게 차별받고 있는지 구체적인 사례와 자료들을 보여주고 있다.

그는 부자와 기업의 이익을 대변하는 이익 집단들의 막대한 로비와 압력에 정부와 정치가 무릎을 꿇어 각종 경제, 세금, 사회정책들이 부자와 기업들에 유리하게끔 만들어지는 과정에 주목한다. 그러는 동안 나라를 지탱해 왔던 근본적인 가치들인 기회 균등, 평등한 법치체제, 그리고 공정한 사회체제는 무너져 내리고, 중산층과 하위층, 그리고 약자는 갈수록 살기 어려운 세상이 되어가는 것이다.

불평등은 자연적으로 이루어지는 어쩔 수 없는 현상이 아니라 우리의 선택으로 이루어진 잘못된 정치, 경제, 사회체제의 산물이다. 리더십의 실패와 정치권의 부패가 큰 원인이다.

— 조지프 스티글리츠, 《거대한 불평등 *The Great Divide*》 중에서

조지프 스티글리츠는 미국이 1%의 부자들을 위한 나라로 변질되어 갈수록 사회의 불평등이 심화되어 가는 이유는 시장이 원래대로 작동하지 않고, 왜곡되고 실패한 데 있다고 진단한다. 그리고 정치 체제가 이러한 시장 실패를 바로잡지 않아 불공평한 정치경제 체제는 계속 지속되고 있다고 하는데, 이러한 진단은 의미가 있다. 그는 애덤 스미스의 시장의 자기 조절 기능을 상징하는 '보이지 않은 손'으로 대변되는 고전주의 경제학에 대한 비판자이다. 그리고 정부의 적극적인 역할을 강조하는 케인스학파의 대를 잇고 있다. 그는 공정한 시각에서 사회적 이슈와 문제를 진단하고, 이념보다는 실질적인 문제해결에 대안을 제시하려 하고, 강연과 기고 등 왕성한 사회 활동을 통해 행동하는 냉철한 지식인이다.

산업혁명 이후 자본을 가진 계층은 자본을 이용하여 막대한 부를 기하급수적으로 이루어 나가고 있다. 그러는 동안 자본이 없고 가진 것은 오직 노동밖에 없는 노동자 계층은 열심히 노동을 팔아 돈을 벌어야만 한다. 자기 집을 사고 자식들을 교육시키는 것이 너

무 힘들 수밖에 없다. 물가는 계속 오르고 집값과 교육비 상승은 봉급 상승률보다 훨씬 앞서니 아무리 열심히 일해도 별로 나아지지 않는 실정이다. 노동자 출신이 자본가 계층으로 편입될 가능성은 자본주의 경제가 발전하면 할수록 더욱 어려워지고 있다. 반대로 자본가 계층이 노동자로 전락할 가능성은 갈수록 적어지고 있다.

현대 경제와 사회 구조는 불평등이 극심하게 구조화되고 고착화되는 방향으로 가고 있다. 극심한 소득 격차, 불평등의 심화, 부당한 권력 남용으로 인해 국민 여론이 악화되고, 결국에는 지배 구조를 무너트리는 혁명이나 폭동이 일어날 수 있다. 새로운 경제 체제와 권력 구조를 내세워 새롭게 국가의 판을 짜는 경우를 역사에서 자주 보여주고 있다. 과거 시대는 목숨을 바치고 피를 흘려 정의를 쟁취하였다. 하지만 현대는 선거, 정당정치, 국민운동을 통해 좀 더 비폭력이고 합법적일 형태를 갖추고 있을 뿐, 근본적으로 달라진 것은 없다.

언젠가 이집트를 방문한 적이 있었다. 카이로의 거리는 구걸하는 사람들과 함께 무질서하였지만, 대통령 궁전은 너무도 크고 화려해 이해할 수 없었다. 당시는 30년 넘게 장기 집권했던 호스니 무바라크 Hosni Mubarak 대통령을 무너트리고 새로운 정부가 들어선 시점이었지만, 카이로 중심지에는 새로운 집권 정부에 반대하는 데모가 진행 중이었다. 이집트 시민들과 이야기해 보니, 정치·경제 지도자들이 자기들의 권력과 그 권력을 지탱하고 지지하는 측근들의 이익에만 집중하고 집착한다는 것이다. 그러다 보니 국가의 진정한 발전이나 국민의 복지는 무시되고 뒤로 밀려나 국민은 참 살기 힘들다는 것이다.

세계 권력의 심장부라 할 수 있는 미국 백악관은 이집트 대통령 궁전에 비해 작고 아담한 편이다. 여행객으로 몇 번 백악관을 방문한 적이 있었는데, 규모가 조금 클 뿐 전형적인 미국의 아담한 집이라는 느낌을 받았다. 국회의사당을 방문해 상·하원에 들어가 보면 생각보다 규모가 작아서 옛날 사랑방 같은 느낌을 받는다. 또 다른 권력의 심장부라 할 수 있는, 영국 다우닝가에 있는 영국 총리의 집무실도 작고 아담하며 의회도 마찬가지이다. 권력은 국민으로부터 나와 국민에게 돌아가는 것이니 권력을 잠시 국민으로부터 위탁받아 사용하는 사람들은 국민을 섬기는 봉사자의 자세로 겸허해야 한다는 민주주의의 기본적인 원칙에 충실한 듯 보였다.

부의 집중과 소득 불평등, 부당한 권력 집중과 부패는 어느 사회, 어느 시대나 정도의 차이가 있을 뿐 항상 대두되는 문제이다. 하지만 이게 지나치면 프랑스 혁명과 로마제국의 멸망에서 보듯이, 제일 아래에서부터 민초들이 무장봉기를 하여 지배 계층과 지배 구조를 통째로 바꾼다. 그렇지 않으면 국가가 더 지탱하지 못하고 스스로 무너지거나, 더 강하고 더 나은 체제를 갖춘 주변 국가에 의해 지배되거나 통합된다. 어느 조사를 보니 지난 200년간 존재했던 국가들의 약 3분의 1 정도, 그러니까 대략 66개 국가가 지구상에서 사라졌다고 한다. 어디 국가만 그러하겠는가. 큰 기업체나 사회단체도 마찬가지이다. 미국의 경우, 지난 100년간 살아남은 대기업은 GE_General Electric_를 비롯한 극소수이다. 한국도 마찬가지이다.

국가와 기업만 사라지는 것이 아니라 이 지구상에 존재하는 모든 생물체도 사라진다. 에드워드 윌슨은 이 지구를 오랫동안 지탱해 왔던 생물生態界의 다양성이 인간에 의해 무너지고 있다고 한다. 삼림의 벌채와 기후 변화로 인한 서식지 상실, 물과 공기의 오염으로 인한 생명체의 위협과 소멸, 과다한 물고기와 짐승의 포획으로 인해 희귀종이 되거나 멸종되고 있고, 인구 증가로 인한 급격한 소비 증가로 이 지구는 더 이상 인류를 지탱하기 어려운 상태가 되어 가고 있다. 현재도 이 지구상에는 많은 종이 새로 출현하기도 사라지기도 하지만, 사라지는 종이 훨씬 많으며 지구상에 존재하는 종種 중에 약 1/5이 사라질 위험에 처해 있다고 한다. 인간도 공룡처럼 언젠가는 이 지구상에서 사라지는 종이 될 수도 있다.

토머스 프리드먼_Thomas Friedman_은 중동 사태를 취재하여 두 번이나 퓰리처상을 받은 베테랑 언론인으로 《뉴욕 타임스》에 국내외의 수많은 이슈에 대한 칼럼을 일주일에 두 번씩 쓰고 있다. 그는 많은 독자층을 확보한 오피니언 리더 중의 한 사람이다. 매사추세츠

주에 있는 브랜다이스대학교를 졸업하고 마샬 장학금을 받아 옥스퍼드대학교에서 공부해 중동학 석사 학위를 받았다. 그 후 UPI*United Press International, 미국의 통신사* 런던지사에서 일하다 '뉴욕 타임스'로 옮기면서 이스라엘과 팔레스타인의 분쟁을 취재했다. 워싱턴으로 복귀한 후, 워싱턴 정치 현장에서 미국 정치를 목격하고 있고 많은 정치인과 경제인을 만나고 있다. 세계 각국을 다니면서 많은 지도층 인사들, 그리고 평범한 시민들을 만나 이야기하면서 얻은 경험과 통찰력을 배경으로 국제 관계와 국내 문제에 관한 칼럼을 쓰고 있다.

트럼프가 대통령이 된 이후, 그의 칼럼은 트럼프를 향한 합리적인 비판과 타당성이 있는 쓴소리를 쏟아내고 있다. 하지만 많은 독자는 그의 진보 성향을 이해하고 그의 비판에 공감하고 있다. 그의 저서《늦어서 고마워*Thank You for Being Late*》에서 지적하길, 현대 미국 정치는 중동 사태를 닮아 가고 있다고 한다. 즉, 중동에서는 이스라엘과 팔레스타인, 그리고 이슬람 내에서도 수니파와 시아파가 서로를 적으로 간주하고 한 치의 양보나 타협이 없이 갈등과 대립이 갈수록 심화하고 있다. 현재 워싱턴의 민주당과 공화당도 서로를 적으로 간주하고 타협과 대화가 실종되어 대립과 갈등의 정치가 갈수록 심화되고 있다.

이제는 좌파와 우파로 이념적인 편 가르기를 하기보다는 개방적인지 폐쇄적인지가 중요한 잣대이고, 변화에 얼마나 잘 적응하는지가 중요하다고 그는 강조한다. 한때 알고리즘을 발견하고 큰 번영을 이루었던 이슬람 문화권, 그중에서 사우디아라비아 등 많은 이슬람 국가들은 현재 폐쇄적이고 정체 상태에 빠져 있다. 국제화 시대에 멕시코, 아르헨티나 등 많은 중남미 국가들이 중국, 인도, 싱가폴, 대만, 한국 등 아시아 국가들에 발전이 뒤처지는 이유는 구조적이고 제도적인 측면뿐만 아니라 문화적인 측면에서도 이유가 있다는 것이다.

그는 많은 나라를 다니면서 많은 기업가, 정치인, 학자, 일반 시민들과 대화를 나누며 '왜 어느 나라는 다른 나라들에 비해 온갖 장애물을 극복하고 개혁에 성공해 잘 사는지'를 연구했다. 결론은 그의 저서 《세계는 평평하다 *The World is Flat*》에서 알 수 있다. 우수한 과학 기술 인재를 양산하는 양질의 교육 체계, 도로, 공항, 인터넷, 휴대전화 통신망 같은 폭넓은 인프라와 사회 기반 시설, 기업하기 좋은 세제, 재정정책과 법치 체제, 그리고 효율적이고 투명한 행정 같은 구조적이고 제도적인 측면과 함께 정신적인 측면인 문화가 중요하다.

프리드먼은 "어느 사회가 성공하는지는 정치가 아니라 문화"에 달렸다고 강조한다. 정치나 경제를 움직이는 근본적인 배경은 물질보다는 문화요, 정신이기 때문이다. 여기서 문화는 개방적인 태도와 관용을 의미한다. 근면하고 인내심을 유지할 줄 알며, 성공하고자 하는 마음이다. 그리고 새로운 변화, 신기술, 타국의 좋은 문화, 종교, 사상 등에 개방적이고 자기 것으로 수용하려는 적극적인 태도를 말한다. 하지만 프리드먼도 지적하였듯이, 문화 역시 변화한다. 폐쇄적인 문화가 개방적이고 개혁적으로 변화하기도 한다. 반대로 개방적이고 관대한 문화가 폐쇄적이고 배타적인 문화로 바뀔 가능성도 있다. 그러니 중요한 것은 항상 열린 가슴, 즉 개방적이고 관대한 자세를 유지하는 것이다.

chapter 3

목적은
인격을
성장시킨다

2008년 월가*wall street*는 버나드 매도프*Bernard Madoff*의 대사기극으로 인해 크게 요동친 적이 있었다. 그는 1960년대에 버나드 매도프 투자신탁회사를 차려 의장으로 있으면서 2008년 경찰에 체포되기까지 증권 중개인이자 투자 상담사, 심지어는 나스닥 증권 시장의 사외 의장으로 있었다. 그렇지만 미국 역사상 가장 큰 사기인 폰지 사기*Ponzi Scheme*를 연출한 주인공이 되었다. 그로 인해 피해를 본 고객들은 할리우드의 유명 배우와 감독, 주요 정치인과 경제인, 그리고 일반인들도 많이 있어 큰 파장이 일어났다.

그는 많은 사람에게 불법적으로 투자 자금을 모아 약 180억 달러의 손실을 입혔다. 그는 현재 연방법 열한 가지를 위반했다는 혐의로 법정 최고형인 150년 형을 선고받고 복역 중이다. 그가 일으킨 대사기극에 충격을 받은 두 아들 중 한 명은 자살했고, 다른 아들마저 병으로 사망했다. 물론 월가에서 일하는 대부분의 사람은 일과 가정, 부와 사회적 책임을 잘 조화시키며 행복한 삶을 살고 있다. 월가에서 천문학적인 돈을 벌어드린 거부들 중에는 학교, 병원, 복지단체 등에 많은 돈을 기부하며 어려운 사람들을 돕는 데 앞장서는 사람들도 있다.

현대를 살아가는 많은 사람들이 일확천금을 꿈꾼다. 단번에 엄청난 돈을 수중에 넣기를 바란다. 그래서 언제부터인가 사람들은 '대박'이라는 말을 즐겨 사용한다. 로또로 한순간에 수백억, 수천억 원을 거머쥔 사람들의 극히 일부는 배당받은 돈 전부를 어려운 사람을 돕기 위해 기부를 하여 모든 사람에게 감동을 주기도 하고, 한순간에 벼락부자로 만든 로또 당첨과는 상관없이 지금까지 해왔던 일을 지속하기도 한다.

하지만 평생을 다 써도 없어지지 않을 만큼 많은 돈을 한순간에 획득한 대부분의 로또 당첨자들은 대저택과 비싼 차를 구입하고 화려한 생활을 하다가 결국에는 돈을 전부 날려버리고 무일푼이 되어 노숙자로 전전하거나 술과 마약에 찌들어 몸마저 망치고 병자가 되는 경우가 허다하다. 더욱 불행한 것은 자살로 생을 마감하거나 돈을 빼앗으려는 사람들로부터 살해당하는 경우도 비일비재하다는 것이다. 로또 당첨자들을 추적 취재한 다큐멘터리를 보면 대부분은 그 끝이 좋지 못하다. 그들은 순간적으로 맞은 돈벼락 때문에 행복한 삶을 향하지 못하는 현실을 보여준다. 하던 일을 그만두고 주체할 수 없을 정도로 많은 돈에 파묻혀 소비만 하는 비정상적인 생활로 인해 결국에는 파국으로 치닫고 불행한 삶으로 전락하게 된다.

로또뿐만 아니라 단기간에 부를 획득하거나 사회적으로 성공하는 경우에도 비슷한 현상이 나타난다. 미국에서 좋은 대학을 나온 사람들이 가장 가고 싶어 하는 직장은 뉴욕 월가에 있는 회사들이다. 월가의 회사들은 대학 졸업생에게도 초봉으로 1억이 넘게 주기도 하고, 연말에 지급하는 보너스는 직원들을 돈방석에 앉게 해준다. 그러니 집값이 천정부지인 뉴욕 맨해튼에 집을 사고, 플로리다 마이애미에 콘도를 구입하고, 비싼 차를 굴리는 라이프스타일을 유지할 수 있다. 지금은 서부 실리콘밸리에 위치한 IT기업들이 많은 봉급을 주고 좋은 근무 환경을 제공하니 인재들이 양분되는 현실이지만, 월가에 있는 기업들의 인기는 여전하다.

문제는 아침부터 밤까지, 때로는 휴일도 반납하고 일해야만 한다는 것이다. 과중한 업무를 이겨내기 위해 술, 여자/남자, 마약에 빠지다 보니 많은 돈을 번 대가로 불행한 삶을 사는 사람들이 많다.

한때 월가에 있는 헤지펀드 매니저로 많은 돈을 벌었지만, 술과 마약에 빠져 직장에서 해고되고 거지가 되어 거리에서 잠자는 어느 중년의 모습이 언론에서 보도된 적이 있었다. 이와 비슷한 사례는 빈번하다.

사람들에게 무엇 때문에 사는지, 무엇을 위해 사는지, 삶의 목적이 무엇인지, 또는 무엇이 성공인지 물어보면 다음과 같이 대답한다. 돈 많이 버는 것, 안정적인 직업을 갖는 것, 집 사고 차 사고 자식을 잘 키우는 것, 공부 잘해서 좋은 학교에 가는 것, 잘 먹고 잘 사는 것 등. 돈을 많이 벌어 큰 집에서 살고 비싼 차를 굴리는 것이 처음에는 대단한 행복감을 주기도 한다. 하지만 시간이 흐를수록 한계 효용 체감의 법칙에 따라 행복감은 작아져만 가고 더 많은 돈과 물질 욕구에 빠져가는 자신을 발견하기도 한다.

사람들이 그토록 원하는 판검사나 의사 등 '사' 자가 들어가는 직업을 가지면 사람들이 존경하는 성공적인 삶을 사는 것 같다고 생각이 들 때가 있다. 하지만 범죄인들이나 환자들 속에서 격무에 시달리는 자신을 발견할 때면 자신의 선택에 회의하는 모습을 발견하기도 한다. 모두가 열광하는 가수나 배우가 되어 인기를 한 몸에 받으며 세상 꼭대기에 있는 것 같은 순간을 느끼다가도 언젠가는 물거품처럼 인기는 사라지고 롤러코스터 같은 대중의 인기에 의존하는 슬픈 자신을 발견하기도 한다.

많은 사람들이 삶의 목적을 생각할 때, 공부를 열심히 해서 명문대학을 졸업해 유망한 직업을 갖고 돈을 많이 벌어 큰 집과 비싼 차를 사고 명품으로 치장하며 남에게 떵떵거리며 사는 소위 '세속적인 성공'을 이루려고 한다. 대부분의 현대인들은 돈이나 물질, 사회적인 지위나 영향력, 쾌락에 성공의 기준을 둔다. 하지만 《뉴욕 타임스》의 칼럼니스트인 데이비드 브룩스David Brooks는 진정한 의미에서 삶의 목적과 성공은 다음과 같다고 한다.

> 자신의 부족함과 결함을 직시하고 자신과의 내적 투쟁을 통해 인격적으로 성숙한 사람이 되는 것이다. 도덕적으로 거룩하고 성스러움을 위해서, 내적인(인격적인) 성장을 위해서, 그리고 더 훌륭한 영혼으로 거듭나기 위해 살아야 한다.
>
> — 데이비드 브룩스, 《인간의 품격 The Road to Character》 중에서

두 가지 유형의 인간 본성

브룩스가 지적한 것처럼, 오랫동안 인류를 지탱해오던 종교와 윤리에 입각한 '도덕적 실재론'이 무너져 내렸다. 그리하여 모든 척도는 인간 자신이며 우리 인간은 모든 것이 가능하다고 믿는 '도덕적 낭만주의'가 현대사회를 지배하게 됐다. 절대적 가치는 상실하

고 상대적 가치만 존재하는 현대는 아담 Ⅰ과 아담 Ⅱ로 나뉘는 두 가지 유형의 인간 본성이 공존하고 있다. 그리고 인간의 대부분은 아담 Ⅱ보다는 아담 Ⅰ을 지향하고 있다. 아담 Ⅰ과 아담 Ⅱ는 다음과 같다.

아담 Ⅰ : 그럴듯한 직업을 갖고 경제적인 부와 사회적인 지위 쌓기에 전념하는 인간형.

아담 Ⅱ : 인격적으로 부족한 자신을 깨닫고 내적 투쟁과 대화를 통해 성숙한 사람이 되려는 인간형.

아담 Ⅰ과 아담 Ⅱ는 인간 본성의 두 가지 상반된 면을 상징한다. 이는 랍비 조셉 솔로베이치크*Joseph Soloveitchik*의 저서 《고독한 신앙인*Lonely Man of Faith*》에서 언급되듯이, 구약 성경의 창세기에 나오는 창조에 관한 두 가지 묘사에서 비롯하고 있다.

아담 Ⅰ : 외적인 아담으로 그럴듯한 세상적인 업적을 추구하고 야망에 충실한 본성.

아담 Ⅱ : 내적인 아담으로 고요하고 평화로운 내적 인격을 갖추길 원하고 선한 사람이 되고 싶어 하는 본성.

언제부턴가 우리의 삶의 목적이 상당히 바뀌었다. 서구는 멀게는 산업혁명 이후부터, 가까이는 양차 세계대전이 끝나고 경제적으로 부흥이 되어가던 시점부터이다. 한국은 산업화가 본격적으로 이루어지는 권위주의 시대부터 삶의 목적이 바뀌기 시작했다고 볼 수 있다. 그 시기를 기점으로, 인격적으로 성장하고 성숙한 사람이 되어 타인과 사회에 도움이 되는 존재가 되려는 이들의 비중이 점점 감소되어 갔고, 대신 가능한 많은 부를 이루어 경제적으로 안정되고 편리한 삶을 살려는 이들의 비중이 커져 갔다. 그리고 사회적으로 높은 지위에 올라 남에게 자신을 내세우며 영향력을 행사하는 것이 중요하게 되어버렸다. 이러한 변화가 생긴 배경에는 그동안 삶의 목적 형성에 지대한 영향력을 주었던 종교, 사상, 이념이 쇠퇴하고 그 자리에 '만물의 척도는 사람이요, 돈이요, 권력'이라는 사상이 자리 잡은 것이 큰 원인이다. 물론 여전히 종교의 근본 윤리에 입각해 사는 사람들이 많이 있다.

모두가 평등하니 잘 살 것만 같았던 사회주의는 이론만 그럴듯하지 현실에서는 실패했다. 현재 지구상 대부분의 나라에서 유행하고 있는 자본주의는 찰스 다윈*Charles Darwin*의 '적자생존의 법칙'에 따라 경쟁에서 강자만이 살아남고, 승자가 모든 것을 독식하는 구조를 만들었다고 해도 과언이 아니다. 이런 상황에서는 자신의 부족함과 결함을 성찰하고 자신과 치열하게 내적인 투쟁을 통해 인격적으로 성숙한 사람이 되려 하는 사람들은 뒤로 밀려나 빛을 발하지 못하게 된다. 대신 인격적으로는 문제가 많더라도 그럴듯한 지위와 부를 갖춘 사람들이 인정받고 우러러보는 상황이 되어버렸다. 이는 어느 한 분야에만 해당하는 것이 아니라 경제, 정치, 사회, 문화, 교육 등 모든 분야에서 나타나고 있는 현상이다.

그럼에도 불구하고 나는 데이비드 브룩스의 지론에 찬성표를 던지고 싶다. 우리가 지향해야 할 삶의 목적은 아담 I이 아니라 아담 II이다. 앞으로 우리에게 펼쳐질 미래 사회, 그리고 우리 후손들이 살아갈 미래 사회가 우리가 상상할 수 없을 만큼 변한다 할지라도, 우리의 삶의 목적이 아담 II에 있어야지 아담 I에 있어서는 안 된다. 기후 변화와 환경오염으로 인해 지구를 벗어나 화성으로 이주해서 살거나, 유전 공학의 발전으로 인간이 거의 영구적으로 사는 날이 오거나, 로봇의 발전으로 반은 인간이고 나머지 반은 로봇인 사이보그가 지배하는 세상이 펼쳐져도, 우리의 삶의 목적은 외적 영향력을 키우기 위한 것이 아닌, 내적 성장을 이루는 것에 있어야 한다. 그것이 진정한 행복을 위한 길이며, 인류 존속을 위한 길이다.

가치 지향적 삶

~~~~~~~~~~~~~~

영국의 수상이었던 윈스턴 처칠*Winston Churchill*은 "오늘날 우리 사회의 문제점들 중 하나는 가치 있는 사람이 되려 하지 않고, 중요한 사람이 되려는 것에 있다"고 지적했다. '중요한 사람'이라는 것은 타인의 시각에 투영됐을 때 타인에게 인정받는 사람이다. 현대인은 끊임없이 타인의 눈으로 자신을 바라보고 타인의 시각에서 자신의 정체성을 규정하려 한다. 사람들로부터 인정을 받지 못하면 실패한 인생이라 여기고, 사람들로부터 인정을 받으면 성공한 인생이라 여긴다. 페이스북을 비롯한 각종 소셜 미디어의 '좋아요'는 타인의 인정을 목말라하는 현대인의 본성을 그대로 반영하고 있다.

우리는 사회적 지위, 경제적 능력, 영향력, 평판으로 그 사람이 중요한 인물인지를 판단한다. 하지만 정말 중요한 것은 쓸모 있는 인간, 가치 있는 인간이 되는 것이다. 사람들에게 그리고 사회에 정말 필요하고 쓸모 있고 가치 있는 존재가 되어야 한다. 그래서 알베르트 아인슈타인*Albert Einstein*은 '성공하는 사람보다는 가치 있는 사람이 되라'고 강조했다.

존 맥스웰*John C. Maxwell*은 목사이자 전 세계 180개 국가에서 500만 명의 지도자를 훈련시킨 최고의 리더십 전문가 중 한 사람이다. 그는 의미 있는 삶은 '다른 사람들에게 가치를 더하는 것'이라고 한다.

세상을 변화시키는 사람들은 타인의 삶에 가치를 더할 방법을 숙고하고 그들의 삶에 변화를 일으킬 수 있도록 의도적으로 실천하는 사람들이다. 타인의 삶에 가치를 더할 때는 그들이 스스로 하지 못하는 것을 해주는 것이 중요하다.

— 존 맥스웰,《다시 일어서는 힘*No Limits*》 중에서

맥스웰은 매일 저녁 5분씩 내일 만날 사람들을 떠올리고 마음속으로 어떻게 하면 그들에게 가치를 더할 수 있을지 구체적인 말과 행동 등 방법을 생각한다. 그리고 매일 밤 다른 사람들에게 가치를 더했는지를 자문해보고 '그렇다'고 답할 수 있으면 잘 보낸 하루라고 여겼다. 그의 책 제목처럼 우리에게는 한계가 없음을 상기시키면서 성공은 타인에게 가치를 더하는 것이기에 성공을 평가하는 기준은 '얼마나 다른 사람을 도울 수 있는지'에 있다고 그는 강조한다. 포드*Ford*의 전 회장 앨런 멀럴리*Alan Mulally*도 "최대한 능력을 발휘하려면 사람들을 섬기고 사람들에게 가치를 더해야 한다"고 지적한다. 사람들을 더욱 가치 있게 하고 더 나은 가치를 위해 살게 하는 것은 개인이 성장하는 중요한 원천이자 사회가 발전하는 원동력이다. 그리고 고등동물이요 사회적 동물인 인간에게 주어진 특권이다.

우리는 다른 사람들의 의견이나 다른 사람들이 하는 비교를 통

해서 자신을 평가하는 경향이 있다. 하지만 스티븐 코비 Stephen R. Covey 가 《성공하는 사람들의 7가지 습관》에서 지적했듯이, 자기 자신의 중요한 가치를 발견하고 실현해 감에 따라 우리는 더 이상 타인의 잣대가 아닌 자기 내부의 잣대로 자신을 평가하게 된다. 타인의 잣대와 사람들의 평가는 언제든지 변하기 마련이고 믿기 힘들고 믿어서도 안 될 때가 많다. 타인이 나보다 더 나 자신을 잘 아는 경우는 드물다. 사람들은 피상적으로 드러나는 나의 일부를 보고 판단하고 평가하고 나를 규정한다. 타인의 시각이나 타인의 잣대에 맞추어 살다가는 빈껍데기가 되기 십상이다. 나의 고유한 가치는 내 안에 있지 사람들의 의견이나 평가, 또는 다른 사람들과의 비교에 있지 않다. 나는 '나'일 뿐 또 다른 타인과 같은 나는 존재하지 않기에 나의 잣대로 나를 바라보고 나의 가치를 발견하여 자신을 성장시켜 나가야 한다.

이 지상에 존재하는 인간은 누구나 무엇과도 바꿀 수 없는 소중한 존재이다. 그리고 누구에게나 인간으로서 고유한 가치가 있고 강점이 있으며 사회의 발전에 기여할 수 있다. 이 세상에는 강점만 있거나 약점만 있는 사람은 없다. 모두가 강점도 있고 약점도 있다. 어떤 사람은 절대적으로 가치가 있고 어떤 사람은 아무런 가치가 없다고 할 수는 없다. 사회적 지위나 경제적 능력과는 상관없이 인간은 모두 똑같이 가치 있고 소중하며 타인의 삶과 사회에 기여할 만한 점이 있다. 자신의 가치와 강점에 집중하면 가치 있는 삶을 살 수 있다. 이 사실을 깨달으면 자신을 존중하게 되고 타인을 배려하고 자신이 발견한 삶의 목적에 따라 살게 된다. 존 맥스웰은 강조하길, "가치관이 성품을 낳고 성품이 인생의 방향을 결정하고 성공적인 인생의 기반이 된다"고 했다.

가치 지향적 삶은 당장 빛을 발하지 못할 수 있고, 힘들고 많은 노력을 요구하기도 한다. 사람들은 지금 당장 손에 잡힐 듯 쉽게 얻을 수 있는 것을 좋아하고, 사람들에게 빨리 능력을 인정받고 싶어 하기에 가치 지향적 삶을 회피하려 한다. 하지만 존 맥스웰의 사례에서 보듯이, 자신의 소중한 가치를 발견한 사람들이 상대방을 향한 작은 말과 행동으로 다른 사람들의 삶에 가치를 더해 타인의 삶을 변화시킨 것을 알 수 있다. 가치 지향적인 삶을 사는 사람들을 통해 사회는 한층 더 인간다운 모습으로 변모해 간다.

성장형 사고방식

스탠퍼드대학교의 심리학 교수인 캐롤 드웩 _Carol Dweck_ 은 성공을 "자신을 성장시키고 성숙시키는 것이다"라고 정의했다. 실패는 성장하지 못하고 숙성하지 못하고 정체되는 있는 상태라면, 성공은 지속적으로 성장하며 성숙해지는 것이다. 그녀의 저서 《마인드셋

Mindset : The New Psychology of Success》에서 서로 상반된 두 가지 마인드셋 ―고정형 사고방식과 성장형 사고방식― 을 묘사한다.

'고정형 사고방식*Fixed Mindset*'을 가진 사람은 개인의 자질은 태어날 때부터 이미 주어져 있다고 믿으며, 타고난 자질과 능력을 갖춘 성공적인 사람들은 자신의 존재 가치를 사람들에게 끊임없이 입증하려 한다는 것이다. 반면, '성장형 사고방식*Growth Mindset*'을 가진 사람들은 성공에 필요한 자질과 능력은 태어날 때부터 정해져 있지 않으며, 사람의 노력에 의해 끊임없이 계발되고 향상될 수 있다고 믿는다. 성공을 위해 새로운 것을 배우고 열심히 노력하고 탐구하고 훈련하여 자신을 성장시킨다는 것이다.

사람들은 자신의 운명이 이미 정해져 있다고 생각하고 운명론에서 벗어나지 못한다. 자신이 어찌할 수 없는 유전자에 의해 외모, 성격, 지능 등이 이미 결정되었으며, 자신이 태어난 가정환경과 부모의 경제적인 능력, 사회적 지위가 자신의 미래를 이미 결정했다고 생각한다. 이들은 자신을 둘러싼 외부 환경이 이미 자신의 능력을 결정지었다고 보고 내/외적인 성장보다는 현상 유지를 하려 하기에 정체되고 보수적인 성격을 가지게 된다. 부유한 환경에서 자라난 사람은 자신의 화려한 집안 내력을 과시하고 자신이 잘났음을 사람들이 인정해주길 바란다. 부유하지 못한 환경에서 성장한 사람들은 열등감과 패배감에 사로잡혀 사람들을 회피하고 어두운 인생을 살기도 한다. 이런 사람에게는 진정한 성장이나 발전을 찾아보기 힘들고, 인간적인 매력이나 감동, 끌림을 찾기도 힘들다.

이와는 정반대로, 자신의 운명은 정해져 있지 않고 자신의 노력에 따라 얼마든지 변할 수 있다고 생각하는 사람들이 있다. 이들은 자신이 태어난 환경이나 부모의 사회적·경제적 지위는 중요하지 않다고 생각하며 스스로 자신의 삶을 개척해 나아가는 것에 역점을 둔다. 자신의 좋지 않은 환경이나 장애 요인에 대해 불평하기보다는 오히려 발전의 기회로 삼고 역전하려고 애쓴다. 모든 문제는 외부 환경에 있지 않고 스스로에게 있다고 생각하고, 나의 노력에 따라 모든 것이 바뀐다고 생각하여 최선을 다해 더 나은 자신을 만들려 노력한다. 오늘보다 더 나은 내일을 꿈꾸며 위험을 감수하고 도전하며 성취하는 데 역점을 둔다. 이들은 자신을 낮추고 강한 호기심으로 끊임없이 탐구하고 배우며, 자신과의 투쟁을 통해 성장하고 성숙되어 간다. 경쟁 상대는 주변의 동료도 아니고 외부적인 환경도 아니며, 바로 나 자신, 더 나은 나 자신이고 더 나은 나의 미래이다. 이런 사람들에게는 인간적인 냄새가 나고 감동과 끌림이 생긴다.

역사상 뛰어난 인물은 대부분 캐롤 드웩이 묘사하듯이 고정형 사고방식을 가진 사람들이 아니라 성장형 사고방식을 하는 사람들이다. 우리는 탁월한 사람은 무언가 일반 사람과 다른 점들이 있다고 생각한다. 이러한 차이점은 교육이나 성장 과정에서 만들어지는 것이 아니라 태어나면서부터 그 사람에게 내재되어 있다고 생각하기 쉽다. 하지만 좋은 가정에서 태어나 많은 교육을 받았어도 탁월한 능력이나 지도력을 발휘하지 못하는 사람들이 많다. 반대로 평범한 가정 또는 경제적으로 힘들고 좋지 않은 가정환경에서 태어난 데에다가 탁월한 교육 배경이 없음에도 불구하고 뛰어난 업적을 남기는 경우도 있다. 맨 밑바닥부터 시작해서 정점에 오르거나 자수성가하는 사람들, 세상에는 이런 사람들이 의외로 많다.

우리는 운명을 거슬러 역전하는 사람들을 향해 존경심을 갖고 찬사와 함께 박수를 보낸다. 이들은 대부분 성장형 사고방식을 하는 사람들이다. 베스트셀러 《그릿Grit》의 저자 앤절라 더크워스가 지적했듯이, 성장형 사고방식을 갖고 있는 사람은 역경이 닥쳤을 때 낙관적 해석을 하고 끈기 있게 새로운 도전을 하려는 행동으로 이어져 더 강한 사람으로 바뀌게 된다. 반대로, 고정형 사고방식을 갖고 있는 사람은 역경에 직면하여 비관적인 해석을 하고 도전 상황으로부터 회피하거나 포기하는 행동으로 이어진다.

타인 지향적 목적

앤절라 더크워스Angela Duckworth는 펜실베이니아 대학 심리학 교수이다. 그녀의 저서 《그릿》에서 삶^일의 목적은 '다른 사람의 행복에 기여하려는 의도'라고 규정한다. 사람들은 처음에는 자기 자신을 위한 이익이나 쾌락을 위해 일을 시작하지만, 인간이 본래 목적과 의미를 추구하도록 진화해 왔듯이 나중에는 타인 중심의 목적으로 바뀐다는 것이다. 그래서 자신의 일이 타인의 삶에 도움이 되거나 더 나은 사회를 만드는 데 기여하기를 바란다는 것이다. 미국 성인 1만 6천 명을 대상으로 '그릿 척도'를 검사한 결과, 열정과 끈기가 있는 사람들은 의미 있고 타인 지향적 삶을 추구하는 동기가 다른 사람들보다 훨씬 강한 것으로 나타났다. 아울러 타인 지향적 목적 이 강할수록 열정과 끈기도 강한 것으로 나타났다. 사람들에게 '목 적은 커다란 동기의 근원'이기 때문이다. 인간에게는 두 가지 형태 의 목적이 공존하고 있다. 자기 지향적 삶을 추구하는 것과 타인 지 향적 삶을 추구하는 것. 사람에 따라 전자 또는 후자가 더 많이 작 용하지만 완전히 자기 지향적인 또는 타인 지향적인 사람은 매우 드물다. 사람은 발전하고 성숙해짐에 따라 자기중심적인 삶에서 점차 벗어나 타인 지향적인 삶을 살아가게 된다. 그렇다고 해서 완 전히 타인 지향적인 사람이 되는 경우는 흔하지 않다. 우리에게서 완전히 자기중심성을 제거하기란 힘들기 때문이다(물론 그런 사람이 있 기는 있지만). 자기중심성과 타인 지향성이 함께 공존하고 있으며 이 양자를 적절히 조화하고 균형을 이루어야 할 필요가 있다.

닉 부이치치^{Nick Vujicic}는 팔다리가 없이 태어난, 일반적인 시각으로 보면 불행한 사람이라고 할 수 있다. 하지만 그는 자신의 불우한 상황에 절망하지 않고 자신의 한계를 극복하였으며, 지금은 복음 전도사로 전 세계를 돌아다니며 강연하고 있다. 그의 경험으로 비춰볼 때 한계를 뛰어넘는 삶을 살게 하는 첫 번째 요인은 '삶의 목적의식'을 갖는 것이라고 한다. 삶의 목적을 발견하는 것만큼 중요한 것은 없다. 그리고 살아가면서 '자신의 가치'를 발견하는 것 역시 무척 중요하다고 그는 강조한다. 그는 자신이 신체적인 장애를 갖고 있어 인간적으로는 모자람이 있지만, 자신은 누구와도 바꿀 수 없는 너무도 소중한 존재라고 생각하고 있다고 했다. 그러한 그의 삶의 모습은 많은 사람에게 영감을 주고 있다. 그는 자신이 고유한 인격체로서의 가치와 아름다움을 갖고 있음을 깨달았기에 자살을 포기하고 희망과 사랑을 온 세상 사람들에게 전하는 메신저가 될 수 있었다. 닉 부이치치는 "의미 없는 삶은 희망이 없다", "삶의 의미는 남을 돕는데 있다"고 강조한다. 사람들을 적극적으로 도와줄 때 기쁨과 행복을 느끼게 되고, 사람들을 섬기지 않으면 진정한 성취감이나 만족감을 느끼기란 어렵다는 것이다.

자기 자신만을 위한 삶은 쉽게 피로하고 공허감에 빠지게 한다. 사람들은 자신이 그토록 원하는 목표를 성취한 후 깊은 피로감이나 공허감, 또는 절망감을 느끼는 경우를 경험한다. 무엇 때문에 그토록 자신이 세운 목표를 위해 열심히 살아 왔는지 허망함에 빠지게 된다. 그건 자신의 목표가 오직 자신만의 행복이나 이익 충족을 위한 것이기 때문이다. 본질적으로 이기적인 동물인 인간이 자기 이익을 충족하고 자신이 원하는 목표를 이루어냈는데도, 역설적으로 깊은 공허감에 빠지게 되는 이유는 이기적인 존재인 인간이 사회라는 공간 안에서 '이타적인 존재'로 진화해 왔기 때문이다. 우리의 삶이 자기중심에서 벗어나 타인 지향적으로 바뀌어 갈 때, 진정한 만족과 행복을 느끼는 것을 경험하게 된다. 다른 사람을 위해 일하고 다른 사람에게 실질적인 도움을 주고 다른 사람과 더불어 살아갈 때 우리는 행복을 느낀다. 사람들로 인해 상처받고 고통받아 힘들어질 때는 사람들과 멀리해야겠다고 다짐을 하기도 하지만, 그럼에도 불구하고 사람들 안에서 희망을 발견하고 사람을 통해 기쁨을 얻고 성취감을 느낀다.

삶의 목적

독일 프랑크푸르트에서 태어나 하이델베르크 대학에서 박사학위를 받고 미국 컬럼비아 대학교 등 여러 대학에서 연구하고 강의하면서 《자유로부터의 도피*Escape from Freedom*》, 《소유냐 존재냐*To have or To be?*》, 《사랑의 기술*The Art of Loving*》 등의 저서를 남긴 사회심리학자 에리히 프롬*Erich Fromm*은 세계대전과 나치 전체주의의 잔혹성과 산업화의 폐해를 경험했다. 비록 프로이트 정신분석학의 영향을 받았지만, 그는 인간의 행동 동기나 열망이 프로이트가 강조하는 자기 보존 본능과 성 본능으로 설명되지 않는 부분이 있다는 것을 알았다. 다른 동물과 달리 인간은 굶주림과 성 욕구를 채워도, 아무리 많은 돈과 권력이 있고 명성이 있어도 만족하지 않는다. 사람은 홀로만 살 수는 없고 사회라는 '인간과의 관계' 속에서 존재한다.

현대사회에서 인간은 상품화되어 인간 시장에서 자신의 인격을 비싸게 팔아야 하는 지경에 이르렀다. 상품처럼 자신을 그럴듯하게 포장하고 누군가에게 팔려 나가는 존재가 된 것이다. 자신이 잘 팔리면 성공이고 못 팔리면 실패로 생각한다. 자신의 지식은 물론 가진 모든 것이 상품을 포장하는 요소가 되어 진열대에서 선택받는 신세가 되었다. 에리히 프롬에 의하면, 현대인은 자신을 시장에서 판매되어야 하는 상품이자 판매자로 생각하기 때문에, 자신이 통제할 수 없는 조건에 따라 자존감이 결정된다고 한다. 성공하면 소중한 존재가 되고, 성공하지 못하면 무가치한 존재가 된다. 이러한 상황에서 우리는 무력감, 공허감, 불안감, 열등감에 빠지고 각자의 개성과 정체성, 자기실현은 사라진다.

인간은 자신의 삶과 행복에는 관심이 없고, 팔릴 수 있느냐에 관심을 쏟는다.

— 에리히 프롬, 《자기를 위한 인간Man for Himself》 중에서

인간이 상품이 되어 교환 가치에 의해 자신의 운명이 결정되고 인간이 사물로 변질되면서 삶의 무의미함에 시달리는 현대 자본주의 사회에서, 그리고 존재를 추구하지 않고 소유를 추구하는 현실에서 프롬은 "인간의 목표는 '본연의 자신이 되는 것'이고 그 목표를 달성하기 위해서는 인간이 '자신을 위해' 존재한다고 믿는 것에서부터 출발한다"고 강조한다. 인본주의 윤리학에서 최고의 가치는 자기 포기나 이기심이 아니라 자신을 사랑하는 '자기애自己愛'이며, 독립적인 개인을 부정하는 것이 아니라 진정으로 인간적인 자아를 인정하는 것이라고 한다. 성숙하고 원만한 인격, 즉 생산적인 성격이 '미덕美德'의 원천이며 근원이고, '악덕惡德'은 궁극적으로 자아에 대한 무관심이며 자기 훼손이라는 것이다.

인간이 자신의 노력으로 만들어내는 가장 중요한 결과물은 자신의 인격이다. 인간은 자신에 대한 책임을 인정하고 자신에게 내재된 능력을 활용하는 경우에만 자신의 삶에 의미를 부여할 수 있다.

— 에리히 프롬, 《자기를 위한 인간》 중에서

우리 삶의 목적은 본연의 자신이 되는 것, 그리고 세속적인 성공에 있지 않고 의미 있는 삶을 사는 것에 있다. 의미 있는 삶은 인격적으로 성숙할 뿐만 아니라 다른 사람들의 삶과 사회에 가치를 더하는 삶이다. 우리 삶의 목적을 다르게 표현하면, 인격적으로 성숙하고 선하고 고요한 아담 II와 함께 타인의 삶에 도움이 되고 꿈을 이룰 수 있도록 돕는 것이다. 누군가 나를 위해 좋은 일들을 했듯이 나도 다른 사람을 위해서 좋은 일 하는 선순환을 만들어야 한다.

그것이 자식이든, 남편/아내이든, 직장 선후배이든, 제자/스승이든, 친구이든, 고객이든, 우연히 만나 알게 된 사람이든, 생김새와 피부 색깔에 상관하지 않고, 성별과 나이에 상관하지 않고, 어디 출신인지 경제 사회적 지위는 어떠한지를 상관하지 않고, 모든 사람들이 인간답게 살 수 있도록, 인간답게 대접받을 수 있도록, 불평등과 차별에 대항해 약자의 편에서 제도를 개선해 나가도록 노력하는 것이다.

그러한 사례로서 링컨 대통령, 마틴 루터 킹 목사, 슈바이처 박사, 테레사 수녀, 달라이 라마를 들 수 있다. 이들은 우리에게 잘 알려진 위인들인데, 잘 살펴보면 다음과 같은 공통점이 있다. 아담 I 보다는 아담 II, 성공 지향적이기보다는 가치 지향적이고, 고정형 사고방식보다는 성장형 사고방식을 가지고 있다. 그리고 자기중심적이기보다는 타인 지향적인 인물들이다.

세상을 바꾸는 사람들은 위대한 목적이 그들 가슴에 살아 숨 쉬고 있다. 그래서 어떠한 역경에도 좌절하지 않고 역경을 이겨내어 그 목적을 달성한다. 위대한 목적이 위대한 사람을 만들었다고 해도 과언이 아니다. 위대한 목적이 그들의 삶에 의미와 동기를 부여하고 정체성을 확립시켜주며 삶의 방향을 잡아주어 이 땅에서 이루고자 하는 것을 이루어 나가게 한다.

역사에 새로운 장을 써 내려간 위대한 사람들도 사실 우리와 별다른 점이 없는 사람들이다. 평범한 우리들처럼 힘들어하고 고통스러워하고 후회하고 고민한다. 모든 사람들이 그렇듯이 죽음 앞에서 슬퍼하며 세상을 떠난다. 후세 사람들이, 또는 동시대 사람들이 그들은 우리와는 너무도 다른 사람들인 것처럼 미화하고 신격화하며 우상화하기에 그들은 처음부터 영웅으로 태어난 인물이라고 착각하게 될 뿐이다. 우리와는 다른 점이 있다면, 그들에게는 삶의 위대한 목적이 있었고 그 위대한 목적을 성취하기 위해 부단히 노력하며 살았다는 점이다. 그리고 위대한 목적을 성취하는 과정에서 자기중심에서 벗어나 모든 사람을 포용하고 더 나은 사회를 만들기 위해 성찰하는 성숙한 인격으로 변화해 가는 것이 진정한 행복을 향해 가는 지름길임을 그들은 보여주고 있다.

chapter 4

더 나은
세상을
만들기 위한
작은 공헌

우리가 위대한 삶을 살았다고 평가하는 기준은 사람마다 다르겠지만, 얼마나 다른 사람들의 삶을 행복하게 하고 더 나은 사회로 만들어 갔는지가 중요한 기준이 될 수 있다. 예를 들어, 링컨 대통령, 마틴 루터 킹 목사, 슈바이처 박사, 테레사 수녀, 달라이 라마는 그들의 삶을 통해 많은 사람들이 더 좋은 삶을 살게 됐고 사회를 한층 발전되었다는 공통점이 있다. 무엇보다 중요한 점은 그들 가슴속에 위대한 삶의 목적이 살아 숨 쉬었고 그 목적이야말로 그들을 살아가게 하는 원천이었다는 것이다. 그들 삶의 목적의 방향은 자신에게만 머물러 있지 않고 많은 사람을 향해 있었다.

링컨 대통령

~~~~~~~~~~

미국 국민을 상대로 역대 대통령들 중에 가장 존경하는 인물을 묻는 여론조사를 보면, 상위 세 명에는 조지 워싱턴$_{George\ Washington}$, 에이브러햄 링컨$_{Abraham\ Lincoln}$, 프랭클린 루스벨트$_{Franklin\ D.\ Roosevelt}$가 뽑힌다. 그중에서도 워싱턴이나 루스벨트보다는 링컨을 선호한다. 에이브러햄 링컨은 미국 16대 대통령이다. 링컨의 부모는 농장, 가축, 부동산을 소유하여 여유가 있는 집안이었다. 하지만 잘못된 토지 재산 소유권으로 인해 재산을 잃게 된 후 가세가 급격히 기울었다. 결국 링컨은 단칸 통나무집에서 살며 어려운 환경에서 성장했고 정규 교육을 받은 것은 고작 18개월뿐이었다. 하지만 그는 지적 호기심이 많아 농장일꾼, 점원, 선원 등 여러 가지 잡다한 일을 전전하며 생계를 유지하면서도 주변 사람들에게 많은 책을 빌려 언제 어디서든지 책을 읽었다. 야망이 없이 목수와 농부에 만족하며 평범한 삶을 살아가는 아버지와는 달리 변호사가 되겠다고 결심한다.

그는 독학으로 법률 공부를 해 법률시험에 합격하여 변호사가 된다. 하지만 그는 변론한 거의 모든 소송에서 졌을 뿐만 아니라 주 의회 선거에서도 낙선한다. 결국에는 25세에 일리노이 주의원에 당선되었고, 연방의회 선거에서 낙선과 당선을 반복한다. 1860년 대통령 선거에서 공화당 대통령 후보로 지명받았다. 민주당에서 거물급 상원의원 더글러스를 지명해 링컨에게는 힘든 선거였지만, 민주당이 분열한 덕분에 링컨은 40%가 채 안되는 표를 얻고서도 운 좋게 대통령에 당선되었다.

그는 '모든 인간은 평등하게 태어났다'는 미국 독립선언문의 가치를 믿었다. 흑인노예들도 자유와 행복을 누릴 권리를 가진 존재로 여겼고 노예제도는 도덕적으로 잘못된 제도라고 주장했다. 드디어 1863년 노예 폐지 선언을 하고, 노예제도에 반대하는 인물이면 상대당인 민주당 출신의 인물이더라도 기꺼이 기용했다. 흑인을 인간 이하로 여겼던 시대에 흑인도 백인과 동등하다고 설파하며 '법 앞에서의 평등'을 실현한다는 것은 당시에는 과히 혁명적이었다. 노예제도의 폐지를 주장하는 북부와 존속을 주장하는 남부 사이에서 일어난 '남북전쟁' 동안 약 75만 명이 사망했으며, 가장 치열한 격전지였던 게티즈버그전투에서는 무려 5만 명 이상의 사상자(7천 명 이상이 사망)가 발생했다. 게티즈버그연설에서 "모든 인간은 자유롭고 평등하다"고 선언했다. 노예제도의 폐지를 외치던 링컨은 남북전쟁에서 승리하여 흑인 노예의 해방을 이루었고 남북으로 분열된 나라를 다시 하나로 통합하게 되었다. 미국의 건국이념에서 한발 더 나아가 더욱 개방적이고 포괄적인 민본주의를 의미하는 '국민의, 국민에 의한, 국민을 위한 정부'에는 그의 민주주의에 대한 신념과 인도주의가 크게 작용했다.

승리의 기쁨도 잠시, 비극이 기다리고 있었다. 로버트 에드워드 리*Robert Edward Lee* 장군이 이끌던 남부 연합이 패배하여 항복한 지 2일이 지난 1865년 4월 14일 저녁, 링컨은 총에 맞아 다음 날 아침에 사망한다. 워싱턴 포드극장에서 남부 지지자이자 배우인 존 윌크스 부스*John Wilkes Booth*가 쏜 총에 맞아 미국 역사상 처음으로 대통령이 임기 중에 암살당한 것이다.

링컨은 많은 정치적인 위기와 풍랑을 겪었던 신념과 의지의 인물이었다. 인간 본성은 선하고 인간 사회는 더 나은 미래를 향해 나아가고 있다고 믿었다. 정의와 자비가 승리한다고 믿었고 정의가 반드시 이 땅에 뿌리내리길 간절히 원했다.

> 링컨은 항상 "나는 반드시 승리하려고 하지 않지만 진실하려고 노력합니다. 나는 반드시 성공을 거두려 하지 않지만 내가 옳다고 여기는 방식으로 살아가려고 노력합니다"라고 기도했다.
>
> — 데일 카네기*Dale Carnegie*, 《링컨 : 당신을 존경합니다*Lincoln, the unknown*》 중에서

링컨은 인간적으로 정직하고 따뜻한 사람이었지만, 평생 우울증과 슬픔으로 시달렸다. 평소에도 신경쇠약과 우울증으로 정신

적인 고통을 겪었고 '인생이 무상하다'며 깊은 시름에 빠져 있을 때가 많았다. 결국은 죽어야 할 운명을 갖고 태어난 인간으로서 언젠가는 이 세상을 떠나야 한다는 현실에 직면해 있었다. 그전에 무언가 사람들이 자기를 기억할 만한 일을 이루고 싶었고 자신의 꿈을 실현하고 싶었다. 하지만 정치에 대한 실망은 갈수록 커졌다. 그가 아홉 살 때 어머니가 죽었고 누나도 아기를 낳다가 세상을 떠났으며, 아들들도 연이어 사망했다. 그가 진정으로 사랑한 여성이 있었는데, 그녀와 사랑의 결실을 맺기도 전에 그녀가 병에 걸려 꽃다운 나이에 세상을 떠나버렸다. 그는 사랑한 여인을 떠나보낸 슬픔에서 헤어나지 못했다. 큰 충격과 절망 속에서 죽을 때까지 슬픔과 죽음을 다룬 우울한 시를 편집광 환자처럼 매달리며 좋아했다.

링컨은 단 한 번도 흑인 노예를 변호한 적이 없었다. 노예제 폐지보다는 통합된 연방국가에 더 관심이 있었으며 원주민인 인디언 추방에 대해서도 별 말이 없었다. 그럼에도 불구하고 여러 면에서 링컨의 정치적 목적은 어느 정도 달성되었다. 그의 미래지향적이고 인류애적인 정치철학이 노예를 해방하기에 이르고 미국을 하나로 통합하는 데 크게 기여했다.

그는 모든 인간에 대한 박애정신과 관용, 인간에 대한 진실한 사랑, 자유와 평등 같은 민주주의에 대한 확고한 신념이 있었다. 이것은 그가 어렸을 때 세상을 떠난 모친이나 큰 영향력이 없었던 부친으로부터 물려받은 것이 아니다. 세상에 발을 딛고 세상과 부딪치고 경험하면서, 세상의 불평등과 불의에 맞서 싸우면서 스스로 얻은 것이다. 그의 진보적이고 좌절하지 않는 삶의 목적이 정치적인 삶에도 의미를 부여했다고 보인다.

마틴 루터 킹 목사

링컨이 흑인 노예해방을 선언했지만, 그 이후로도 흑인들은 여러 면에서 차별과 인권유린을 당해 왔고, 가난의 굴레에서 벗어나지 못했다. 링컨의 흑인 노예해방선언 100년이 지나서야 이러한 어두운 현실을 깨트리는 주도적인 역할을 한 인물이 나타났으니, 그가 바로 흑인 목사인 마틴 루터 킹 주니어*Martin Luther King Jr.* 이다. 그는 백인 우월주의자들과 인종 차별자들에게 비판적인 침례교회 목사의 아들로 태어났다.

그는 어렸을 때부터 흑인들이 폭행과 차별을 당하는 현실을 지켜보면서 인종 차별이 없는 사회를 꿈꾸었다. 신학교를 졸업하고 보스턴대학교에서 신학 박사학위를 받았다. 침례교회 목사를 하는 동안 앨라배마주 몽고메리에서 한 흑인 여성이 버스에서 백인 승객에게 자리를 양보하지 않는다는 이유로 경찰에게 체포, 연행되는 사건이 발생한다. 이를 계기로 몽고메리 버스 보이콧 투쟁 등 인종 차별 반대와 인권 운동을 주도한다. 그의 역사적인 투쟁으로 케네디 정부가 인권 법안과 차별금지 법안을 마련하고 통과시키는 데 크게 기여했다. 하지만 그는 테네시주 멤피스에서 흑인 미화원 파업을 지원하러 갔다가 백인 우월주의자에게 권총을 머리에 맞아 사망하였다.

1963년 8월 28일 워싱턴 행진 때, 그는 워싱턴 기념탑 앞에서 25만 명이 넘는 군중을 향해 헌법과 독립선언서에서 모든 인간은 생명, 자유, 그리고 행복 추구권을 보장하고 있다고 외치며 다음과 같이 호소한다.

> 내 아이들이 피부색을 기준으로 사람을 평가하지 않고 인격을 기준으로 사람을 평가하는 나라에서 살게 되는 꿈을 꾼다. 흑인 어린이들이 백인 어린이들과 형제자매처럼 손을 마주 잡을 수 있는 날이 올 것이라는 꿈을 꾼다.
>
> — 마틴 루터 킹 목사의 연설, 〈나에게는 꿈이 있다I Have A Dream〉 중에서

그의 연설은 그의 삶의 목적이 무엇인지, 어떤 삶이 의미가 있는지, 그리고 무엇을 위해서 살았는지를 잘 나타내고 있다. 그의 연설은 시간이 흘러도 많은 사람들의 심금을 울리고 있고 미국 역사의 방향점이 되었다. 그는 폭력을 통해 흑인 해방을 주장하던 맬컴

엑스*Malcolm X*와는 달리 비폭력 저항운동을 통해 인종 차별을 없애고 인종 간 화합을 이루고자 했다. 그 공로로 1964년 노벨평화상을 받았다. 다른 여성들과의 혼외정사로 인해 그의 업적에 흠이 가기도 했다. 하지만 백인들에 의해 흑인과 소수 인종들이 각종 차별과 냉대로 쇠사슬에 묶여 고통을 겪을 때 그는 용기를 내어 외쳤다. "모든 인간은 평등하고 자유롭다." 그는 모든 사람은 인간답게 살 권리가 있으며 존엄하다는 것을 보여주었고, 비폭력 운동을 통해 목적을 실현해 나갔다는 점에서 그는 인간의 가치를 한 단계 높였다고 볼 수 있다.

슈바이처 박사

독일 출신의 알베르트 슈바이처*Albert Schweitzer*는 어려서부터 음악에 소질이 있어 교회에서 오르간 연주를 하기도 했다. 20대 때는 철학박사와 신학박사가 되어 아버지처럼 루터교 목사로 재직하면서 모교에서 강의를 했다. 그리고《예수의 생애 연구사*The Quest of the Historical Jesus*》를 집필하며 그야말로 예술, 학문, 신앙 속에서 평탄하고 행복한 삶을 살고 있었다. 그는 20세 때 30세까지만 학문과 예술의 길을 가고 그 이후로부터는 인류 봉사를 하겠다고 결심한다.

슈바이처는 어느 날 성경을 읽다가 "한 알의 밀알이 땅에 떨어져 죽지 않으면 그대로 있지만 죽으면 많은 열매를 맺는다"는 예수의 말씀을 따르기 위해 오르간 연주자이자 음악가, 그리고 교수로서의 안락하고 평탄한 길을 포기한다. 남은 삶을 흑인들에게 의료봉사하기로 결심한 후, 30살의 나이에 의사가 되기 위해 의과대학에 진학한다. 마침내 의사가 되어 유럽 제국주의의 착취와 백인들이 저지른 온갖 만행을 사죄하는 의미에서 평생 아프리카에서 흑인들에게 의료봉사를 한다. 그의 인류애는 기독교 신앙이 바탕이 되었고, 동시에 동기와 의미를 부여했다.

의사가 된 후 저술, 강연, 연주를 하면서, 그리고 기부금으로 수입을 마련해 아프리카에 있는 프랑스 식민지 랑바레네(현 가봉공화국의 도시)에서 자력으로 병원을 세워 흑인들에게 무료 의료봉사를 펼쳤다. 당시에는 양차 세계대전으로 많은 사람들이 죽어 가고 있었다. 그의 어머니도 제1차 세계대전 당시 적군이었던 프랑스 군마에 치여 죽었다. 자신은 타인의 생명을 구해주면서 다가올 평화의 시대를 맞이하기 위해 일할 수 있는 하루하루를 하느님의 은총으로 여겼다. 그의 깊은 사랑에 감동하여 많은 의사, 간호사, 원주민들이 봉사에 참여했다. 한센병과 정신병 환자들을 위한 의료시설도 추가적으로 만들었다. 노벨재단에서는 원시림의 성자, 흑인의 아버지로 불리는 그의 인도주의적인 의료봉사와 희생을 기념하여 1952년 그에게 노벨평화상을 수여했다.

그의 나이 57세 때 쓴 자서전《나의 생애와 사상*Out of My Life and Thought*》에서 언급했듯이, 그는 어렸을 때부터 가난하고 비참하게 사는 사람들에 대한 연민과 동점심이 많았다. 자신만 안락하고 행복한 삶을 살아서는 안 되고, 모든 인간은 행복하게 살 권리가 있다고 믿었다. 그러한 믿음은 모든 생명은 거룩하여 희생되어야 하는 생명은 없다는 '생명 경외의 사상'에 이른다. 그는 날벌레가 타 죽을 것이 불쌍해 밤에는 창을 닫고 불을 켜지 않았으며 나뭇가지 한 개도 함부로 꺾지 않았다.

> 삶에 대한 외경심은 체념의 음울한 골짜기를 지나 내면적 필연성으로부터 비롯된 윤리적 세계 긍정과 인생 긍정의 밝은 산 위로 우리를 인도한다. 정말로 행복할 수 있는 사람은 오직 섬김이란 어떻게 해야 하는지를 끊임없이 탐구하여 깨달은 사람이다.
>
> — 알베르트 슈바이처, 《나의 생애와 사상》 중에서

슈바이처는 자신의 삶을 통해 모든 생명은 자신의 생명처럼 소중하며, 존중받는 자세가 얼마나 중요한지를 보여주었다. 지구상에 존재하는 모든 생명은 인간이든 다른 동물이든 모두 똑같이 존중을 받아야 할 대상이어서, 어떤 생명은 더 귀하고 어떤 생명은 덜

귀하다고 말할 수 없다. 인간이 만들어놓은 편견과 아집이 인간과 다른 동물들을 차별화하고, 인간은 특별한 존재이니 특별한 대접을 받아야 한다는 고정관념에 빠져 있지만, 다른 동물들도 인간처럼 슬픔과 기쁨 같은 감정을 느낄 수 있고 이 지구상의 생태계를 유지하는 한 축을 담당하는 소중한 존재들이다. 인간의 생존과 이익을 위해서는 다른 생명체들이 희생되어야 한다는 당위성은 존재하지 않는다. 이 지구상에 존재하는 모든 생명체들은 평화롭게 공존하고 생명이 다하는 날까지 함께해야 할 존재들이다. 슈바이처는 자신의 삶을 통해 물질만능주의 속에서 사는 현대인에게 인간의 생명 그 자체가 얼마나 소중한지를 알려주고 있으며 사람을 섬기는 것이 바로 행복으로 가는 지름길임을 보여주고 있다.

　우리는 언제부턴가 사람의 가치를 돈으로 환산하고 경제적인 능력이나 사회적인 지위로 판단하게 되었다. 능력이 있어 보이면 가치 있고 대접을 받아야 할 존재로 여기고 그렇지 않으면 무시하고 넘어가도 될 대상으로 여기는 분위기가 있다. 하지만 슈바이처의 '생명 경외의 사상'에서 보면 모든 인간은 똑같이 대접받아 마땅한 소중하고 고귀한 존재이다. 어떤 극단적인 상황에 있더라도 모든 인간은 인간으로서 존엄성을 보장받아야 한다. 설사 나와 다른 인종이나 민족, 성 정체성을 갖고 있더라도, 나와는 너무 다른 생각과 사상, 종교를 갖고 있더라도, 모든 인간은 그 자체의 존엄성을 존중해야 한다. 이처럼 고귀한 인간 생명을 자신의 생명처럼 여기고 섬기는 자세가 진정 행복으로 가는 길임을 슈바이처는 잘 보여주고 있다.

테레사 수녀

테레사 수녀*Mother Teresa*는 마케도니아에서 태어났다. 가톨릭교회의 수녀가 된 이후, 당시 영국의 식민지였던 인도로 이주해 선교 활동과 빈민 구제에 전념했다. '사랑의 선교회'라는 자선단체를 설립하여 45년 동안 병자, 고아, 빈민, 그리고 죽어 가는 사람들을 위해 헌신했다. 그녀의 '사랑의 선교회'는 123개 국가로 확대되었고, 결핵, 나병, 에이즈 환자들을 위한 시설뿐만 아니라 고아원, 학교, 무료 급식소, 상담소 시설들도 갖추었다. 말년에는 심장병으로 두 차례나 심장마비를 겪었고, 말라리아에 감염되어 폐까지 침범하자 결국 사망했다. 그녀는 평생을 가난한 사람들을 위해 청빈을 선택하고 가난한 사람, 병자, 그리고 죽어 가는 사람들을 섬겼다. 그 공로로 1979년 노벨평화상을 수상했다.

노벨평화상 수상식 연설에서 언급했듯이, 그녀는 배고프고 벌거벗고 집이 없고 신체에 장애가 있고 눈이 멀고 질병에 걸려 사회로부터 돌봄을 받지 못하고 외면당한 사람들을 위해 살았다. 그녀가 말하길, "가난한 사람들이 가장 고통스러워하는 것은 물질의 빈곤이 아니라 사랑의 빈곤이며 사랑에 대한 배고픔은 빵에 대한 배고픔보다 더 강렬하다. 사랑은 고결하고 아름다운 것이 아니라, 허리를 숙이고 상처와 눈물을 닦아주는 것이다"라고 했다. 사랑의 반대는 증오가 아니라 무관심이며 우리는 사랑하기 위해서, 또 사랑받기 위해 창조되었다고 그녀는 강조한다. 그녀는 "당신에게 오는 사람이 누구든 돌아갈 때는 더 기쁘고 행복해져 있으십시오. 하느님의 자비를 보여주는 자비의 화신이 되십시오. 당신의 얼굴에 자비를, 눈에 자비를, 미소에 자비를, 따뜻한 인사에 자비를 머금으십시오"라고 당부했다.

테레사 수녀와 함께했던 지인이 쓴 그녀의 행적과 어록을 담은 책 《테레사 수녀 *Mother Teresa*》에는 그녀가 평생을 바쳐 가난하고 병든 사람들을 섬기려는 의지와 목적을 암시하는 말이 담겨 있다. "어둠 속에 있는 사람들을 위해 자신이 더욱 어두워져 그들을 밝게 비추겠다." 그녀의 고백처럼 그녀는 세상에서 가장 버림받고 어려움에 처한 사람들을 위해 자신을 바쳤다. 자신이 스스로 더욱 어두워져 그들을 빛나게 하고 섬기면서 세상을 마감했다. 이러한 박애정신이 우리 인간에게 주어진 최고의 덕목이자 최고의 삶의 목적일 것이다. 가톨릭교회에서는 그녀의 업적을 기려 2016년에 성인으로 시성하였다.

테레사 수녀는 조건적인 사랑을 뛰어넘어 무조건적이고 희생적인 사랑이 얼마나 고귀한지를 보여주었다. 우리는 조건적인 사랑에 익숙해져 있다. 자신의 기준에서 상대방이 사랑할 만한 사람인지를 먼저 따지고 내가 이렇게 했으니 상대방도 그만큼 해주길 바란다. 상대방에게 준 사랑만큼 자신에게 사랑이 돌아오지 않으면 서운하게 생각한다. 조건적이고 주거니 받거니 하는 거래를 당연하게 생각한다. 내 가족이나 친구, 직장 동료이기 때문에 특별하게 생각하고 자신과 관련이 없으면 전혀 신경 쓰지 않아도 된다고 생각한다. 만약 상대방이 경제적으로, 사회적으로 힘든 상황에 있으면 더욱 상대하기를 꺼린다.

조건적인 사랑, 또는 주는 만큼 받아야 한다는 욕망에 기초한 애정은 깊은 공허감과 허망함을 느끼게 할 때가 있다. 상대방 역시 나를 조건적인 사랑으로 접근하고, 주는 만큼 받으려는 자세에 깊은 실망감을 경험하게 될 때가 있기 때문이다. 나도 그러한데, 상대방도 마찬가지이니 누구를 탓할 수 있겠는가. 조건적인 사랑은 사람을 성장시키거나 성숙하게 하지 못한다. 지속적으로 조건만 계산하게 되고 자신에게 손해이지는 않은지, 얼마나 이익이 되는지만 따지게 된다.

테레사 수녀는 조건을 따지지 않는 '아가페 사랑'이 자신뿐만 아니라 많은 사람들의 슬픔과 고통을 줄이고 서로 행복하게 사는 삶이라는 것을 보여주었다. 상대방이 집이 없고 먹을 것이 없는 가난한 사람이거나 병자이든, 곧 죽어 가는 사람이든, 호화찬란한 집에서 사는 사람들과 별 차이 없이 똑같이 소중한 존재로 여기고 가슴으로 품고 섬겼다. 약하고 힘없고 버림받은 사람들의 아픔을 감당하기 위해 자신이 더욱 낮아지고 어두워져 그들을 높이고 빛나게 한 그녀의 삶은 진정으로 아름답다.

달라이 라마

달라이 라마*Dalai Lama*는 티베트 불교의 오랜 전통에 따라 어린 나이에 달라이 라마로 선택되었다. 어린 나이에 부모와 떨어져 규율에 맞춰 생활했으니 어려움이 많았다. 청년기에 접어들 무렵인 1959년, 중국은 티베트를 강제 점령하여 정치, 경제, 종교, 문화, 교육 등 모든 분야를 말살한다. 마치 일제강점기 때 일본이 한국에 그랬듯이. 중국 군인들의 위협하에 자신과 함께하던 신도들과 티베트 국민을 뒤로 하고 천신만고 끝에 티베트를 탈출한다. 그 후 평생을 인도에서 머물며 티베트로 돌아가지 못하는 망명자 신세가 되어버렸다.

티베트 국민 중에는 중국에 항거하기 위해 분신焚身으로 죽음을 택하기도 했다. 그러나 자신과 티베트를 탄압하는 중국에 대해 달라이 라마는 오히려 연민을 갖고 비폭력으로 저항하고 있다. 그는 중국의 식민지배로 인해 거의 평생을 고국 티베트를 떠나 망명 상태로 살아오면서 어려운 일을 많이 경험해야만 했다. 그렇지만 힘든 상황에서도 비관하지 않고 긍정적인 태도를 견지했다. 만약 티베트에 있었으면 신도들에게 갇혀 숨 막히는 생활을 했을 것인데, 자기 나라로 돌아가지 못하는 망명자의 신세가 되었기에 오히려 세계 모든 국가를 돌아다니며 많은 사람을 만나 이야기하며 연설하는 행운을 얻었다고 익살스럽게 이야기한다.

달라이 라마는 자신의 의지와는 상관없이 어린 시절 미래의 티베트 불교의 수장으로 선택되었다. 그 후 엄격한 티베트 불교의 교리와 규율에 따라 훈육되고 삶의 목적과 가치가 형성되어 준비된 미래를 향해 갈 거라 예상했을 것이다. 하지만 예상치 못했던 중국의 통치로 예전의 달라이 라마들과 같은 길을 갈 수가 없었다. 티베트를 떠나 망명자로서 그는 자신의 삶의 목적을 새롭게 규정해야만 하는 상황이 되었다. 아마 그가 새로 규정한 삶의 목적은 모든 사람에게 자비, 사랑, 그리고 행복을 전하는 메신저인 듯싶다. 그 뿌리는 불교의 사상일지라도 모든 사람들의 감성에 공통적으로 깊게 호소하는 그의 메시지는 만국 공통어와 같은 느낌을 준다. 그의 비폭력주의와 인도주의를 기념해 1989년 노벨평화상을 수여했다.

달라이 라마는 '행복은 훈련'이라고 한다. 어떤 순간에 행복이나 불행을 느끼는 것은 주변 여건과는 관계가 없고, 오히려 우리가 상황을 어떻게 받아들이며 자신이 가진 것에 얼마나 만족하느냐에 달려 있다고 한다. 그는 한쪽만 일방적으로 행복해지고 타인은 불행해지는 사회가 아니라 모두가 행복해지는 사회가 되어야 하고, 한쪽만 일방적으로 이익을 가져가고 풍요로워지기보다는 모두가 이익을 공유해 함께 풍요로워져야 한다고 강조한다. 이는 사회주의나 공산주의 세계를 실현하기 위해서가 아니라 자기 이익과 행복만을 추구하는 자본주의의 본질적인 폐해를 극복하고 인간의 존엄성을 회복하기 위함이다. 모든 사람들이 인간답게 대접받으며 살 수 있는 따뜻한 사회가 실현되기를 바라는 마음이다.

> 순간적인 쾌락이 아니라 영원하고 지속적인 행복…. 그 행복은 삶이 상승과 추락을 거듭하고 기분이 끊임없이 동요해도 우리 존재의 굳건한 받침대로 변함없이 존재하는 그런 행복이다.
>
> — 달라이 라마, 하워드 커틀러*Howard C. Cutler*, 《달라이 라마의 행복론*The Art of Happiness*》 중에서

링컨 대통령, 마틴 루터 킹 목사, 슈바이처 박사, 테레사 수녀, 달라이 라마의 사례에서 보듯이, 이들의 위대한 목적이 이끄는 헌

신적인 삶을 통해 우리 사회는 많은 긍정적인 변화를 경험하게 되었다. 특정 인종이나 계층이 독점적으로 지배하는 사회에서 좀 더 평등하고 포용적인 사회로 변화해 갔다. 피부색깔이나 성별에 관계없이, 그리고 사회적 지위나 경제적인 상태에 관계없이 모든 인간이 서로를 평등하게 대접하고 사랑하는 사회로 변화해 나가고 있다. 어느 사회나 아직도 문제가 많이 존재하지만, 이들을 통해 사람들이 좀 더 인간답게 살기 좋은 사회로 개선되었다는 것을 부인할 수 없다. 그들은 인간에게 가장 기본적이고 중요한 가치인 자유, 정의, 사랑, 또는 행복을 재정의하고 한 단계 발전시켰다. 그들 가슴 속에 위대한 목적이 살아 숨 쉬고 있었기에, 그리고 삶의 목적의 방향이 자기 자신에게만 향해 있지 않고 많은 사람들의 행복에 있었기에, 그들의 삶은 위대했고 우리가 본받아야 할 대상이 되었다.

나를 비우는 것이 진정으로 나를 완성하는 것이다.

— 노자

part 2

인생에서

가장 소중한

가치

미국 동부 코네티컷주 뉴헤이븐에 있는 예일대학교의 철학과 교수
인 셸리 케이건*Shelly Kagan*의 교양과목 '죽음'은 사람들이 꺼내기 어려
운 주제인 죽음을 철학적이면서도 논리적이고 현실적으로 알기 쉽
게 접근하면서도 여운이 깊어 최고의 명강의로 소문났다. 그 강의
를 담은 책《죽음이란 무엇인가*Death*》에서 영혼의 불멸성을 믿는 소
크라테스*Socrates*와 달리, 그는 영혼의 존재를 믿지 않고 영생이나 부
활을 믿지도 않기에 물질적인 인간의 육체가 더 이상 기능하지 않
을 때를 죽음이라고 보았다. 그는 사람들이 쾌락을 추구하고 고통
을 회피하려는 것은 일반적이지만 우리에게는 이보다 더 고차원적
인 삶이 존재한다고 믿는다. 그건 진정으로 가치가 있는 성취와 지
식, 그리고 인간관계가 필요하다는 의미이다. 짧은 인생 동안 자신
이 죽은 후에도 계속 존재할 어떤 의미 있는 성취를 이루어낸다면

가치 있는 삶이라고 보았다.

케이건은 다음과 같이 지적한다. 우리의 삶은 짧은 데 비해 우리가 추구하고 도전할 만한 가치 있는 목표는 많으며 그걸 이루기는 무척 어렵다. 문제는 우리가 삶을 바쳐 노력하며 추구했던 것이 별로 가치가 없었음을 시간이 흘러서야 알게 되는 것에 있다. 별 가치 없는 목표를 향해 노력하는 동안, 정말 중요한 목표에 투자했어야 할 시간을 다 허비해버린 것이다. 그래서 무엇이 자신에게 진정 가장 가치 있는 것인지 현명하게 생각하고 결정해야만 한다.

'무엇을 위해 살 것인가?'라는 근본적인 질문은 '살면서 무엇을 소중하게 여기는가' 또는 '무엇을 중요하게 여기는가'라는 질문과 직접적인 연관이 있다. 물론 이러한 질문에 수월하게 대답하기란 쉽지 않다. 많은 세월을 두고 생각하고 시행착오를 겪으며 스스로 깨달아야 한다. 어떠한 종교나 사상에 심취해 있다면, 자신의 종교나 사상에 입각해 수월하게 대답할 수도 있을 것이다.

하지만 종교나 사상, 이념이 개인의 삶에 끼치는 영향력이 쇠퇴하고 있는 현대에서는 많은 회의와 사유, 갈등과 실패를 겪으면서 각자가 다름대로 결론을 내리게 된다. 물론 세상을 떠나는 날까지 이러한 질문을 생각하지 않는 사람도 있을 것이고, 삶에서 소중하게 여기는 가치를 발견하려고 노력했지만 발견하지 못하는 사람도 있을 것이다. 그리고 자신이 추구하던 소중한 가치에 회의를 느끼고 중도에 포기하여 아쉬워하는 사람도 있을 것이다.

'무엇을 위해 살 것인가'라는 삶의 목적 탐구는 우리가 평생에 걸쳐 다른 무엇보다 더 상위에 두고 지켜내려는, 또는 이루고자 하는 가치와 깊은 관계가 있다. 이는 사람들마다 조금씩 다르지만 공통점도 있다. 예를 들어, 사람들은 나의 경제적인 안정을 위해 상대방에게 해를 주면서까지 자기 이익을 취하지 않을 것이다. 그럴듯한 지위를 얻기 위해 수단 방법을 가리지 않고 얻으려고 하지 않을 것이다. (현실에서는 그러한 사람들이 있기는 하지만.) 우리가 진정 소중하게 여겨야 할 가치, 그리고 우리가 진정 추구해야 할 가치는 행복, 사랑, 자유, 관용, 그리고 정의이다.

첫째, 지속 가능한 행복

둘째, 자기 존중과 타인을 배려하는 사랑

셋째, 홀로서기와 원하는 삶을 사는 자유

넷째, 다양성을 존중하는 관용과 열린 가슴

다섯째, 세상의 불평등과 불공정에 저항하는 정의

이러한 핵심 가치는 우리 각자가 어떤 삶의 목적을 가지고 살 것인지를 결정하는 데 큰 역할을 한다. 아울러 자신이 가고자 하는 길에 동기를 부여하고 에너지를 제공한다. 삶의 목적에 영향을 주는 중요한 가치들은 행복, 사랑, 자유, 관용, 정의 같은 핵심 가치들 이외에도 정직, 책임, 도전, 성취, 최선, 독립심, 양보, 공동체의식 같은 보조 가치들이 있다.

핵심 가치들 중에서 더 중요하게, 또는 덜 중요하게 여기는 가치는 사람마다 다를 것이다. 어떤 가치는 다른 가치보다 더 삶의 목적 형성에 더(또는 덜) 영향을 줄 것이다. 예를 들어, 어떤 사람은 자신의 행복이나 자유를 희생해서라도 사회 정의를 실현하는 데 더 가중치를 두어 정의감이 삶의 목적 발견이나 목적 형성에 커다란 영향을 끼칠 것이다. 반대로 어떤 사람은 사회적·경제적 정의보다는 자신의 행복이나 자유를 더 중요하게 여겨 행복이나 자유가 삶의 목적 발견과 형성에 더 영향을 줄 것이다.

순간적인 쾌락에 젖어들어 물질적인 만족감에 의지하고 자신의 이익 추구에 몰두하며 자신을 과시하기에 집중하는 사람들의 행복 가치는 그들의 삶의 목적도 자신의 쾌락과 이익에 맞춰지는 경향이 있다. 하지만 순간적인 쾌락보다는 지속적이고 영원한 것, 물질적인 만족감보다는 정신적인 만족감을 앞세우고, 자신의 이익보다는 타인의 이익과 공동의 이익을 함께 고려하는 사람들의 행복 가치는 삶의 상승과 추락에 상관없이 지속 가능한 목적을 향해 있다.

PART 1에서 살펴보았듯이 목적다운 목적을 갖고 살아가는 사람들 또는 위대한 목적을 갖고 살아가는 사람들은 자신의 행복이나 자유만큼 다른 사람들의 행복이나 자유를 존중한다. 더 나아가 자신의 행복이나 자유보다 타인의 행복이나 자유를 더 위하며 그것을 위해 자신의 삶을 바친다. 그러한 위대한 가치들이 위대한 삶의 목적을 발견하게 하고 위대한 목적을 형성한다. 그리고 삶에 의미를 제공하고 그들의 삶을 위대하게 한다.

로스앤젤레스에서 한 시간 정도 떨어진 어느 대학에서 일할 때는 30분 거리에 있는 캘리포니아 해변을 걸으며 태평양 바다를 바라보고 바다와 대화를 나누면서 주말을 보내는 경우가 많았다. 멕시코만*Gulf of Mexico*에 인접한 텍사스의 어느 대학으로 직장을 옮긴 후에는 3층 연구실에서 바다가 바로 보여 바다를 바라보며 이런저런 상상을 하는 시간이 많았다. 바다가 바로 앞에 있는 월세 아파트를 구해, 창가로 별들이 보이는 밤바다를 바라보며 잠에 들고, 아침에는 떠오르는 해를 품은 아침 바다를 바라보며 일어났다. 집과 학교를 연결하는 길도 바다 옆이라서 바다를 보며 출퇴근을 했다. 그야말로 바다가 친구요, 연인이었다.

바다는 많은 것을 알려주었다. 평화롭고 고요하던 바다가 어느 순간 세찬 바람이 불거나 천둥 번개가 몰아치면 파도는 격한 노여움을 보이며 거칠어지고 세상을 삼켜버릴 듯이 변해버린다. 그러다가 언제 그랬냐는 듯이 다시 잔잔한 바다로 돌아간다. 우리가 그토록 추구하는 행복, 자유, 정의와 같은 삶의 가치도 바다 그리고 파도와 비슷하다. 파도처럼 때로는 거칠게 상처를 주고 떠나갔다가도 잔잔한 파도처럼 우리 곁에 슬며시 다가오기도 한다. 행복을 쟁취하기 위해 치열하게 살다가 힘에 겨워 전부 포기하고 뒤돌아섰는데, 어느 순간 저 멀리서 행복이 눈인사하며 마중을 나오기도 한다.

행복하다고 해서 너무 기뻐할 것도 아니고, 불행하다고 너무 슬퍼할 것도 아니다. 행복과 불행은 언제든지 역전되는 것. 그저 담담히 받아들이는 태도가 중요하다. 나를 만들어 가는, 그리고 나의 목적을 발견하고 실현하게 하는 소중한 가치들을 쟁취했든 주어졌든지 간에 항상 변화를 담담하고 겸허하게 받아들이는 마음을 지녀야 한다.

chapter 5

지속
가능한
행복

"행복은 무엇인가? 행복은 어떤 상태인가? 행복하기 위해서는 무엇을 해야 하는가? 나는 행복한가? 행복한 사람은 누구인가?"

우리는 이러한 질문들을 가끔씩 한다. 상대적으로 경제적 풍요 속에 사는 현대인들은 여유가 있어서인지 행복과 웰빙*Well-Being*에 관심이 많다. 경제적인 여유가 없을 때는 경제적인 풍요에 행복이 있다고 생각하고, 사회생활 초기에는 승진해 지위가 올라가면 행복할 거라 생각한다. 지식에 갈증을 느낄 때는 공부를 많이 하고 책을 많이 읽으면 행복해질 거라 생각하고, 친구나 지인들이 필요하다고 느끼면 온라인이든 오프라인이든 많은 사람들과 관계를 맺으면 행복할 거라 생각한다.

하지만 경제적인 여유가 생겨 남들이 부러워할 집과 차, 명품으로 치장을 하더라도, 더 높은 지위에 올라가 명함에 자기 이름을 그럴듯하게 새기거나 많은 공부와 지식으로 자신의 머리를 채워도, 많은 사람과 교류를 나누더라도 마음은 허전하고 공허함을 느끼게 될 때가 있다. 부, 사회적 지위, 지식, 인간관계를 추구하면 할수록 사람들로부터 인정은 받지만, 행복은 더욱더 멀어지는 느낌을 받곤 한다. 그렇지만 낙오자라는 말을 들을까봐 이런 것을 쉽게 포기하거나 멀리할 수도 없다.

우리는 행복을 기분 좋은 감정이나 마음 상태, 또는 만족감으로 생각하는 경향이 있다. 하지만 감정에 입각한 일시적인 행복감은 시간이 지나면, 그리고 상황이 바뀌면 신기루처럼 사라져 버린다. 조건과 상황에 입각한 행복, 욕망에 입각한 행복은 자기 기대와는 다른 상황으로 바뀌거나 다른 결과가 발생하면 금세 사라져버리고, 불행하다고 느끼고 절망감에 빠진다.

우리가 진정 필요로 하는 것은 지속 가능한 행복이다. 삶의 상승과 추락에 관계없이 유지되는 행복, 상황과 조건에 관계없이 유지되는 행복, 그리고 감정의 변화나 욕망의 충족과는 상관없이 지속적으로 유지되는 행복이 필요하다. 지속 가능한 행복은 우리가 의미 있는 삶을 살아갈 때 보너스로 주어지는 선물이다. 행복이라는 목표를 향해 경주하기보다는 의미 있는 삶을 하루하루 살아갈 때 우리는 진정한 행복을 느끼게 된다.

플라톤*Plato*이 이탈리아 반도 시칠리아 섬의 동쪽 아래에 위치한 시라쿠사를 방문했을 때 독재자 디오니시오스 1세*Dionysios I*를 만나게 되었다. 독재자는 플라톤에게 물었다. "이 세상에서 가장 행복한 사람은 누구라고 생각하느냐?" 디오니시오스 1세는 자신이 재물도 많고 생사여탈의 권력도 있으니 플라톤이 자신을 제일 행복한 사람으로 지목할 것이라고 기대했던 것 같다. 하지만 플라톤은 "소크라테스가 가장 행복한 사람이다"라고 대답했다.

소크라테스의 행복론
~~~~~~~~~~~~~

우리는 소크라테스*Socrates*를 만난 적이 없고 그의 사생활이 잘 알려지지 않아 사람들은 그를 요즘 텔레비전에 등장하는 잘 차려입고 명강의를 하는 잘 생긴 강연가나 학자처럼 생각할 수도 있을 것이다. 하지만 당시의 기록을 보면 그의 모습은 우리의 예상을 뒤엎는다. 요즘 사람들이 생각하는 행복의 조건을 소크라테스는 전혀 갖추지 않았다. 맨발로 다니기 일쑤고 자주 씻지도 않아 외모는 초라한데다가 가난하기까지 했다. 그렇지만 그는 정말 행복한 사람이었다. 무지한 자기 자신을 알았기에 행복한 사람이었다. 소크라테스는 "너 자신을 알라"며 자신의 무지를 깨우칠 것을 강조한 기원전 5세기의 고대 그리스 철학자이다. 말은 멋지게 잘해도 실제 행동까지 말과 일치하는, '언행일치'된 삶을 사는 사람들을 찾기란 쉽지 않다. 소크라테스는 자신의 말처럼 실제로 행동한 철학자이다.

그는 청년들을 혼란에 빠트리고 나라에서 신봉하는 신들을 믿지 않는다는 죄명으로 고소되어 재판에 회부, 사형선고를 받는다. 형장의 이슬로 사라질 운명에 처한 소크라테스는 법정에서 500명의 재판관들과 시민들을 향해 자신을 변론하기보다 "자신의 무지를 알라"고 외친다.

> 이 사람이나, 나나, 좋고 아름다운 것에 대하여 아무것도 모르는 것 같은데, 이 사람은 자기가 모르면서 알고 있다고 생각하고 있지만, 나는 모르는 것은 모른다고 생각하고 있다. 이 조그마한 일, 즉 내가 모르는 것을 모른다고 생각하는 점 때문에 내가 이 사람보다 더 지혜로운 같다.
>
> — 플라톤, 《소크라테스의 변명 Apologia Sokratous》 중에서

소크라테스는 자신이 아는 것이 없다고 말한다. 우리는 어떤가? 우리는 모르면서도 안다고 말하는 경우가 많다. 체면을 위해서다.

안다고 하는 것도 사람들이 만들어놓은 지식이나 견해를 무비판적으로 그냥 당연하게 받아들인 것일 뿐 정말 그게 사실인지, 진실인지 의문을 제기하고 회의하는 과정은 거치지 않는다. 바쁜 세상에 할 것도 많은데 머리 아프게 애써 깊이 고민하려 하지 않는다. 그러니 안다고 생각하는 것도 진정 안다고 할 수 없다. 안다고 확신하는 지식이나 생각도 깊이 들여다보면 진정한 깨우침에서 나온 것이 아니다.

진리란 무엇인가? 정의란 무엇인가? 용기란 무엇인가 등 일반적인 질문으로 시작하여 구체적으로 끈질기게 이어지는 소크라테스의 질문 방법은 우리가 알고 있던 지식이 따지고 보면 실체가 없는 가짜 지식임을 알게 하고 자신의 무지함을 깨닫게 만든다. 사람들이 낡은 관습에 의해 당연하게 받아들인 것들에 대해 의문을 갖고 회의하게 한다. 자신의 견해마저도 스스로 의심하면서 실체에 접근하게 한다.

소크라테스처럼 물어보자. "행복이 무엇인가?" 대답하길, "너무 즐겁고 기뻐 무아지경에 이른 마음 상태입니다." 다시 묻기를, "마음은 무엇인가?" 대답하길, "마음은 형태가 없지만 우리 모두는 마음이 있다고 봅니다." 그러면 묻기를, "즐겁고 기쁜 마음 상태가 변하지 않고 지속되는가?" 대답하길, "아니오, 사람들의 마음은 항상 변합니다." 다시 묻기를, "끊임없이 변화하는 마음이 잠시 즐겁고 기뻐 무아지경에 빠진 것을 행복이라고 볼 수 있는가?" 대답하길, "글쎄요, 행복인지 아닌지 잘 모르겠습니다."

이처럼 계속되는 질문과 대답으로 이루어지는 과정은 자신이 행복이라고 믿었던 것이 사실은 행복이 아니라는 것을 알게 한다. 자신이 무지하다는 것을 인식하면 사람들이 만들어놓은 지식에 근거한 사고의 한계를 깨닫게 된다. 자기 스스로 행복에 관해 직접적인 사고를 하고 행복의 실체에 접근하게 만든다. 소크라테스식 질문법과 토론방식은 가장 좋은 교수법으로 인정받고 있고, 지식을 형성하는 데 있어 큰 효과를 발휘하기 때문에 로스쿨을 비롯해 많은 분야에서 활용하고 있다.

아인슈타인도 지적했듯이, 질문하는 것은 매우 중요하다. '왜?'라고 묻는 것, 모든 것에 의문을 제기하는 것이 중요하다. 질문은 실체에 접근하는 가장 유용한 방법이다. 질문을 잘하는 사람은 문제의 핵심을 알고 있고 핵심을 직시하고 있다는 뜻과 동일하다. 질문을 잘하는 사람은 문제 해결에 접근하는 방법을 알고 해결법을 찾아낸다. 질문은 우리로 하여금 다른 사람들과는 다른 생각을 하고 다른 사고방식과 접근방식을 길러낸다. 경영학의 대가인 피터 드러커*Peter Drucker*가 말했듯이, 노벨상을 받는 사람과 받지 못하는 사람의 차이는 '커다란 질문'을 하느냐 못하느냐에 있다. '커다란 질문'이란 다른 사람이 생각하지 못하는 '획기적인 질문'을 뜻한다. 그리고 그 질문에 대한 해답을 찾아 나가는 것이다.

나는 수업 시간에 학생들의 질문을 유도한다. 질문을 토대로 토론을 이끌어 가기도 한다. 수줍어서 질문하지 않는 학생들이 항상 있기에 모든 학생들은 수업 들어오기 전에 반드시 한두 가지 질문을 준비하도록 하고 토론 점수에 반영한다. 질문하지 않으면 학생 이름을 부르며 '질문이 뭐예요?' 하고 불쑥 물어보기도 한다. 학생들에게 질문하게 하는 이유는 그들로 하여금 '생각'을 하게 만드는데 있다. 비판적이고 창의적인 사고를 배양하여 달리 생각하고 새로운 방법으로 질문에 접근하게 만들어 뛰어난 문제 해결 능력을 키우는 것이다. 학생들이 질문하는 것을 보면, 얼마나 공부하고 있는지, 얼마나 이해하고 있는지, 얼마나 창의적으로 접근하고 있는지 금방 알 수 있다.

처음에는 대수롭지 않은 질문이더라도 하면 할수록 새롭고 창의적인 질문을 하게 되고 깜짝 놀랄 만한 발견에 이르기도 한다. 모든 발명과 이론은 질문에서 시작되었다. 창의적인 질문은 혁신적인 발견으로 이루어진 경우가 많다. 니콜라우스 코페르니쿠스 *Nicolaus Copernicus*, 아이작 뉴턴 *Isaac Newton*, 다윈, 아인슈타인, 토마스 에디슨 *Thomas Edison* 등의 사례에서 보듯이.

자신의 무지를 깨우치길 강조한 사람은 소크라테스가 처음이 아니다. 소크라테스보다 약 한 세기 전, 기원전 6세기에서 5세기에 걸쳐 살았던 중국 춘추시대 말기의 사상가인 노자老子와 공자孔子가 먼저였다.

> 알지 못하는 것을 아는 것이 가장 훌륭하다. 알지 못하면서도 안다고 하는 것은 병이다.
>
> — 노자, 《도덕경道德經》 중에서

> 군자는 아는 것은 안다고 하고, 모르는 것은 모른다고 해야 한다.
>
> — 공자, 《논어論語》 중에서

소크라테스는 재판관들의 입맛에 맞는 말을 하면 얼마든지 살수 있었다. 하지만 자신의 신념대로 말하여 사형선고를 받은 지 한 달 만에 독약을 마시고 죽는다. 소크라테스는 죽음의 실체를 알았기에 죽음을 두려워하지 않았다. 그는 죽음을 두려워하는 것은 지혜가 없으면서 지혜가 있다고 생각하고 있는 것처럼, 죽음에 대해 알지 못하면서 알고 있다고 생각하고 있기 때문이라고 한다. 사실 죽음에 대해서는 그 누구도 알지 못하고 있다. 그는 재판관들과 시민들을 향하여 다음과 같이 말했다.

죽음이란… 그것은 아무것도 없는 무無로써 죽은 사람은 아무 감각도 가지고 있지 않든가 … 만일 그것이 아무 감각도 없게 되는 것이요, 깊이 잠들어 꿈도 하나 보이지 않는 그런 잠이라고 한다면, 죽음은 그야말로 굉장한 소득일 것이다. 그러니 죽음이 가까워 올 때 죽기를 주저하는 사람이라고 하면 그 사람이 애지자愛知者 곧 철학자가 아니고 애육자愛肉者 곧 육체를 사랑하는 자라 함은 더 말할 것이 없지 않은가?

— 플라톤, 《소크라테스의 변명》 중에서

그리스 아테네에 있는 파르테논 신전 맞은편 산 중턱에 위치한 소크라테스가 한때 투옥된 동굴 같은 작은 감옥을 바라보고 있으면, 수천 년 전에 인간의 무지를 깨우친 소크라테스의 지혜를 느낄 수 있다. 그의 삶은 많은 사람에게 큰 의미를 부여했고, 그렇기에 진정 행복한 삶을 살았다.

아리스토텔레스의 행복론

기원전 4세기 고대 그리스의 철학자이자 플라톤의 제자인 아리스토텔레스Aristoteles는 "인간이 궁극적으로 추구하는 가치는 행복이다. 다른 모든 것은 행복을 추구하기 위한 수단이다"라고 했다. 행복을 최고의 선이고 인간 존재의 이유이자 목표이며 삶의 의미로 보았다. 인간은 행복하기 위해 살고 행복이 삶의 최고의 가치라는 뜻이다. 수천 년 전이나 지금이나 우리 모두는 행복하고 싶고 불행은 피하고 싶다. 모든 사회와 국가도 인간의 행복을 증진하는 데 목표가 있지 인간을 불행하게 하기 위해 존재하지는 않는다.

수백 년 전 미국을 건국한 원로들은 좋은 정부를 규정하길 "첫째, 정부의 목적에 충실한 것, 즉 국민을 행복하게 하는 것. 둘째, 그 목적을 이루는 방법을 아는 것"이라고 했다. 어떻게 해야만 행복한지, 행복은 어떤 상태인지를 물어보면 사람마다 달리 대답을 할 것이다. 하지만 우리가 사는 목적이 있다면 그건 '행복'이라는 것에 의문을 제기할 사람은 거의 없을 것이다. 사는 동안 불행을 줄이고 많은 행복을 누리고 싶은 것은 우리 모두의 소망이다.

하지만 진화론에 입각한 일부 과학자나 철학자는 행복은 수단에 불과하다는 입장이다. 행복은 인간의 궁극적인 목표인 '생존'을 위한 하나의 도구에 불과하다는 것이다. 예를 들어, 철학자 토머스 홉스*Thomas Hobbes*는 "인간에게 가장 중요한 것은 자기 보존(생존)이다"라고 했다. 진화론자는 환경에 잘 적응하는 '적자생존適者生存'이 무엇보다 중요하다고 생각한다. 사실 생존이 먼저일 때가 있다. 생존해야만 행복이라는 것을 생각할 수 있기 때문이다. 불치병에 걸리거나 전쟁이나 천재지변이 나면, 또는 대공황 같은 일이 일어나 대량 실업이 발생하면 행복보다는 생존이 중요한 이슈로 등장한다. 생존해야만 행복을 느낄 수 있으니 행복하기 위해서는 생존을 최고의 덕목으로 삼아야 한다는 논리가 생길 수 있다.

그들의 주장이 어느 정도 타당성이 있지만, "무엇을 위한 생존인가" "왜 생존해야 하는가" 같은 궁극적인 질문을 하게 될 때면 회의감이 몰려온다. 자신만의 생존을 위해, 그리고 자신이 속한 민족과 국가를 위한 맹목적인 생존의식이 많은 비극과 아픔을 주었음을 역사가 말해주고 있기 때문이다. 질병, 전쟁, 천재지변, 그리고 대공황 같은 특수한 상황에서는 행복보다는 생존이 목적이 되겠지만, 일반적인 보통 상황에서 사람들은 생존보다는 행복을 더 중요하게 여긴다. 물론, 지속 가능한 행복을 누리는 사람들은 극한의 상황에 직면해서도 본연의 자신을 잃어버리지 않고 자신에게 주어진 상황이나 조건에 상관없이 행복을 놓지 않는다.

행복을 개념적으로 접근할 때, 제러미 벤담Jeremy Bentham, 존 스튜어트 밀John Stuart Mill 같은 공리주의 철학자들은 행복은 고통이 없는 상태인 즐거움, 즉, 육체적·정신적 즐거움(쾌락)으로 보았다. 이러한 시각은 고대 그리스 철학자 아리스티포스Aristippos에게서 기원한다. 소크라테스의 제자인 그는 쾌락주의 이론의 창시자이다. 그는 삶의 목적은 쾌락을 얻고 고통을 피하는 것에 있다고 보았다.

철학자 에피쿠로스Epicouros는 삶의 목적이 쾌락에 있음을 인정하면서도 "모든 쾌락이 그 자체로는 선하지만 그렇다고 모든 쾌락이 반드시 선택되어야 하는 것은 아니다"고 했다. 이는 몸과 정신에 좋은 쾌락도 있고 나쁜 쾌락도 있으며, 고차적원인 쾌락도 있고 저차원적 쾌락도 있기 때문이다. 플라톤은 "선한 사람은 참된 쾌락을 누리지만, 악한 사람은 잘못된 쾌락을 누린다"고 했다.

아리스토텔레스는 쾌락은 다분히 주관적인 경험이어서 어떤 것의 옳고 그름을 판단하는 기준으로 사용할 수 없다고 했다. 그의 저서 《니코마코스 윤리학*Nikomacheia Ethika*》에 의하면 행복은 잠시 즐거운 상태인 쾌락이 아니고 인생 전체를 통해서 이루어진다. 행복은 덕*virture*이 있는 영혼의 활동이다. 행복은 정의, 용기, 관대함 같은 덕 자체가 아니라 덕을 실천하는 활동이다. 덕은 너무도 지나치지 않고 부족하지도 않은 균형이 필요하다. 다른 동물과 달리 인간만이 가지고 있는 것은 이성*reason*이다. 행복하기 위해서는 이성을 활용하고 지적인 사고와 함께 도덕적 인격이 요구된다. 아리스토텔레스가 말하는 행복은 즐거운 마음 상태를 뛰어넘어 도덕적이고 이성적인 인간이 되어 지적인 사고와 함께 덕을 실천하는 역동적인 상태를 말하는 것이다. 이러한 행복은 차원 높은 행복으로, 우리가 진정 추구해야 할 행복이다.

그는 인간의 행복을 사회적 행복, 정신적 행복, 육체적 행복으로 구분하고 있다. 이 세 가지 유형의 행복은 모두 밀접한 관련이 있고, 이 세 가지 행복이 잘 조화되었을 때 참다운 행복을 얻을 수 있다고 한다. 건강한 육체에 좋은 인간관계와 사회적 역할을 유지하며 건강한 정신과 아름답고 좋은 마음씨를 갖는 것이 행복으로 가는 지름길이다. 우리 주변의 사람들이 살아가는 모습을 지켜볼 때도 그러한 것 같다.

첫째, 우리는 영양가 있는 음식으로 몸에 좋은 영양분을 섭취하여 몸이 아프지 않고, 적절한 운동으로 건강한 몸을 유지하면서 건강한 육체를 통해 행복을 느낀다. 질병으로 고통받는 상태에 있으면 불행을 느끼지 행복을 느끼는 사람은 드물다.

둘째, 우리는 가족과 직장 내에서 그리고 이웃과 사이좋은 관계를 유지하고, 직장이나 지역사회에서 자기에게 주어진 역할을 충실히 수행하여 사람들로부터 그리고 사회적으로 인정받는 것에서 행복을 느낀다. 사회적 동물인 인간은 사람들로부터 소외되거나 사람들과 갈등에 빠지거나 사회로부터 격리되면 행복을 느끼기 어렵다.

마지막으로, 인간은 뼈와 살과 같은 육체로만 이루어진 것이 아니라 정신과 마음도 있다. 건강한 몸을 유지하게 하는 것은 정신이자 마음이다. 머리에는 좋은 지식과 지혜가 가득 쌓여 있고, 맑고 고요하고 평화롭고 아름다운 생각으로 마음이 채워져 있으면 행복을 느끼게 된다. 머리에 아무런 지식도 지혜도 없고 항상 남과 비교하며 시기 질투로 마음이 가득하면 쉽게 우울해하며 자신의 존재에 대해 회의적으로 변하고 행복을 느끼기 어렵다.

쇼펜하우어의 행복론

독일의 철학자 아르투어 쇼펜하우어는 아리스토텔레스의 세 가지 행복에 기초하여 인간의 운명에 차이를 가져오는 세 가지 기본적인 요소를 이야기한다. 첫째, 인격이라 불리는 '참된 자아', 둘째, 소유물을 의미하는 '물질적 자아', 셋째, 남의 눈에 비치는 '사회적 자아'. 쇼펜하우어는 이 세 가지 중에서 행복에 있어 가장 중요한 것은 '참된 자아'라고 한다.

> 물질적 자아나 사회적 자아가 단지 상대적인 가치를 지니고 있는 데 반하여, 인격은 유일한 절대적인 가치를 갖는다고 보아도 무방하다. … 우리들의 행복에 도움이 되는 것은 대부분이 사물에서 비롯되기보다는 오히려 우리들 자신으로부터 기인된다.
>
> — 쇼펜하우어, 《생존과 허무》 중에서

물질적 자아와 사회적 자아는 상대적이고 가변적이며 불안정하여 언제든지 불행에 빠지기 쉽다. 하지만 참된 자아는 우리의 마음 속에 있으니 평화롭고, 아름다운 인격체는 어떤 상황에서도 행복을 유지할 수 있다. 행복은 맑고 평화롭고 아름다운 마음 상태에서 시작되는 것이니 좋은 인성과 덕이 행복의 바탕이 되는 것이다.

쇼펜하우어가 말한 '참된 자아'는 나의 정체성과 나의 무지를 아는 데서 출발한다. 나는 누구인가, 무엇을 위해 사는가와 같이 내가 진정 아는 것이 무엇인지를 묻고 성찰하는 데서 온다. '나'라는 존재는 우주의 먼지처럼 미미하지만 소중하다. 내가 아는 것은 세상의 극히 작은 부분에 불과하지만 중요하다. 내가 평생 쌓아온 지혜와 재산 역시 세상의 극히 조그마한 부분에 불과하고, 나의 목숨, 재산, 그리고 모든 것들이 잠시 나에게 머물렀다 사라져 버리지만, 그럼에도 불구하고 이 세상의 삶은 그 자체로 가치 있다.

《뉴욕 타임스》의 한 기사를 보니, 미국의 어느 연구에 의하면 사회적 지위와 세속적인 성공을 향해 경주한 사람들은 사회적으로는 성공했더라도 스스로 불행하다고 생각하는 사람이 많다고 한다. 그리고 건강도 문제가 많아 다른 사람들보다 빨리 죽는다.

반면에 주변 사람들과 좋은 관계를 유지하고 인기가 있는 사람들은 다른 사람들보다 건강하고 행복하게 오래 산다고 한다. 진화생물학자들은 이러한 현상이 인간 진화의 산물이라고도 이야기한다. 많은 연구들이 보여주듯이, 사회적인 지위와 부는 행복의 필요충분조건이 되지 못한다. 사회적이고 감정적인 동물인 인간은 자신에게 의미 있는 일을 하면서 가족과 주변 사람들과 좋은 관계를 유지하는 것이 삶을 풍요롭게 하고 행복감을 높인다.

300년의 역사를 자랑하는 예일대학교에서 가장 인기 있는 과목이자 전 세계적으로 13만 8천 명 이상의 사람들이 인터넷으로 수강하는 과목이 있다. 심리학과 교수인 로리 산토스*Laurie Santos*가 가르치는 '심리학과 좋은 삶*Psychology and the Good Life*'이다. 2018년 어느 날, 그녀가 CBS 아침 뉴스프로《모닝*This Morning*》에 출연해 행복에 관해 한 이야기가 매우 흥미로웠다. 그녀는 우리를 행복하게 만드는 모든 것들이 필요하지 않는다는 것을 먼저 깨달아야 한다고 한다. 예를 들어, 사람들은 새로운 직장, 더 많은 봉급, 더 좋은 집을 얻는 것 같이 자신의 상황이나 환경이 바뀌면 행복해지리라 생각하는데, 이런 생각 자체를 바꿔야 한다는 것이다. 자신이 처한 상황보다는 그 상황을 어떻게 받아들이느냐가 중요하며, 생각하는 방식을 바꾸면 자신이 처한 상황도 세상도 달리 보인다.

산토스는 지적하길, 행복하기 위해서는 사람들과 좋은 관계를 맺어야 한다. 연구에서 보여주듯이, 행복한 사람은 사람들(가족, 친구 포함)과 많은 시간을 함께 보낸다. 사랑하고 사랑받는 것이 필요하다. 운동, 명상, 감사하는 마음이 행복에 도움이 된다. 현대를 사는 우리는 물질적으로는 풍요로워져 절대적인 빈곤은 줄었지만 상대적인 빈곤과 박탈감은 증가하고 있다. 주변 사람과 비교하며 자신을 불행하다고 생각하고, 또는 TV나 소셜 미디어*Social Media*에 꾸며져 나오는 사람들처럼 살아야만 행복해진다고 생각한다. 어느 연구에 보니, 잘살지만 소득 격차가 심하게 나는 나라에서 사는 사람들이 못살지만 소득 격차가 심하지 않는 나라에서 사는 사람들보다 더 자신을 불행하게 느꼈다. 이것은 자신을 다른 사람들과 비교하여 상대적으로 불행하다고 느끼기 때문이다.

행복은 비움에 있다. 그릇을 비우지 않고는 채워지지 않듯이 마음은 비우고 비울수록 텅 빈 충만을 느끼게 되고 행복으로 채워진다. 텅 비웠을 때 자유로움을 느끼게 된다. 사람들은 많은 것으로 자신을 치장하고 그럴듯한 부와 사회적 지위로 과시하고 머리를 지식으로 채워 학식이 있는 것처럼 행세할수록 행복해진다고 생각한다. 하지만 그러면 그럴수록 더욱 목마름을 느끼게 되고, 채워지지 않는 공복감을 채우기 위해 쉬지 않고 무언가에 매달리게 된다.

공자, 부처와 비슷한 시대에 산 위대한 사상가 노자는 도를 체득한 사람은 채워지기를 원하지 않으며, 채워지기를 원하지 않기 때문에 멸망하지 않고 영원히 새로워진다고 한다. 완전히 이루어진 것은 모자란 듯하고, 완전히 가득 찬 것은 빈 듯하며, 완전히 곧은 것은 굽은 듯하고, 마음은 비우고 배는 든든하게 하며, 억지로 함이 없으면 다스러지지 않는 것이 하나도 없다고 강조한다.

넘치도록 가득 채우는 것보다 적당할 때 멈추는 것이 좋다. 일이 이루어졌으면 물러나는 것, 하늘의 길이다. 학문의 길은 하루하루 쌓아가는 것, 도의 길은 하루하루 없애는 것, 없애고 없애 함이 없는 지경(무위)에 이르십시오.

— 노자, 《도덕경》 중에서

우리가 추구하는 돈, 권력, 지위, 학식, 명예 등을 중단할 때, 욕망과 생각을 중단할 때, 그래서 마음이 비워져 있을 때 비로소 우리는 충만감을 느끼게 된다. 무언가로 자신을 채워야만 한다는 생각에서 벗어나면, 또 행복하기 위해서는 어떤 조건을 갖추어야 한다는 생각으로부터 벗어나면, 마음이 맑고 고요하고 평화스러운 상태로 유지되면 자신의 존재 자체에 감사하게 된다. 자신에게 주어진 상황이나 환경에 감사하게 되고 세상에 존재하는 모든 것에 감사하게 된다. 그리고 행복감이 파도가 밀려오듯 밀려온다.

하루에 단 30분만이라도 아무것도 하지 않고 자기 혼자만의 시간을 가져보자. 아무 생각 없이 파란 하늘을 쳐다보거나 눈을 감아 모든 것을 잊고 마음을 비우면 자신이 집착하고 소중하다고 생각했던 모든 것으로부터 자유로워지면서 너무 멀게만 느껴지던 행복이 지금 내 안에 들어와 있음을 발견하게 된다. 나를 비우고 비울수록 세상 걱정 없던 청아한 어린 아이로 다시 태어나는 것을 느끼게 된다.

샤하르의 행복론

하버드대학교에서 행복학 강의로 유명한 탈 벤 샤하르_Tal Ben-Shahar_ 교수는 행복의 6계명을 말하면서 행복은 사회적 지위나 통장 잔고에 있지 않고 마음먹기에 달려 있다고 한다.

> 행복은 우리가 어디에 초점을 맞추고 상황을 어떻게 해석하느냐에 따라 달라지는 것이니 어떠한 역경과 좌절도 재앙으로 받아들이지 말고 배움의 기회, 발전의 기회로 생각하라.
>
> — 탈 벤 샤하르, 《해피어_Happier_》 중에서

아리스토텔레스도 "행복은 우리 마음먹기에 달려 있다"고 했다. 자기 스스로 행복한 사람이라고 생각하면 행복하고, 아무리 좋은 환경에서 좋은 직업을 갖고 많은 돈을 벌더라고 스스로 불행하다고 생각하면 불행한 사람이다. 정반대로 객관적으로 볼 때 불행한 환경, 예를 들어 건강이 안 좋거나 경제적으로 어려움이 많아도 스스로 행복하다고 생각하면 행복한 사람이다. 행복은 내 마음속에 있기 때문이다.

샤하르는 사람들을 세 가지 유형으로 분류한다. 세 가지 유형을 정리하면 다음과 같다.

첫째, 쾌락주의자. 현재를 즐기는 데 초점을 두어 순간적인 즐거움의 노예로 살고 미래를 준비하지 않는다.

둘째, 성취주의자. 현재보다는 미래를 중요하게 여기고 목표를 위해 열심히 노력을 하지만 목표를 성취하면 허망함에 빠져든다.

셋째, 허무주의자. 삶 자체에 의미가 없다고 생각하고 의욕이 없어 현재를 즐기지 못하고 미래에 대한 목표의식도 없다.

샤하르가 생각하는 행복한 사람은 쾌락주의자와 성취주의자가 적절히 조화를 이루어 현재의 순간을 즐기면서도 미래의 목표를 향해 일하는 사람이다. 그는 "행복한 사람은 현재에 즐거움을 가져다주는 활동이 곧 성공적인 미래로 자신을 안내한다는 믿음을 갖고 생활한다"고 했다. 우리가 일상생활의 순간순간 사소한 것에서 행복을 느끼지 못하면, 행복과는 멀어진다. 아무리 하찮게 보이는 것에도 의미를 발견하고, 즐길 줄 알고, 감사할 줄 알고, 사람들과 공감하고 나눌 수 있으면 행복하다. 작은 것에서 의미를 발견하지 못하고 기쁨과 감사를 나누지 못하면 결코 커다란 것에서도 행복을 느낄 수 없다. 그리고 자신의 삶을 긍정적이며 낙관적으로 바라보고 현재 자신이 하는 일을 즐기면서 결과보다는 과정 자체를 즐기는 것은 행복과 성공의 근본이다.

자신을 불행한 사람으로 생각하고, 과거에 연연하는 사람은 발전하기도 힘들고 행복이나 성공에서 거리가 멀어진다. 행복은 멀리 있지 않고 우리 마음속에서, 그리고 제일 가까이 있는 가족에게서 느낄 수 있다. 우리는 매일 함께하는 가족 구성원과의 좋은 관계에서 행복감을 느끼기 때문에 작은 것도 함께할 수 있는 시간과 기회를 자주 만들고, 많은 것을 공감하고 공유하면 행복감은 더욱 커진다.

대학 건물에서 청소하는 사람은 건물 바닥을 쓸고 닦고 휴지를 수거한 후 냄새나는 화장실 청소도 해야 한다. 수업이 다 끝난 심야에 일을 하기에 밤과 낮이 바뀌는 어려움도 있다. 일의 특성상 자연히 이직률이 높아 얼마 안 되어 새사람으로 바뀌는 경우가 허다하다. 그런데 나의 펜실베이니아 연구실 건물을 청소하던 백인 중년 여성은 오랫동안 청소 일을 해왔다. 그녀가 일을 하는 모습을 보면 그 일을 정말 좋아서 하는 듯 보였다. 더러운 강의실과 연구실, 화장실을 자기 손으로 깨끗하게 청소해서 학생들과 교수들이 즐거운 마음으로 공부하고 연구할 수 있도록 하는 기쁨을 즐기는 듯했다. 마치 자식들에게 맛있는 음식을 준비하는 어머니처럼. 그녀는 마치 성자처럼 보였다. 저절로 존경심이 우러나왔다. 그녀는 자신이 하는 일이 생계를 유지하기 위해서, 또는 직업이라서 어쩔 수 없이 하는 것이 아니라 천직으로 여기고 즐거운 마음으로 일하는 것 같이 보였다. 그녀는 진정 행복한 사람이리라.

언론에서는 4차 산업혁명을 대서특필하면서 인공지능, 로봇, 3D 프린터, 유전자/생명 공학 혁명 등 엄청난 과학기술이 우리 삶의 모든 것을 바꿀 것처럼 보도한다. 그럼에도 불구하고 근본적으로 인간은 달라지지 않을 것이다. 수백 년 전 엔진을 발명하면서 영국에서 시작한 산업혁명이, 지난 세기 동안 컴퓨터와 인터넷, 그리고 이번 세기에 스마트폰 같은 정보통신 기술의 발전으로 우리가 사는 모습과 방법이 많이 달라지기는 했다. 하지만 이 지상에서 발을 딛고 사는 우리 인간은 근본적으로 달라진 것이 없다. 인간과 기계가 결합한 사이보그가 미래를 지배한다 하더라고 인간에게 이성과 감성이 존재하고 유한한 생명체로 있는 한 인간이라는 근본적인 숙명에서 벗어날 수 없을 것이다. 행복도 그 형태는 조금 달라질지 몰라도 근본은 바뀌지 않을 것이다.

chapter 6

자기 존중과
타인을
배려하는
사랑

우리가 행복하기 위해서는 사랑, 자유, 관용, 그리고 정의가 필요하다. 행복은 일시적인 흥분 상태나 순간적인 만족감이 아니고 삶의 상승이나 추락과 관계없이 변함없이 지속적으로 유지되는 것이다. 그런 행복을 위해서는 우리가 기본적으로 자유롭고 자신과 타인을 사랑하며 배려하고 관대해야 한다. 우리는 무인도에서 홀로 외롭게 사는 존재가 아니라 사회 공동체 안에서 함께 더불어 살아가는 사회적 동물이기에 정의감도 필요하다.

러시아 작가이자 시인인 레프 톨스토이는 그의 저서 《인생론*On Life*》에서 '사람이 무엇으로 사는가?'를 질문하고 논의하면서 정답은 사랑이라고 결론 맺는다. 독일의 소설가이자 시인인 헤르만 헤세는 많은 사람들은 자신을 잃어버리기 위해 사랑을 하는데, 자기 자신에 대한 사랑이 없이는 이웃에 대한 사랑도 불가능하다며 자신을 사랑함으로써 자신을 발견한다고 한다.

> 행복이란 다름이 아니라 바로 사랑이다. 그러므로 사랑할 수 있는 사람은 행복하다. 인생이란 오직 사랑을 통해서만 의미를 지니게 된다. 이를테면 우리가 더 사랑을 하고 자신을 헌신할 능력이 있으면 있을수록 우리의 인생은 그만큼 의미가 깊어진다.
>
> — 헤르만 헤세, 《선. 나의 신앙Zen. Mein Glaube》 중에서

인간은 사랑을 먹고 사는 존재로 사랑을 위해 살고, 때로는 사랑을 위해 목숨을 바치기도 한다. 그러니 인류의 역사에서 사랑을 빼면 아무것도 존재하지 않는다. 평범한 사람에서부터 유명한 사람에 이르기까지, 사랑은 여러 가지 모습으로 다가와 사람을 감동시키고 인간의 생명력을 지속시킨다. 그리고 우리가 이 세상에서 계속 존재하도록 만드는 가장 큰 동기이자 결과이다.

사랑이 없었다면 인간은 이 지구에서, 이 광활한 태양계에서, 그리고 우리의 상상력으로는 도저히 크기를 가늠할 수 없을 만큼

장엄한 은하계에서 그 존재를 남기지 못하고 사라져버렸을 것이다. 그러니 인종과 국가, 역사를 막론하고 세상에 존재하는 모든 교육과 종교에서 그 표현이나 방식은 약간 다를지라도 가장 중요하게 여기고 강조하는 것이 바로 '사랑'이다.

하버드 그랜트 연구가 알려주는 것

하버드대학교에서 1938년부터 수천 만 달러를 들여 진행 중인 '하버드 그랜트 연구'가 있다. 하버드대학교의 학생인 20대 젊은이 수백 명을 노인이 되기까지 또는 죽기까지 그들의 삶과 건강을 75년에 걸쳐 지속적으로 연구했다. 이 연구를 1966년부터 42년간 이끈 사람은 정신건강 의학과 전문의이자 교수인 조지 베일런트 *George Vaillant*이다. 연구의 결과를 종합해보면, "행복은 사랑을 통해서만 오며 그 이상 가는 것은 없다"고 한다.

예를 들어, 성공적인 삶을 위해서는 사랑하고 사랑받았던 경험이 중요한데, 사랑받지 못하고 자란 아이는 사랑받고 자란 아이보다 노인이 되어 심각한 우울증을 경험한 비율이 8배나 더 높다. 그리고 어린 시절 어머니와 좋은 관계를 갖지 못한 사람일수록 노년기에 치매에 걸릴 비율이 높다. 하지만 이 연구에 의하면, 인간은 평생을 통해 변화하고 발전할 수 있는 존재이므로 스스로의 변화와 발전 의지에 따라 얼마든지 정서적·인격적으로 성장하여 행복해질 수 있다고 한다.

'하버드 그랜트 연구'의 결과가 암시하듯, 어린 시절 부모로부터 받은 사랑이 평생의 행복을 좌우하는 측면이 있다. 어렸을 때 부모로부터 많은 사랑을 받고 자란 사람은 정서적·심리적으로 안정되어 있어 자연히 안정된 직장생활과 결혼생활을 하고 성공적인 삶을 살아간다. 반대로 어렸을 때 부모로부터 별로 사랑을 받지 못하고 자란 사람은 정서적·심리적으로 불안하고 부모로부터 받지 못한 애정결핍을 채우기 위해 이성에 빨리 눈을 뜨며 술, 담배, 마약 등 감각을 자극하는 것에 지나치게 집착하게 된다.

많은 현대인이 겪는 개인의 불행과 가정의 해체, 그리고 사회적으로 물의를 빚는 사건들의 배경에는 제대로 사랑을 받지 못한 사람들의 불행한 과거가 있는 경우가 많다. 감옥을 자기 집처럼 드나드는 사람들의 어린 시절을 보면, 부모 없이 성장하면서 주변 사람들로부터 사랑을 제대로 받지 못했거나, 부모가 있더라도 사랑은커녕 육체적·심리적 학대를 받아 부모를 증오하는 경우가 대다수이다. 사랑과 자비심이 있어야 할 자리를 증오와 분노, 열등감이 대신 차지하고 있는 것이다. 가끔 죄수들이 감옥에서 쓴 수기를 읽어보면, 부모로부터 사랑을 제대로 받지 못했거나 부모의 이혼으로 가정이 해체되어 사랑을 받을 기회를 상실했다는 공통점을 가지고 있다.

한 나라를 불행에 빠트리고 온갖 인권유린을 자행하는 독재자나 정치 지도자, 각종 비리와 전횡을 밥 먹듯이 하고 직원을 노예처럼 착취하는 기업의 총수나 정부의 고위 관료, 상대방의 입장이 되어 생각하기보다는 자기의 우월한 지위를 이용해 갑질을 하거나 상대방을 괴롭히며 가혹행위를 하면서 고통을 주고 거기서 쾌락을 느끼는 이들의 공통점은 어린 시절 부모나 가족 구성원으로부터 제대로 사랑을 받지 못했거나 자기 자신에 몰입되어 자기중심적이고 극히 이기적인 사람으로 변모했다는 것이다.

미국에서는 부모가 자식을 학대하거나 인권을 유린하면 감옥에 가게 되고 자식을 강제적으로 빼앗아 좋은 조건을 갖춘 다른 부모가 대신 키우게 하는 제도가 있다. 다른 가정에서 사랑을 듬뿍 받으며 성장한 아이들이 잔혹한 부모 밑에서 성장할 때보다도 육체적으로나 정서적으로 훨씬 건강하게 자라는 경우를 많이 보게 된다. 부모가 사랑이라는 이름으로 자기 생각을 강요하는 경우가 있다. 특히 동양인들은 자식을 자기 소유물로 생각하고 자식을 자기가 원하는 대로 강제하고 학대하여 가끔씩 뉴스에 등장하기도 한다.

어린 시절 부모에게서 사랑을 받지 못했거나 학대를 받아 가슴에 멍이 들었더라도, 또는 부모가 항상 서로 싸워 전쟁터 같은 험악한 집안 분위기에 가슴 졸이며 살았던 사람이라도 자신만큼은 그런 부모가 되지 않겠다고 다짐을 하고 성인이 되어서 자식들에게 조건 없는 사랑을 듬뿍 주며 화목한 가정을 만들려고 애쓰는 사람들이 있다. 이들은 자신에게 주어진 환경에 굴복하지 않고 열악한 환경을 딛고 일어나 새로운 환경을 만들어 낸 용기 있는 사람들이다. 어린 시절 부모의 심한 학대에 못 견뎌 집을 나와 온갖 궂은 일과 피나는 고생을 하면서 자수성가하여 행복한 가정을 이루고 자식에게 사랑을 듬뿍 주는 가장의 뉴스를 접한 적이 있다. 역경을 이겨내는 이들의 사연은 가슴이 뭉클해지는 감동을 준다.

하버드 그랜트 연구는 우리 인간에게 사랑이 얼마나 중요한가를 알려주고 있다. 사랑을 하고 또 사랑을 받으면서 우리 인간은 성장하고 성숙해지며 행복의 길로 나아간다. 어렸을 때는 부모형제의 사랑, 학교를 다닐 때는 친구들과의 우정, 직장에 다닐 때는 동료들과의 연대감, 결혼을 하고 나서는 배우자를 아끼는 마음, 아이들을 정성을 다해 키우는 마음, 연로한 부모를 공경하는 효심, 그리고 더 나아가 이웃과 다른 사람들에 대한 관심과 배려는 모두 사랑의 다른 모습이고 또 다른 표현이다.

자기 존재 가치의 소중함

사랑을 굳이 개념화한다면, 자기 자신에 대한 사랑은 자기 자신의 존재 가치의 소중함과 중요함을 알고 그 존재 가치를 실현하는 것이다. 그리고 사람 사이의 사랑은 자기중심에서 벗어나 상대방 중심으로 가는 것이요, 나보다는 상대방을 더 위하고 더 배려하는 것이다. 우선 자신을 먼저 사랑하는 것이 중요하다. 자기 자신을 사랑하는 만큼 다른 사람을 사랑할 수 있고 자신에 대한 존중과 배려만큼 다른 사람을 존중하고 배려할 수 있기 때문이다. 사랑은 자기 자신을 아끼고 존중하고 상처주지 않는 데서 시작한다.

중요한 것은 인간으로서 자신의 존엄을 확실히 받아들이면, 자기 자신을 진정 사랑하게 된다는 것이다. 자기 자신을 존중하고 자기 인생을 사랑하면 어떠한 장애물도 극복하고 뛰어넘을 기회이지 자신을 영원히 구속하는 족쇄가 아니라는 것을 알게 된다. 모든 것은 고정되어 있거나 정해져 있지 않고 유동적이며 가변적이다. 모든 사물과 인간은 이 세상에 나 홀로 존재하고 있는 것이 아니라 유기적으로 연결되어 있고 관계되어 있다. 그러니 자신의 존엄을 깨달아 존재 가치를 실현하려고 하면 자신과 주변의 모든 것이 긍정적으로 변화해 나간다.

독일 철학자 임마누엘 칸트*Immanuel Kant*가 지적한 것처럼 머리 위에 별들이 찬란히 빛나는 하늘이 있듯이, 인간 가치의 절대적 존엄성을 깨닫게 되면 불변의 도덕률인 '너 자신과 다른 모든 사람의 인격을 수단으로 대우하지 말고 언제나 동시에 목적으로 대우하도록 행위하라'는 의미를 알게 된다. 인간은 어떤 목적 성취를 위해 도구가 되어서는 안 된다. 아무리 그럴듯한 명분을 내세워도 인간을 도구나 수단으로 사용해서는 안 된다. 인간은 절대적인 가치를 지닌 인격체로서 그 자체가 목적이다. 우리가 인간으로서 자신의 절대적인 가치와 소중함을 다른 어떤 것보다 상위에 두면 내가 태어날 때부터 이미 주어진 외모나 내가 어떻게 변화시킬 수 없는 가정환경은 그리 중요한 사항이 되지 않는다. 또한 내가 어떤 일을 하고 어떤 지위에 있으며 어느 정도의 돈을 버는가는 부차적인 사항이며 그러한 세속적인 기준이 내가 어떤 사람인지를 절대적으로 규정짓지는 못한다는 사실을 깨닫게 된다.

자기 내면의 소리와 본능, 통찰력에 따라 이 땅에 태어난 인간으로서의 가치를 실현하기 위해 정진하면 상대적인 박탈감과 소외감이 줄어든다. 자기 자신을 진실로 사랑하고, 상처 나고 아픈 자신의 내면을 위로하고 감싸주며, 이 지상을 떠나기 전에 진정 무엇을 하고 싶은지 자신의 내면의 소리를 들으면서 자신과 대화를 하고 그 울림에 따라 살아가면 이 세상을 떠날 때 가벼운 마음으로 미소를 지으며 감사하는 마음으로 떠날 수 있다.

하버드대학교 교수였고 코넬대학교 천체연구소 소장이었던 칼 세이건Carl Sagan은 자신의 저서 《코스모스Cosmos》와 여러 인터뷰에서 우주에 관해 일반인이 알기 쉽고 흥미롭게 전달했다. 많은 천문학자들이 이야기하듯, 우리의 태양계가 있는 은하에는 4,000억 개의

별이 있고, 우주에는 그런 은하가 1,000억 개가 있으며, 또 그러한 우주가 수없이 많다. 한마디로 우주는 사람의 머리로는 도저히 상상할 수 없는 규모인 것이다. 우리가 살고 있는 지구는 전 우주적 시각에서 봤을 때 해변의 셀 수 없이 수많은 모래들 중의 하나만큼이나 미미하다.

세이건이 말하길, 보이저 1호에서 찍은 사진을 보면 지구는 창백한 푸른 점에 불과하여 대륙, 구름, 바다가 보이지 않는다. 반사된 햇빛 속의 한 점에 불과할 뿐만 아니라 멀리서는 아예 보이지도 않는다. 지구는 무한한 공간 속에 찍힌 점 하나요, 지구의 세월은 흐르는 시간 속 찰나에 불과하다. 138억 년이라는 우주의 나이와 45억 년인 지구의 나이, 그리고 별들의 수명에 비하면 사람의 일생은 하루살이에 불과하다.

세이건은 우주는 신에 의해 창조된 것이 아니라고 주장하는, 신의 존재에 회의적인 불가지론자이다. 그는 인간은 별의 물질인 산소, 탄소, 칼슘 등으로 이루어진 존재이며, 우주의 모든 물질은 서로 연관되고 연결되어 있다고 한다. 인간은 성서에서 말하는 신에 의해 의도적으로 만들어진 피조물이 아니라 '우주의 우연한 사고'로 만들어졌다고 생각하는 많은 과학자들의 입장을 그는 대변한다. 인간은 희귀종이자 멸종 위기종이지만, 우주적 시각에서 볼 때 우리 하나하나가 모두 소중하다는 것이다.

비록 우리는 우주의 기원에 관해 전부 알 수는 없더라도, 세이건의 말처럼, 너무도 아름다운 우주에서 생명이 존재하기에 유일한 조건을 갖춘 지구에서 매순간 살아있다는 것은 너무도 기적 같은 사건이다. 비록 우리 인간은 우주의 우연한 존재이지만, 이 아름다운 우주와 지구에서 생명체로 살고 있는 우리 모두는 소중한 존재이고 행운아이다.

타인 지향적 관심과 배려

자신을 사랑한 만큼, 아니 그 이상으로 타인을 사랑하는 마음은 참으로 소중하고 아름답다. 나 중심의 사랑에서 벗어나 타인 중심에서 타인을 배려하고 존중하면, 사랑의 범위가 넓어지고 참 자아가 더욱 성숙되어 간다. 사랑은 이성 간의 애정이나 부모나 형제에 대한 가족애, 친구에 대한 우정을 넘어 나와 직접적인 관계가 없더라도 모든 사람에 대한 친절, 관심, 배려, 헌신을 내포한다. 타인에 대한 배려, 관심, 경의가 없다면 우리가 소유하고 있는 모든 것, 예를 들어 부, 지위, 평판, 학식 등은 부질없는 허상에 불과하다. 그래서 모든 종교에서는, 예를 들어 불교에서는 자비, 기독교에서는 사랑, 유교에서는 인을 가장 중요시하지 않는가.

사랑은 '자신을 비우고 자신을 내려놓는 것'이다. 마치, 그릇을 비워 빈 공간으로 만들어야만 새로운 것으로 채워질 수 있듯이 자신을 비우고 자신을 내려놓아야만 상대방의 존재와 의미를 진정으로 알게 되고, 상대방이 내 마음속에 살게 된다. 만약 자신을 비우지 않고 자신을 내려놓지 않으면, 계속 자기 자신만의 방식으로 상대방을 판단하고 상대방이 자기 뜻대로 움직여주길 바라게 된다.

에리히 프롬은 자신의 저서 《자기를 위한 인간》에서 진실한 사랑은 생산에 뿌리를 두고 있기에 '생산적인 사랑'이라 불려야 한다고 했다. 생산적인 사랑은 어떤 형태로 구체화되든지 상대에 대한 배려와 존중, 책임과 지식이 공통적으로 나타나는 기본 요소라고 한다. 그러므로 '생산적인 사랑에는 사랑하는 사람의 성장을 위한 수고와 배려와 책임'이 있어야 하고 '진정한 사랑은 사랑받는 사람의 성장과 행복을 바라는 적극적인 열망'이라는 것이다.

그는 다른 사람을 향한 사랑과 자신을 향한 사랑이 이율배반적이거나 상호배타적이지 않고 긴밀하게 연결되어 있음을 지적하는데, 자신을 진정으로 아끼고 존중하는 사람이 다른 사람도 진정으로 아끼고 존중할 수 있음을 암시한다. 자신을 진실로 사랑하지 않기 때문에 현대문화가 실패하고 전체주의가 득실거린다고 본 프롬은 자신만 생각하는 이기적인 사람은 자신을 진정으로 사랑하는 사람이 아니라 오히려 자신을 증오하는 사람이고 항상 공허감과 불만에 사로잡혀 있다고 지적한다.

지상에서 가장 위대한 사랑은 타인에게 도움이 되고 타인을 자유롭게 하며 발전시키는 것이다. 더 나아가 모든 사람의 건강과 인권, 자유와 행복을 위해 자신이 가지고 있는 모든 것을 아낌없이 내놓고 자신의 모든 것을 바치는 것이다. 그러한 위대한 사랑의 가치를 깨닫고 실천하는 사람들의 삶의 목적은 자기 자신만을 바라보거나 자기만족에만 집중하기보다는 모든 사람을 사랑하는 방향으로 나아간다.

예를 들어, 독일의 슈바이처 박사가 의료시설이 전혀 없는 아프리카로 가서 자신의 모든 것을 바쳐 무료로 흑인들에게 의료 봉사를 한 것, 테레사 수녀가 평생 빈민가 사람들과 아픔을 함께하며 그들을 도운 것. 인도의 마하트마 간디가 잔악한 영국의 식민지 통치에 맞서 비폭력·무저항 투쟁으로 나라를 독립시킨 것, 미국 대통령 링컨이 흑인도 백인과 평등하고 똑같은 인간의 권리가 있음을 인정하며 그들을 노예에서 해방시켜 자유인이 되게 한 것, 미국의 마틴 루터 킹 목사가 비폭력과 자신의 죽음을 통해 차별받는 흑인들의 인권을 개선시킨 것, 일제강점기에 안중근, 윤봉길, 안창호 등의 독립투사들이 대한민국의 독립을 위해 자신의 목숨을 바친 것은 모든 인간의 자유와 행복을 위한 위대한 사랑이요, 인류애적인 사랑이다.

멀리 있는 역사적인 인물만이 아니라 평범한 우리의 일상생활에서도 작지만 위대한 사랑을 찾아볼 수 있다. 옛날 우리 조상들이 지나가는 과객에게 음식을 대접하고 잠 잘 방을 제공했던 것, 거지에게도 아낌없이 먹을 것을 주는 것, 너무 가난해 의료비가 없어 쩔쩔매는 환자의 입원비를 익명으로 대신 내주는 것, 병들어 있거나 치매에 걸려 있는 가족을 위해 정성을 다해 돌보거나 호스피스로 자원봉사하는 것 등이다.

그리고 이산화탄소 배출을 줄이기 위해 비용이 더 들더라도 친환경(청정) 에너지나 대체연료를 사용하는 것, 정말 필요한 사람에게 복지혜택이 돌아가도록 양보하는 것, 북한을 탈출한 사람들이 중국에서 인신매매와 인권유린을 당하지 않고 한국에서 잘 정착할 수 있도록 돕는 것, 사회적 약자나 힘들고 어렵게 사는 사람들의 인권과 행복을 위해 작지만 성실히 봉사하는 것 등 우리 주변에는 우리 모두를 감동시키고 우리의 눈가에 감동의 눈물을 맺게 하는 사람들이 많다.

크고 위대한 사랑만 가치 있는 것이 아니라 아주 작은 사랑도 사람의 마음을 움직이고 감동시킨다. 어느 날 미국 ABC 저녁뉴스에서 노스캐롤라이나에 거주하는 휠체어에 몸을 의지해 사는 어느 장애인의 작지만 감동스러운 이야기를 전했다. 그는 신체에 장애가 있어 걷지도 못하고 제대로 말하지도 못한다. 어느 날 그가 길거리로 나가 지나가는 두 명의 초등학생에게 각각 50달러를 주었다.

이 학생들은 그에게 받은 돈을 자신을 위해서 쓰지 않고 아프리카에 사는 학생들에게 보냈다. 그리고 아프리카 학생들로부터 고맙다는 편지가 그 장애인에게 도착했다고 한다. 또한 그 돈을 처음 받았던 학생들이 소속된 학교 학생들 모두가 돈을 모아 기부해 어려운 사람들을 돕는 프로젝트에 참여하고 있다. 마치 나비효과처럼 조그마한 선행이 다른 사람에게 전염되어 모두를 움직이고 감동시킨 것이다.

선진사회와 성숙한 사회는 시민 각자가 자신의 이익을 넘어 공동체를 위해, 공공의 선을 위해 자신이 다소 손해 보더라도 양보하고 헌신하면서 발전한다는 것을 보여준다. 자신이 평생 땀 흘려 힘들게 모은 돈을 가난하고 어려운 가정환경에서 살기 때문에 꿈을 펼치지 못하는 청소년들의 교육을 위해 기부하는 것, 불치병이나 전염병을 고치는 치료약을 개발하는 데 쓰라고 기부하는 것, 너무 가난해 밤에 잠 잘 곳이 없어 길거리, 공원, 산에서 자고 제대로 먹지 못하는 사람들에게 먹을 것과 잠 잘 곳을 제공하는 것들은 우리를 감동시킨다. 이러한 배려는 우리 공동체가 진정으로 화합하고 발전하는 계기가 된다.

chapter 7

홀로서기와
원하는
삶을 사는
자유

행복하기 위해서는 자유가 필수 불가결이다. 자유가 없는 사회에서 행복을 생각할 수 있는가? 자유를 누릴 수 없는 개인이 행복을 느끼겠는가? 자유가 없는데 행복을 느낀다면 그건 조작되고 가장된 행복일 것이다. 독재국가나 사회주의 국가에서 행복하다고 하는 이들은 독재자와 그에게 충성하며 아부하는 사람들뿐이다. 우리에게는 이미 자유가 주어져 있고, 그것을 공기처럼 당연히 여기기 때문에 우리는 자유와 행복의 상관관계를 생각하지 않는 경향이 있다. 하지만 우리 선배들은 목숨을 바쳐 자유를 쟁취하였고 피를 흘려 자유를 지켜냈다. 그 덕분에 우리가 자유라는 토대 위에서 행복을 누릴 특권을 갖게 된 것이다.

찬란한 이집트, 그리스, 로마 문명을 생성하고 꽃피우게 하고, 현대 자본주의와 민주주의를 정착시킨 정신적인 배경인 개인주의도 모두 자유라는 토대 위에서 가능했다. 프랑스혁명, 미국 독립전쟁과 남북전쟁, 한국 독립운동, 4·19혁명 등 세계적인 혁명들은 모두 자유를 향한 울부짖음이었다. 그리고 자유를 획득하기 위한, 정의를 실현하기 위한 몸부림이었다. '자유가 아니면 죽음을 달라'는 미국 독립운동가이며 버지니아 초대 주지사를 지낸 패트릭 헨리 Partick Henry의 외침은 자유가 없는 나라의 슬픔을 대변하고 있다. 그는 1775년 영국의 아메리카 식민지에 대한 탄압에 맞서 독립의 필요성을 외쳤던 것이다.

〈브레이브하트Braveheart〉는 멜 깁슨Mel Gibson이 감독하고 주연하여 1996년 아카데미 작품상과 감독상을 수상한 영화이다. 이 영화는 13세기 말엽, 잉글랜드의 폭정으로부터 스코틀랜드의 자유를 지켜내기 위해 싸우는 이상주의자이자 하급귀족인 윌리엄 월레스의 영웅적인 일대기를 그렸다. 영화에서 가장 인상적인 장면은 월레스가 잉글랜드군에 잡혀 아주 잔혹한 형벌을 당하는 동안 자비를 구걸하면 빠르게 죽여주겠다는 재판관의 권유를 거부하고 '자유'라고 목 놓아 울부짖으며 그의 목이 참수되는 장면이다.

1776년 7월 6일에 선포된 미국의 〈독립선언문〉에서 정부가 꼭

보호해야 하는 인간의 권리는 생명*Life*, 자유*Liberty*, 행복의 추구*Pursuit of Happiness*이다. 여기서 자유는 어떠한 구속도 없는 'Freedom' 대신 사회적 합의하에 허용된 자유인 'Liberty'를 쓴다. 프랑스혁명 때 1789년 8월 29일에 발표된 〈인간과 시민의 권리선언〉에서 인간의 권리로 자유, 소유, 안전, 압제에 대한 저항을 열거한다. 여기서 자유도 'Freedom'이 아닌 'Liberty'이다. 만약 사회적 합의하에 허용된 자유에서 벗어나서 아무런 제재도, 구속도 없는 모든 자유를 사람들에게 허용한다면 토머스 홉스*Thomas Hobbes*의 《리바이어던*Leviathan*》에서 그려지듯, 만인이 만인을 향해 투쟁을 벌이는 전쟁이 벌어질 수 있다.

나의 친형은 한때 정기적으로 감옥을 방문하여 의료봉사를 한 적이 있었는데, 감옥 문을 열고 들어갈 때마다 자유가 없이 사는 사람들의 고통과 답답함을 새삼 느끼게 되었다고 한다. 감옥 문을 나설 때는 구속과 통제가 없는 자유를 새삼 절실히 느끼고는 자유를 누릴 수 있음에 감사하게 되었다고 한다.

어떤 이유에서 감옥살이를 하든, 범죄를 저지르고 그 대가로 일정 기간 자신이 원하지 않는 폐쇄된 공간에서 살 때는 무엇보다도 자유를 포기해야만 하는 것과 아무런 선택을 할 수 없는 것이 가장 큰 고통일 것이다. 가족과 떨어져야만 하고, 사랑하는 사람을 보고 싶어도 볼 수 없으며, 무언가 하고 싶어도 할 수 없고, 좋아하는 음식을 먹고 싶어도 참아야만 하니 그 고통이 얼마나 크겠는가. 영화 〈빠삐용-*Papillon*〉에서는 비록 결국에는 실패하지만 죄수 빠삐용이 여러 차례 감옥 탈출을 시도한다. 심지어는 죽음으로 이어질 수 있는 끝이 보이지 않는 망망대해를 향해 절벽에서 뛰어내리기도 한다. 바로 자유를 얻기 위해서.

자유는 자신의 삶을 스스로 선택하고 자신이 원하는 삶을 살아가는 기본적인 권리이다. 자유는 소극적인 면에서는 '강제와 압박이 없는 평화로운 상태'를 말하지만, 적극적인 면에서는 '자신이 원하는 것을 성취하는 것'이다. 질병, 가난, 핍박, 독재, 편견으로부터의 자유가 전자에 해당된다면, 자신의 꿈을 이루려고 하는 것이나 더 나은 사회를 이루고자 노력하려는 것은 후자에 해당될 것이다. 여러 해 동안 말기 환자들의 임종을 지켜본 브로니 웨어*Bronnie Ware*의 저서 《내가 원하는 삶을 살았더라면*The Top Five Regrets of the Dying*》 속의 죽을 때 후회하는 다섯 가지 내용이 매우 흥미롭다. 첫째, 내 뜻대로 살 걸, 둘째, 일을 조금 덜할 걸, 셋째, 화 좀 더 낼 걸, 넷째, 친구들을 더 챙길 걸, 다섯째, 도전하면서 살 걸이다. 죽을 때 후회하는 다섯 가지는 자기가 원하는 대로 살지 못한 회한이 그 바탕에 깔려 있는 것 같다.

홀로서기의 관점
~~~~~~~~~~~~

자유로운 삶을 살기 위해서는, 그리고 자기가 원하는 삶을 살기 위해서는 인간은 홀로 서야 한다. 홀로서기란 정신적·육체적·경제적·사회적 의미를 모두 내포하고 있다. 부모의 양육과 그늘에서 벗어나 독립적으로 사고하고 결정하고 스스로의 힘으로 살아가는, '삶의 주체자'가 된다는 뜻이다. 에리히 프롬은 인간은 자신의 운명과 무관한 우주에서 근본적으로 외톨이고 고독한 존재라는 것을 인정해야 하며, 인간을 대신해 인간의 문제를 해결해줄 수 있는 초월적 존재는 없음을 깨달아야 한다고 했다. 독일의 소설가이자 시인인 헤르만 헤세는 한 인간이 독립적이고 주체적으로 변화해 가는 과정을 잘 표현하고 있다. 그는 "인간 각자에게 있어서 중요한 것은 자기만의—그러나 임의의 것이 아니라—운명을 발견하고 자기 속에서 추호의 간격도 벌리지 않게 완전히 사는 것"이라고 했다.

> 새는 알을 깨려고 몸부림친다. 그 알은 세계이다. 태어나려고 하는 자는 하나의 세계를 파괴하지 않으면 안 된다. 어떤 인간에게 있어서나 정말 천직은 단 하나 '자기 자신에 도달하는 것'뿐이다.
>
> — 헤르만 헤세, 《데미안Demian》 중에서

홀로 서기 위해서는 자기를 둘러싼 기존의 세계의 틀을 깨고, 자기 자신만의 고유한 세계를 만들어 가는 과정을 겪어야만 한다. 이러한 과정을 통해 자기만의 운명을 알게 되고, 자기 내부의 소리를 듣게 되어 진정한 자기 자신에 도달하는 것이다. 그 과정은 새가 알을 깨고 나오듯, 산모의 진통을 통해 아이가 태어나듯, 고통과 아픔, 갈등과 번뇌를 겪게 된다. 하지만 이는 독립적이고 성숙한 인간이 되기 위한 필수적인 통과의례이다.

프랑스의 실존주의 철학자 장 폴 사르트르는 "인간은 자기가 스스로 만들어 가는 것일 뿐이다"라고 했다. 홀로서기란 부모, 형제, 친구, 애인이 대신해 줄 수 있는 것이 아니다. 자기 스스로 고통을 극복하는 과정을 통해서만 이룰 수 있다. 아무리 과학기술이 발전하고 정보화가 잘되어 있는 현대이지만, 모든 인간은 모두 같은 명제―'자기 스스로 자기를 만들어 가야만 홀로서기가 가능하다'―앞에 서 있다. 기어 다니는 아이가 혼자만의 힘으로 두 발로 서서 걸어야 하듯이, 따뜻한 엄마의 품에서 벗어나 차갑고 매서운 세상 풍파를 견뎌 살아남아야 하듯이, 그리고 세상의 낡은 틀과 편견의 벽에서 자기만의 독창적이고 영원한 세계를 만들어 나가야 하듯이. 빅터 고어츨*Victor Goertzel*은 탁월한 삶을 산 400명의 사람들을 연구한 결과 다음과 같은 공통점을 발견했다.

누군가가 사고나 행동 모두에서 독립적이 되고 싶다면, 인습적인 것과 전혀 다른 길을 따라갈 수 있는 '자유'야말로 가장 중요한 요소라고 할 수 있다.

— 빅터 고어츨, 《세계적 인물은 어떻게 키워지는가 *Cradles of Eminence*》 중에서

홀로서기는 정신적·인격적 측면만이 아니라 경제적·사회적 측면에서도 중요하다. 일을 통해 경제적으로 자립하고 자기 자신과 가족에 대해 경제적으로 책임을 진다. 사람들과 관계를 맺고 사회 속에서 자신의 역할을 통해 사회적 욕구를 충족시킨다. 무인도에서 로빈슨 크루소처럼 홀로 살 수 없는 사회적 동물인 인간은 기본적인 경제적인 욕구와 사회적인 연결 관계를 스스로 해결하지 못하면, 상대적인 박탈감이 커지고 그만큼 소외감을 크게 느끼게 된다. 무엇보다 성인이 되어서도 경제적으로 자립하지 못하면 부모, 형제나 다른 사람에게 경제적으로 계속 의존하게 되어 타인에게 폐를 끼치는 자기 자신을 자책하느라 자존감이 떨어지게 된다.

홀로서기는 이별의 서곡이자 이별의 완성이다. 살면서 우리는 수없이 많은 이별을 해야 하고 이별 앞에서 눈물 흘리며 슬퍼하고 인내하는 과정을 겪는다. 이별하면서 그 사람의 소중함을 알게 되고 그 사람과의 추억이 앨범에 있는 사진처럼 지워지지 않고 기억 한가운데 자리 잡고 있는 자신을 발견한다. 학교 다니고 직장 다니

기 위해 부모와 함께 살던 집을 떠나 자기 혼자 힘으로 살아야 하고, 시간이 흘러 연로한 부모와 영원한 이별을 하면서 마음 시리도록 아파한다. 결혼해 아이들이 태어나면 아이들과 함께 보내는 시간이 번개처럼 지나가고 어느샌가 아이들은 학교를 다니고 나의 품을 떠나 독립하게 되어 세상으로 보내는 두려움에 혼자 눈물 훔치게 된다. 결혼하는 자녀의 손을 잡고 식장에 들어설 때는 영원한 이별을 하는 것처럼 흐르는 눈물을 꾹 참기도 한다.

시간이 많이 흘러 지인들도, 친구들도 하나 둘 세상을 떠나기 시작해 내가 알고 지내며 말동무했던 사람이 거의 사라지면 외로움에 몸서리치게 된다. 배우자마저 세상을 떠나거나 다른 이유로 이별을 하게 되면 세상에 오직 자신 혼자 외롭게 떠 있는 섬 같은 존재로 느껴지게 된다. 언젠가는 자신마저도 세상과 이별할 때가 가까워지고 있음을 직감하게 되는 이별의 종착역에 서게 될 것이다. 이별이 있기에 만남이 소중하고 만남이 있으면 이별도 어찌할 수 운명처럼 언젠가는 찾아온다. 이별하면서 우리는 홀로 서는 연습을 하게 되고 성숙해진다. 이별은 우리를 숙성하게 하는 감초제이다. 이별 없이는 홀로 설 수가 없다. 이별 때문에 마음에 멍 자국이 나더라도 이별도 거대한 자연의 한 부분이요 자연의 한 과정이라고 여기고 담담히 받아들여야 한다.

노자에 이어 도가사상을 완성한 장자莊子는 '무위無爲'를 강조하면서 자연으로 돌아갈 것을 주장하며 죽음을 삶과 별 다를 것 없는 또 다른 존재 양식이라고 말한다. 세상에는 수많은 존재 양식이 있는데, 그는 죽음을 한 가지 존재 양식에서 다른 존재 양식으로 옮겨 가는 것이라고 보았다. "사람의 모양으로 태어난 것이 즐거운 일이지만 세상에는 이와 못지않게 다른 수많은 존재 양식이 있을 터인데, 이런 수많은 모양으로 나타나는 것도 기쁜 일이 아니겠느냐"고 그는 반문한다. 그래서 장자는 부인이 죽었을 때 오히려 춤을 추었다. 그런 행동을 보고 사람들은 그가 부인을 잃은 충격에 미쳤다고 생각했다. 하지만 그는 사람이 대우주의 생성 변화의 흐름에 따라 세상에 태어났다가 이제 큰 집에서 쉬게 되어 오히려 기쁜 일이요, 계절이 가만히 있지 않고 바뀌듯 존재 양식의 바뀜을 가지고 슬퍼하는 것은 부질없는 일이라고 했다. 장자는 이렇게 말하였다. "자연은 우리에게 모습을 주었다. 또 우리에게 삶을 주어 수고하게 하고, 우리에게 늙음을 주어 편하게 하며, 우리에게 죽음을 주어 쉬게 한다."

사람들마다 자신이 믿는 종교와 사상에 따라 죽음을 달리 접근하지만, 장자의 시각에서 죽음은 자연스런 자연의 과정이다. 병들고 지치고 피곤한 인생에 죽음이 휴식과 안식을 주는 것이다. 그렇다고 해서 죽음을 재촉하라는 것은 아니며, 목숨이 다해 죽음이 문밖에서 기다리고 있을 때, 인간이라는 몸으로 이 지상에서 태어나 삶이라는 특권을 누려봤으니 떠날 때도 감사하면서 즐거운 마음으로 자연으로 돌아가면 된다는 뜻일 것이다. 우리는 거대한 우주와 자연의 한 부분으로, 자연에서 와서 자연으로 다시 돌아가는 것을 경험하게 되니 슬퍼하기보다는 감사하는 마음이 더 필요하다.

욕망과 자기로부터의 자유

자유를 향유하는 것은 욕망을 어떻게 상대하느냐에 많이 달려 있다. 쇼펜하우어가 지적한 대로 '인간은 욕망덩어리'이다. 그의 말처럼, 인간은 욕구가 구체화된 존재이며 수천 가지로 이루어진 욕망덩어리이다. 욕망이 있기에 인간은 살아가고 있고, 욕망이 있기에 문화와 문명이 만들어졌으며, 욕망이 있기에 사회와 국가가 성립되었다. 욕망을 빼면 인간에게 무엇이 남을까. 사람마다 욕망의 정도의 차이가 있을 뿐, 우리 모두는 욕망에 의해 움직이고 있다.

> 모든 인간 생활은 오직 욕망과 그 충족 사이를 걸어가고 있을 뿐이다. 그 본성으로 보아 욕망은 고통이며, 욕망을 충족시키면 곧 싫증이 난다. 욕망과 그 만족감의 양이 적절하면, 가장 행복한 생애가 이루어진다.
>
> — 쇼펜하우어, 《의지와 표상으로서의 세계 Die Welt als Wille und Vorstellung》
> 중에서

육체와 정신으로 이루어진 인간은 끊임없이 욕망이 이끌리는 대로, 욕망을 이루기 위해 살고 욕망의 유혹에서 벗어날 수가 없다. 욕망이 채워졌을 때는 만족스럽다가도 권태에 빠져들어 이윽고 또 다른 무언가를 좇아가게 된다. 붓다*Buddha, 석가모니*는 인간의 삶은 고통이요, 고통은 욕망 때문이라고 했다. 그는 "무엇이든 구하는 것이 있으면 모든 것이 고통이요, 구하는 것이 없으면 모든 것이 즐거움이다"라고 했다. 또, "아무것도 바라지 않을 때 천하를 얻을 수 있다"고 했다.

붓다가 지적한 것처럼, 지상에서 우리의 삶이 고통인 것은 우리에게 욕망이 있기 때문이요, 욕망이 없으면 그만큼 고통과 번뇌가 없다. 기원전 3세기 제논*Zenon*에 의해 창시된 스토아*Stoa*철학에 의하면, 모든 욕망을 버리고 어떤 것에 의해서도 움직이지 않는 마음의 상태에서 참다운 행복이 비롯된다고 한다. 하지만 세상 욕망을 다 끊어버리면 해탈에 이를지 몰라도, 그건 죽음과 같다. 어차피 끊을 수 없는 욕망이라면 한편으로는 욕망을 잘 다스리고, 다른 한편으로는 욕망으로부터 자유로워질 필요가 있다.

프랑스 철학자 르네 데카르트*René Descartes*는 《방법서설*Discourse on the Method*》에서 '나는 생각한다, 고로 존재한다'고 했다. 인간이 존재하는 것은 인간이 생각하기 때문이며, 인간이 다른 동물과 다른 것은 바로 '생각'한다는 특성 때문이다. 프랑스 철학자이며 수학자인 블레즈 파스칼*Blaise Pascal*은 '인간은 생각하는 갈대'라 정의했다. 그의 말처럼, 인간은 생각하는 위대한 존재이지만 언젠가는 죽음을 마주해야만 하는 비참한 갈대라는 것을 안다. 공간으로 따지면 우주가 나를 포함하고 나를 한 개의 점처럼 집어 삼켜버리지만, 사고로는 내가 우주를 포함한다.

> 인간의 위대함은 자기가 비참하다는 것을 아는 데 있다. 나무는 자기가 비참하다는 것을 알지 못한다. 자기 자신이 비참함을 깨닫는 것은 비참한 일이다. 그러나 인간이 비참하다는 것을 아는 것은 위대한 것이다.
>
> — 블레즈 파스칼, 《팡세》 중에서

프랑스 파리에는 로댕미술관이 있다. 그 많은 작품 중에서 오귀스트 로댕*Auguste Rodin*의 대표적 조각 작품 중의 하나인 〈생각하는 사람*Thinker*〉 앞에서 발걸음이 떨어지지 않은 적이 있었다. 〈생각하는 사람〉을 보고 있노라면, 생각하는 인간을 통해 인간의 고귀함과 고상함을 느끼게 한다. 어찌 보면 인간이 생각하기 때문에 글이나 말로 통해 지식을 축적하고 발전시킴으로써 문화와 문명을 만들어낼 수 있었다. 그리고 그 덕에 현대인들은 풍요로운 문명의 혜택을 받으면서 살고 있다. 다른 동물들도 생각하는 기능을 갖고 있다고 하지만, 인간과는 비교되지 않는 낮은 수준이다.

하지만 다른 측면에서 보면, 생각하는 기능으로 인해 인간이 만들어놓은 훌륭한 문명, 현대인이 누리는 문명은 우리에게 축복과 함께 저주를 부여했다. 누구에게나 활짝 열린 교육의 기회로 더욱 유식해지고 지성인이 된 것 같지만 깊이 있는 성찰은 하지 못하고 수박 겉핥기식의 지식만 쌓는 경우가 많다. 또한 더 많이 배우고 더 많이 소유하기 위해 쫓기는 듯한 삶을 살게 되었고, 자신이 누리고 있는 지위와 부를 빼앗길까 두려움과 불안에 시달리는, 정신적으로 고통받는 삶을 살게 살게 되었다. 더 많이 알게 된 만큼 번뇌와 갈등은 심화되었고, 모든 사람들이 원하는 더 많은 돈, 지식, 권력의 추구는 이분법적인 사고방식을 길러냈다. 자신만이 옳다는 착각에 빠져 자신만의 생각을 주장하는 독선적인 성격으로 바뀌어가고, 더욱더 자신에 집착하고 자아에 몰입하게 되어 정신적인 고통이 커지게 되었다.

인간은 생각하기 때문에 정신적인 고통, 불안, 두려움, 회의에 시달리는 존재가 되어버렸다. 즉, '나는 생각한다, 고로 고통스럽다'가 되어버렸다. 우리는 끊임없이 생각하고 회의한다. 고통은 내가 존재하는 데서 비롯되며, 그 고통의 씨앗은 '나의 생각'에서 비롯된다. 그래서 노자는 "자기 중심의 생각을 적게 하고 욕심을 줄이라"고 권고한다. 인도의 사상가 지두 크리슈나무르티 _Jiddu_

*Krishnamurti*는 "진정한 자유는 내 생각으로부터의 자유이다"라고 말했다. 승려 틱낫한*Thich Nhat Hanh*은 "깨달음은 에고의 죽음, '자아'라는 생각'과 '자아에 대한 집착'의 소멸이다" 라고 했다. 자아라는 생각, 인간이라는 생각, 중생이라는 생각, 목숨이라는 생각을 갖지 말라고 강조한다.

> 사실은 태어남은 그냥 태어남이고, 늙음은 그냥 늙음이고,
> 죽음은 그냥 죽음이다. 그 안에 나는 없다. 그것은 그냥 자아
> 라는 생각에 사로잡혀 있기 때문에 내가 있어야 한다고 말하
> 는 것이다.
>
> — 틱낫한, 《중도란 무엇인가*Beyond the Self*》 중에서

'나'라는 생각에서 벗어났을 때, 더 이상 '자아'에 집착하지 않게 될 때, 그래서 괴로움이 없는 상태가 열반이요 해탈이다. 때로는 꼭 붙들고 있던 나 자신을 놓아버릴 필요가 있다. 나를 놓아버리면 내가 모르던 자유와 평화가 찾아오고 또 다른 나를 만나게 된다. 다시 나에게로 돌아왔을 때는 한층 더 나아진 내 자신이 된 것을 발견하게 된다. 진정한 자유는 세상이 만들어 낸 지식과 견해, 내가 하는 모든 생각과 주장으로부터 벗어날 때, 그리고 내가 소중하게 믿는 신념과 믿음, 사상과 종교에서 벗어날 때 이루어진다.

인간은 생각하는 것 자체를 없앨 수 없으니, 붓다는 '바른 견해' 또는 '바른 생각'을 갖는 것이 중요하다고 한다. 이는 열린 마음을 갖는 것에서 시작된다. 즉 '태어나고 죽는 것', '존재와 비존재', '시작과 끝', '인간과 자연'과 같은 이분법적인 사고와 극단적인 시각에서 벗어나야 한다. 만물의 본성은 상호 의존적이고 상호 연관성이 있다는 것을 받아들이는 것이다. '바른 견해'는 더 나아가 세속이 만들어 낸 모든 견해로부터 자유롭고 모든 견해가 부재한 상태이다. 그리고 옳다고 하는 견해들을 포함한 모든 견해를 버려, 하나의 견해도 갖지 않는 것이라고 틱낫한은 강조한다.

집착과 편견으로부터의 자유

집착은 인간이 살아가는 원인이 되기도 하지만, 집착으로 인해 우리는 많은 정신적 고통을 겪으면서 살아가고 있다. 자신이 믿는 신념과 종교에 대한 집착, 자신의 목숨과 존재에 대한 집착, 지식에 대한 집착, 하고 있는 일에 대한 집착, 사랑하는 사람이나 가족에 대한 집착, 그리고 집, 자동차, 스마트폰 같은 물질에 집착하며 살아간다. 어떤 이유에서든 우리는 끊임없이 집착에 빠지게 되고 집착에서 벗어나지 못한다.

진정한 자유를 누리기 위해서는 집착에서 벗어나 가슴을 활짝 열어야 한다. 가슴을 열지 않고 닫아버리면 참 자유를 느끼기 어려운데, 그중에는 편견*prejudice*, 고정관념 *stereotype*, 선입견*premature cognitive commitment*이 크게 작용한다. 사실 사람은 편견과 선입견에 가로막혀 인간과 사물을 있는 그대로 바라보지 못하는 경향이 있다. 편견이 또 다른 이성의 한 단면이고 편견을 잘 활용하면 의사 결정이나 업무의 효율을 높인다는 의견도 있다. 하지만 편견 때문에 개인과 가정, 사회와 국가는 매일 어려움을 많이 겪고 있음을 부인할 수 없다. 편견과 선입견은 사회와 사람들이 만들어놓은 장벽으로, 오랫동안 우리의 사고와 행동을 지배해 왔다. 그렇기 때문에 그 타당성을 논리적이고 합리적으로 따지기보다는 당연하게 받아들이는 것에 익숙해져 있는 것이다. "모든 어휘는 선입견"이라는 니체의 말이 암시하듯이.

인간은 근본적으로 편견의 동물이다. 그 누구도 이 사실을 부정할 수 없다. 자신이 믿고 싶은 것만 믿고, 자신이 보고 싶은 것만 보고, 자신이 원하는 것만 듣고 싶어 하고, 자신이 함께 하고 싶어 하는 사람과 어울리고, 자신이 원하는 것만을 향해 경주하고, 자신에게 가장 어울리는 것만으로 그럴듯하게 포장한다. 설사 자신이 듣고, 말하고, 믿는 것들이 사실이 아니더라도 자신의 생각과 행동을 바꾸려 하지 않는다. 이미 자신에게 익숙해진 생각과 행동방식을 지속하려고 하고, 누군가 문제를 제기하면 오히려 자신을 방어하고 자신을 합리화하려고 한다. 자신이 문제가 있음을 인정하고 자신을 바꾸려고 하는 사람은 대단히 용기 있는 사람이다.

사람들은 자기와 정치적 색깔이 맞는 언론 매체를 통해서 정치적 이슈를 접하고 되고, 그러한 언론에서 정치적 스펙트럼에 따라 해석한 논리에 세뇌된다. 정말 무엇이 사실이고 진실인가를 분석하고 회의하기보다는 정치적 이념이 같은 언론에서 쏟아내는 말들을 여과 없이 받아들인다. 자기들과 정치이념이 같은 사람들과 만나 이야기를 하면서 왜곡된 사실과 이념은 그 사람의 생각을 고착시키게 된다. 이러한 현상을 서로 다른 생각과 아이디어의 경쟁으로 받아들이고, 서로 다른 정치적 이념을 가진 사람들이 모인 정당들이 서로 경쟁하면서 국가가 발전한다고 볼 수 있다. 문제는 너무 지나치게 정쟁에 몰두하고 권력을 잡기 위해 수단 방법을 가리지 않고 상대를 비난하며 자기들의 정치적 이념에 맞게 사실과 진실을 왜곡한다는 점이다.

우리는 세상이 만들어 낸, 우리를 둘러싼 환경이 만들어 낸 관념과 습관으로 만들어진 쇠사슬로 꽁꽁 묶여 평생을 살아가고 있다. 이것은 스위스의 정신의학자 카를 구스타프 융*Carl Gustav Jung*의 '집단 무의식'과 비슷하다. 프로이트가 말하는 '무의식'이 개인만 지배하는 것이 아니라 개인의 집합체인 집단도 무의식 속에 잠겨 무의식에 지배된다. 그리고 알게 모르게 집단 구성원 개개인의 생각과 행동을 결정하는 것이다.

불행히도 고정관념과 편견에 빠져 사람 사이의 관계는 악화되고, 부부가 갈라서고, 자녀가 부모와 대화하기를 중단하고, 사회는 갈등과 대립, 불신이 심화되고, 국가는 만인과 만인의 투쟁처럼 이익 추구와 권력 투쟁의 장이 되고, 전쟁과 침략이 끊임없이 발생하고 있다. 진정한 자유는 사람과 사회가 만든 모든 쇠사슬로부터 벗어나 편견으로부터 자유로워질 때 찾아온다. 우리가 조금만 마음의 문을 열고 다른 측면에서 접근하면, 상대방이 바라보는 관점이나 견해를 이해할 수 있고, 자신의 견해와 타협점을 찾을 수 있다. 조금만 상대방의 입장에서 이해하려고 하면 나만이 절대적으로 옳고 상대방은 옳지 않다는 아집에 문제가 있음을 알게 된다.

하버드대 심리학과 교수인 엘렌 랭어는 그녀의 저서《마음챙김》에서 편견과 선입견이 사소한 것에부터 중요한 결정에 이르기까지 어떻게 작용하고 있는지를 설명하면서 몇 가지 대안을 제시한다. 우리는 알게 모르게 오랜 습관처럼 자연스럽게 고정관념에 얽매여 기존의 좁은 시야에 보이는 경직된 범주의 틀에 갇혀 산다. 편견과 선입견에서 벗어나기 위해서는 다양하고도 새로운 시각에서 사물을 보고 새로운 생각과 정보를 받아들일 수 있는 개방적인 자세가 필요하다. 우리의 모든 행동은 맥락과 관점에 따라 다르게 해석될 뿐만 아니라, 사람들이 가진 특성은 상대적이며 어떤 특성이 정상인지, 비정상인지는 맥락에 따라 또는 상황에 따라 다 다르기 때문이다.

그녀가 지적한 것처럼, 잠시만이라도 어떠한 생각에서 자유로울 때 우리는 세상에서 벌어지는 모든 일을 더 심오하고 현명하게 바라볼 수 있다. 그녀가 진행한 흥미로운 실험 중에 노인들을 대상으로 한 '시계 거꾸로 돌리기'가 있다. 사람들은 나이를 먹어감에 따라 노화가 진행되며 자연히 기억력이 감퇴하고 육체는 쇠락의 길로 접어든다는 고정관념에 빠져 있다. 하지만 우리가 생각을 달리하면 사람의 정신과 육체가 시계를 거꾸로 돌리듯 세월을 거슬러 건강한 정신과 육체를 유지할 수 있다. 이는 생각이 바뀌면 육체의 상태도 바뀐다는 것을 암시한다. 육체와 정신은 사용하지 않으면 노화가 가속화하지만, 나이를 먹더라도 일, 운동, 명상 등으로 육체와 정신을 자주 사용하면 더 상태가 좋아지고 건강해진다.

자유라는 가치는 행복, 그리고 우리 삶의 목적과 긴밀한 관계가 있다. 개인적인 차원에서 자유는 부당한 강제와 압력에 저항하고 불필요한 집착과 욕망에서 벗어나 편견과 선입견 없이 가슴을 활짝 열고 자신이 원하는 삶을 꿋꿋이 홀로 서서 살아가는 것이 중요한 삶의 좌표임을 알려준다. 그리고 자유라는 가치를 나 자신에게만 한정하지 않고 모든 사람이 누려야 할 기본권으로 받아들여,

모든 사람이 부당한 강제와 압력이 없이 인간다운 자유로운 삶을 살아갈 수 있도록 만들어 나가는 것이 한 발짝 더 나아간 전향적인 삶의 방향이라는 것을 알게 한다.

chapter 8

다양성을
존중하는
관용과
열린 가슴

행복은 열린 가슴에서 생성되며, 폐쇄적인 마음에서는 생성되지 않는다. 행복은 편협한 세계관에서 벗어나 개방적인 코즈모폴리터니즘*Cosmopolitanism, 세계주의*에서 생긴다. 행복은 자신이 통제하지 못하는 어쩔 줄 모르는 흥분 상태에서 비롯되는 것이 아니라 절제된 마음에서 비롯된다. 행복은 서로 다르다는 편견과 선입견에 갇혀 서로 편 가르기를 하고 회피하는 데서 시작하지 않고 화합하며 포용하는 자세에서 시작한다.

 편견과 선입견에서 벗어나기 위해서 우리는 상대방과의 차이점을 부정적으로 대하기보다는 관대하게 받아들일 필요가 있다. 생김새와 말하고 생각하는 것의 차이, 경제적인 상태나 사는 곳의 차이, 또는 문화적으로 느끼는 것의 차이 때문에 상대방은 '그러하리라'고 단정하고 미리 선을 긋는 것은 문제가 있다. 상대방도 나와 똑같은 인간으로서 고귀한 존엄성을 갖고 태어난 인격체이며 나와 비슷한 감정과 이성을 갖춘 동등한 존재로 인식하고 상대방에게 예의를 갖춰야 한다.

인간과 사회가 얼마나 발전하고 성숙해졌는지, 그리고 국가가 얼마나 선진국에 진입했는지의 중요한 척도 중의 하나는 사람들 사이에 존재하는 차이점에 대해 얼마나 관대한지에 있다. 그리고 차이점을 인정하고 발전의 토대로 삼는 것에 있다. 이러한 자세는 우리에게 다양한 사상과 접근 방법, 다양한 생활방식과 제도를 실험하도록 하여 더 살기 좋은 가정과 사회를 이루어 가게 한다. 관용은 사람 사이의 갈등을 줄이고 사람과 사회를 성숙하게 만든다. 관용이 없거나 다양성을 차단하면 사람들은 자기와 비슷한 사람들하고만 어울리며 타인에게 배타적이 되고, 기업과 사회 역시 폐쇄적으로 변해 발전의 흐름에 역행하여 쇠퇴하게 된다.

한국 사람들과 외모가 너무 비슷해 입을 열기 전에는 한국 사람들과 구분이 전혀 되지 않는 몽골 사람들이 그토록 자부심을 갖는 인물은 칭기즈칸成吉思汗, Chingiz Khan이다. 칭기즈칸은 여러 부족을 통합한 몽골제국을 만들어 유라시아 대륙의 많은 영토, 현재의 중국,

러시아, 우크라이나, 조지아, 이란, 아프가니스탄, 터키 일부와 파키스탄 일부 등을 포함한 세계 최대의 영토를 지배했던 인물이다.

그는 주변국을 정복할 때 자신에게 협력한 이에게는 자치권을 인정하면서 여러 가지 혜택을 부여했지만, 반항하는 이는 아주 잔인하고 무자비하게 전멸시켜 공포에 떨게 했다. 바그다드와 이스파한 등의 지역에서 반항하다 전멸된 사람들의 해골로 천 개나 되는 탑을 쌓기도 했다. 하지만 몽골이 세계 최고의 제국을 이룰 수 있었던 배경에는 칭기즈칸의 관용과 포용 정책이 컸다. 그는 정복한 다른 나라 사람들에 대해서 배타적인 정책보다는 포용적인 정책을 썼다.

사람들은 칭기즈칸의 잔인하고 무자비한 면만 생각하는 경향이 있기도 하고, 특히 우리에게는 고려 때 약 28년간 몽골군의 침입으로 의해 국토가 초토화되어 막대한 인명, 재산, 문화재 피해를 입었던 좋지 않은 기억이 있다. 하지만 그는 사람들을 등용하고 나라를 운영하는 데 남다른 면이 있었다. 그는 인재 등용에 있어 아주 개방적이고 철저히 능력 위주의 정책을 사용했다. 출신 성분이 낮고 이민족 출신이더라도 능력이 있으면 기용했다. 덕분에 기동성이 뛰어나고 승마 능력이 뛰어난 최강의 군대를 갖출 수 있었다.

사람들에게 가장 예민한 것이 종교인데, 칭기즈칸은 종교에 대해서도 관대했다. 자신이 믿지 않는 다른 종교, 예를 들어 기독교,

이슬람교 등을 존중하고 허용하였다. 종교뿐만 아니라 다양한 학문과 사상도 존중하였다. 당시 몽골을 방문한 유럽인들의 기록에 의하면, 몽골에서 서로 다른 종교인들이 자유롭게 토론하는 모습이 너무 신기했다고 한다. 당시는 타 종교를 배타하고 박해하는 시대였기에, 서로 다른 종교인들이 무난하게 함께 지낼 수 있다는 것을 상상하기 힘들었던 것이다.

로마의 관용과 포용력

관용과 포용 정책은 이미 로마가 시행했던 바 있다. 로마는 기원전 6세기에 공화국으로 시작했다. 로마제국은 아우구스투스가 황제 지배 체제를 시작한 기원전 27년에 시작하여 395년에는 로마제국이 동서로 분리되어 로마제정 시대가 끝났다. 476년에는 서로마제국마저 멸망하였고, 1453년에 오스만 제국에 의해 동로마제국의 비잔티움마저 멸망하였다.

로마제국은 약 1,500년이라는 인류 역사상 가장 오랜 기간 동안 거대한 영토와 화려한 문명을 유지했다. 로마는 한때 유럽, 서아시아, 그리고 이집트 등 일부 아프리카를 점령한 세계 최고의 제국이었다. 점령한 지역에 도로를 깔아 '모든 길은 로마로 통한다'고 할 정도였다. 또한 현대인들이 누리는 문명의 혜택, 즉 민주주의, 다양한 사상과 학문, 뛰어난 기술력과 경제 시스템 등의 시작과 배경이 그리스와 로마에 있다.

일본의 작가 시오노 나나미塩野 七生는 저서《로마인 이야기ローマ人 の物語》에서 로마의 성공 요인을 관용과 개방성으로 보았다. 또 "로마인은 지성에서는 그리스인보다 못하고, 체력에서는 켈트족보다 못하며, 기술력에서는 에트루리아인보다 못했다"고 했다. 로마는 이처럼 약점이 많았음에도 불구하고 최고의 제국을 이루었다. 그 배경이 바로 관용과 개방성이다. 로마는 전쟁을 통해 다른 나라를 정복하거나 위성국가로 만들 때도 다른 나라 민족 사람들을 노예로 삼는 관례를 따르지 않고 로마 사람으로 만들어 로마인으로서의 자긍심을 갖게 했다.

율리우스 카이사르Julius Caesar는 갈리아를 정복한 후 그곳 귀족들을 포함한 많은 이에게 로마 시민권을 제공하여 사람들이 로마에 충성하게끔 변모시켰다. 이민족에 대해 배타심이 강한 시대에 이민족 사람들, 그리고 로마의 행정구역으로 편입되어 보호받고 협력해야 할 속주민에게도 로마 시민권을 부여해 로마 시민의 자부심으로 하나가 되게 만들었다. 그야말로 로마 이전 시대에는 찾아볼 수 없는 진보적이고 개방적인 코즈모폴리터니즘을 가졌던 것이다.

관용 정책을 가장 먼저 시작한 나라는 고대 페르시아의 아케메네스왕조이다. 메디아라는 작은 나라 출신인 키루스Cyrus가 강력한

군대를 만들어 커다란 제국을 이루어냈다. 그는 전쟁을 통해 영토를 확장할 때도 영토 내에 있는 수많은 민족들을 다스리는 데 있어 강압적인 방법으로 무력을 사용하기보다는 각 민족의 고유한 언어, 종교, 문화를 자유롭게 사용하도록 허용했다.

로마는 다양한 이민족을 억압하거나 말살하지 않았으며 자치를 인정하는 것으로 그들을 포용했다. 이민족의 종교와 문화를 탄압하기보다는 인정하고 존중했다. 4세기까지의 로마 초기는 그리스 신화를 이어받아 종교로 공인하였다. 4세기부터는 콘스탄티누스 1세가 밀라노 칙령을 선포한 후 기독교가 공식 종교가 되었지만, 다양한 이민족들의 고유 종교를 존중하였다. 로마제국의 관공서와 대부분의 지역에서는 공식 언어인 라틴어를 사용했지만, 지식인들은 그리스어를 사용하기도 했고, 많은 지역에서 그 지역의 토착어를 사용하도록 허용되었다. 로마는 그야말로 다문화, 다종교, 다민족 사회였다.

로마는 출신 배경에 상관없이 능력만 있으면 높은 직책에 등용되었다. 나중에는 속주 출신 황제가 등장하거나 노예 출신의 황제를 배출하기도 했다. 로마의 뛰어난 황제로 인정받는 트라야누스*Marcus Ulpius Trajanus*, 하드리아누스*Publius Aelius Hadrianus*는 속주 출신이었다. 전쟁을 할 때도 신분이 낮은 출신들보다도 귀족들이 먼저 전쟁터에 나가 희생하였다. 나라가 위기에 처해 있거나 나라가 필요로 할 때 지배계층이 먼저 솔선수범하여 목숨을 희생하는 노블레스 오블리주*Noblesse Oblige*의 원조가 된 것이다.

중국의 전 주석인 마오쩌둥毛澤東이 "권력은 총구에서 나온다"고 한 것처럼 무력행사로 공포에 떨게 해 국민을 복종시키는 나라는 가장 낮은 단계의 국가이고, 결국 쿠데타나 전쟁이 발생해 오래가지 못하고 멸망한다. 국민을 존중하는 정책을 통해 국민의 마음을 얻고 국민을 진정으로 잘살게 하는 나라는 높은 단계의 국가이고, 지속적으로 번성할 수 있다. 로마는 바로 후자의 나라였다. 타민족과 타 문화에 개방적이며 차이점을 포용하고 관용을 베푸는 정책들을 펼쳤기에 다양한 민족들이 로마라는 공간 안에서 다양한 문화와 종교 그리고 다양한 학문과 기술을 번성시킬 수 있었다.

제2차 세계대전 이후 세계 최고의 강대국으로 발전하여 막강한 경제력, 군사력, 그리고 민주주의를 유지해온 미국의 발전에는 다양성을 존중하는 관용과 개방성이 그 이면에 있다. 기회를 찾아 아메리칸 드림을 꿈꾸며 세계 곳곳에서 자기 나라를 떠나온 이민자들이 열심히 일하면 꿈꾸던 삶을 살 수 있다고 생각했고, 실제로 많은 사람이 그 꿈을 이루어냈다. 이 또한 미국 사회를 떠받치는 관용과 포용의 사상이 있기에 가능한 일이었다. 세계 여러 인종과 민족으로 구성된 미국이라는 나라에서는 사람들의 차이점이 마치 끓는 용광로 속에 들어간 것처럼 녹아 들어갔다. 실력과 능력을 우선시하고 피부색이나 성별 등 차별적인 요소들은 배제한, 서로 차별하지 않으며 서로 인정하고 존중하는 문화가 저변에 있다. 정부와 기업의 정책 결정자들이 백인 남성 중심인 현실을 개선하기 위해 소수 인종과 여성을 고용과 승진에 있어 차별을 금지할 뿐만 아니라 이들이 적극적으로 고용과 승진에 있어 우선시 되도록 할당제를 포함한 소수 집단 우대정책을 집행하여 많이 개선되기도 했다.

미국은 소수 인종과 일부 이민자들에 대한 차별이 역사적으로 있었고, 현재도 흑인과 이슬람 출신에 대한 무자비한 폭력을 사용하는 경찰들과 시민들이 있다. 하지만 미국은 다른 나라들에 비해 개방적이고 포용적인 다인종 다문화 사회를 유지하고 있다. 결과적으로 미국은 세계 최고의 대학과 기업이 압도적으로 많다. 특히 이민자 출신이 압도적으로 많은 실리콘밸리의 IT기업들은 정보통신 분야를 선도하는 세계 최고의 기업들이다.

정부와 정치인들의 부정부패가 있기는 있지만 다른 나라에 비해 상대적으로 적고 투명성이 높다. 소득 양극화로 계층 간 소득 격차는 커지고 있고, 이념에 입각해 주요 정치적·사회적 현안에 있어서 보수와 진보 세력 간에 메울 수 없는 간격을 보이며 관용과 포용의 미덕이 사라지고 있는 현실이다. 하지만 직장에서나 지역 사회에서 일반 시민들은 사람 사이에 존재하는 차이점에 대해 개방적이고 관대함을 유지하려 한다.

다양성과 개방성

~~~~~~~~~~~

열린 가슴은 다양성과 새로운 것에 대한 개방적인 태도이다. 펜실베이니아대학교 와튼스쿨 조직심리학 교수인 애덤 그랜트*Adam Grant*는 그의 저서 《오리지널스*Originals*》에서 예술과 관련하여 '개방성'을 지적인 또는 감성적인 활동을 할 때 다양성과 새로운 것을 추구하는 성향으로 보았다. 그는 과학자들의 취미로 음악, 미술, 글쓰기 등 예술 활동과의 연관성을 조사한 연구를 소개한다. 노벨상을 받은 과학자들은 노벨상을 받지 못한 과학자들에 비해 예술 활동을 하는 비율이 높다. 적게는 음악은 2배, 공연은 22배에 이른다.

또 다른 연구에서 기업인과 발명가의 예술 활동 연관성을 보니, 창업을 하거나 특허출원을 한 사람들은 그렇지 못한 사람들보다 예술 활동을 하는 비율이 훨씬 더 높았다. 다섯 살 때부터 바이올린을 시작하여 평생 바이올린 연주를 좋아했던 아인슈타인 같은 과학자나 기업가들이 예술 활동을 통해 참신한 아이디어를 얻듯이, 세상 모든 분야에서 다른 문화와 새로운 경험을 통해 생각의 참신성과 적응력을 높일 수 있다는 것이다.

그리고 어린 시절 자주 이사 다닌 경험이 있는 사람은 창의성이 높다고 한다. 이를 통해 다양한 문화와 가치관에 접할 수 있어 유연한 생각과 적응력을 키우게 된다는 것이다. 이탈리아의 패션 디자이너 조르조 아르마니*Giorgio Armani*, 미국 패션 디자이너 도나 캐런*Donna Karan*, 베라 왕*Vera Wang* 같이 창의성이 뛰어난 패션계 아이콘들을 조사해보니, 최소한 해외 두세 나라에서 근무한 경험이 있었다. 이처럼 자기 나라 문화와는 다른 나라에서 근무를 했을수록 창의성이 뛰어났다. 그리고 놀랍게도 해외에서 35년 동안 일한 패션 디렉터들이 가장 창의성이 높았다.

텍사스의 어느 대학에서 근무할 때였다. 졸업식에서 졸업생들을 대표하여 고별사를 하던 아주 인상적인 여학생이 있었다. 그녀의 아버지가 군인이어서 그녀는 아버지를 따라 미군이 주둔하는 일본, 한국, 독일 등 수많은 나라에서 살았었다. 문제는 학교생활이 적응이 될 만하면 아버지의 근무지가 다른 나라로 바뀌어 자신도 아버지와 함께 학교를 옮겨야만 했던 것이다.

피부색, 얼굴 생김새, 언어, 음식, 문화 등 모든 것이 주기적으로 바뀌는 것에 매번 적응한다는 것은 어린 나이에 감당하기에는 너무 힘든 일이었다. 하지만 그녀는 다양한 나라의 학생들과 함께 공부하고 여러 문화와 전통을 경험하다 보니 견문이 넓어지고 생각이 개방적으로 변했다. 그로 인해 사람들을 더 이해하고 배려하게 되었고, 세상 어디에 떨어트려놓아도 살 수 있을 만큼 성숙해졌다. 고별사를 통해서 그녀가 얼마나 성숙한 정신을 지니고 있는지 알 수 있었으며, 자신감 넘치는 그녀의 모습은 밝은 미래를 그리는 듯했다.

다양한 경험은 우리의 생각과 행동의 폭과 깊이를 넓히는 촉매제이다. 자기 분야와 전공을 넘어 다른 분야와 전공을 접해보는 것, 자기 나라의 고유문화와 전통에서 벗어나 다른 나라의 문화와 전통을 경험해보는 것, 자기와는 다른 인종이나 다른 나라 사람들과 학교생활이나 직장생활을 해보는 것 등 자신에게 익숙한 것에서 벗어나 생소하고 새로운 것을 경험하는 것은 새로운 세계관과 가치관을 갖게 한다. 아울러 자신도 모르게 인격적으로, 지적으로 성장하게 만든다.

다양성, 개방성, 열린 마음을 중요하게 여기고 다양한 경험을 많이 한 개방적인 사람들로 구성된 조직_{기업, 정부, 사회, 국가}은 그만큼 건강하고 미래가 밝다. 정반대로 다양성을 거부하고 폐쇄적인 마음으로 무장된 사람이 많아질수록 그 조직과 사회는 쇠퇴하게 된다. 2018년 러시아 월드컵에서 20년 만에 우승한 프랑스는 대표팀 23명 중에서 21명이 이민자 출신이었고 그중 15명이 아프리카 출신이었다. 그리고 이민자 출신 선수 대부분은 빈민가 출신이었다.

전문가를 키운다며 지나치게 세분화된 지식과 기술 위주의 교육 시스템을 사용하는 것은 장기적으로 볼 때 근시안적인 노동자만을 키워 낸다. 저명한 학자들은 우리 사회의 양식 있는 시민이자 창의적인 인재를 양성하기 위해서는 전인교육을 바탕으로 한 다양한 교육방법과 다양한 분야를 경험할 수 있는 통합교육, 학문 간의 높은 경계를 허물고 학문 간 융합이 필요하다고 강조한다. 자연과학을 전공하는 사람들도 인문, 사회과학, 예술을 함께 공부하고, 정반대로 인문이나 사회과학을 전공하는 사람들도 자연과학이나 예술을 함께 공부하는 것이다. 교육의 목적이 돈벌이 수단을 가르치는 것이 아닌 건전한 사회의 구성원이자 문제 해결 능력이 있는 창의적인 인재를 배출하는 것이라면 전인교육, 통합교육, 학문의 융합이 중요하다.

돈벌이하는 수단은 학교보다는 학원이나 인터넷에서 더 잘 배울 수 있다. 학교는 다양하고 새롭고 창의적인 사고방식과 새로운 경험을 할 수 있는 마당이다. 미래의 우리 사회에 발생할 수 있는 중요한 문제들은 우리가 생각해보지도, 경험해보지도 못한 것일 수 있다. 상당수의 기존 학문이나 직업은 사라지고 새로운 학문이나 직업이 많이 생겨날 것이다. 단순히 자기 분야의 편협한 지식이나 기술 위주의 교육으로는 문제를 해결할 수가 없다. 새롭고 다양한 시각에서 창의적인 접근으로만 문제를 해결할 수 있고 새로운 시대에 새로운 세상이 만들어 내는 새로운 학문과 직업에 적응할 수 있을 것이다.

chapter 9

세상의 불평등과 불공정에 저항하는 정의

사람들이 행복하기 위해서는 사회가 평등하고 공정해야 한다. 불평등이 심하고 불공정이 판을 치는 정의롭지 못한 사회에서는 기득권 세력이 부당한 이익을 누리고 나머지 대부분은 피해자가 되어 불만을 가질 수밖에 없다. 사회와 국가가 불평등과 불공정이 관행화되면 사람들은 자연히 기회주의자가 되고 권력에 눈치를 보면서 어떻게든 권력에 줄을 세우려고 한다. 사람들의 불만이 극도에 다다르면 폭동이 일어나고 정부가 해체되어 국가가 와해되는 단계에 이르게 된다. 공정하고 평등한 법 집행과 민주적인 정부 시스템은 사람들이 행복하게 사는 최소한의 기본적인 틀을 제공하는 바탕이다.

기원전 2세기에서 1세기까지 중국 한나라 무제 치하에서 살았던 사마천은 130권의 방대한 역사기록인 《사기史記》에서 왕자였던 백이와 숙제가 무왕의 의롭지 못한 행동에 저항해 수양산에 숨어 고사리를 캐 먹으면서 살다가 기아에 시달려 죽게 되는 상황을 지적한다. 그리고 70명이나 되는 공자의 제자들 중에 학문을 제일 숭상하는 선비이자 가장 특출한 인물로 꼽히는 안회는 매우 궁핍하여 쌀조차 흡족하게 먹지 못해 젊어서 요절하는 반면, 죄 없는 사람들을 죽여 사람의 간을 회로 먹는 극악무도한 무리들은 수천의 부하를 거느리고 천하를 난동했는데도 불구하고 천수를 누리는 현실에 개탄한다. 수천 년 전에 사마천이 살았던 시대나 물질의 풍요 속에 살아가는 현대나, 잘사는 나라나 못사는 나라나, 그 모양새가 약간 다를 뿐 우리가 사는 세상은 악하고 부패하며 공정하지 못한 일들로 가득 채워져 있다.

아무리 착하게 살고 선행을 많이 해도, 치명적인 불치병이나 교통사고, 또는 범죄의 희생양이 되어 고통스러워하며 남은 삶을 살거나 일찍 세상을 떠나게 되는 데 반해, 사람들에게 많은 고통과 불행을 안긴 악인들이 천수를 다하고 부귀영화를 누리는 경우를 우리는 목격하게 된다. 법을 잘 준수하고 양심대로 살면 오히려 손해를 보고, 법을 우습게 여기고 법 위에 군림하거나 허점을 이용하는 사람들이 더 잘되는 것을 목격하게 될 때도 많다. 더 나은 세상을 위해 투쟁하고 자신의 삶마저 바친 사람들이 많지만, 그만큼 세상을 어지럽히고 살기 어렵게 만드는 사람들도 많다.

아무리 좋은 제도와 정책을 시행해도 제도의 허점을 이용한 부패는 갈수록 심해져, 세상은 더 나아진 것 같지도 않고 오히려 후퇴하여 살기 어렵게 된 것을 느낄 때가 많다. 세상은 반드시 뿌린 만큼 거두어들이지도 않고, 원인과는 상관없는 결과를 얻게 되기도 하며, 반드시 정의(또는 선한 결과)로 이르지도 않고, 악 앞에서 선이 무기력하게 굴복하고 마는 경우도 많다. 이런 것을 목격하거나 경험하게 되면, 절망의 늪에 빠져 허우적거리며 염세주의자나 허무주의자, 그리고 냉소주의자가 되어 세상과 점점 멀어지게 된다.

세상에는 즐겁고 기쁜 소식만큼 슬프고 절망적인 소식들로 가득하다. 아침에 멀쩡하게 출근했던 사람이 갑자기 교통사고로 세상을 떠나기도 하고, 건강 하나만큼은 자신만만했던 사람이 갑자기 뇌졸중이나 심장마비로 쓰러져 손을 써보지도 못하고 저세상 사람이 되기도 한다. 또한 인종/종족 간 갈등, 정치적 이념으로 인한 내전, 국가 간 전쟁, 그리고 태풍이나 쓰나미 같은 자연재해로 너무도 많은 사람들이 갑자기 죽어 가는 모습을 볼 때면, 우리는 큰 슬픔과 절망에 빠진다.

이 모든 것이 나와는 상관없는 다른 사람들의 이야기가 아니라, 나에게도 얼마든지 일어날 수 있다는 생각에 불안과 공포에 함몰

된다. 실제 믿겨지지 않는 이런 사건들이 내 가족이나 나에게 일어나면 절망 속에서 헤어나기가 어렵다. 이것은 현대인들만 경험하는 것이 아니라 인간이 이 지구상에 존재한 이후부터 지금까지 줄곧 경험해온 일이다. 로마시대 폼페이는 화산폭발로 도시 전체가 화산 잿더미에 쌓여 수만 명이 산채로 화산 잿더미 속에서 죽어 갔다. 세월이 많이 흘러 역사 속에서 사라진 폼페이가 발견되었을 때, 뜨거운 화산 잿더미 속에서 무고한 가족들과 연인들이 손을 맞잡고 죽어 간 많은 시신의 모습은 그 당시의 상황이 얼마나 참혹했는지를 잘 말해준다.

텍사스에 있는 어느 도시에서 노숙자들이 체류하는 쉼터에서 잠깐 머문 적이 있었다. 집이 없어 거리로 나온 노숙자들을 사회적으로 실패자라고 취급할 수도 있다. 하지만 이들 대부분은 자신도 어찌할 수 없는 비극, 예를 들어 가정이 붕괴되거나 직장을 잃거나 사업이 망하거나 약물, 마약중독으로 정상생활을 할 수 없어 거리로 내몰리는 경우가 많다. 뉴욕이나 로스엔젤레스의 거리나 공원에서 노숙하는 사람들은 늘어만 가고 있다.

텍사스 노숙자들 쉼터에서 만나 말이 잘 통해 친해진 60대 백인 남자 '스티브'의 사연은 참 안타까웠다. 젊은 시절 사랑에 빠져 결혼했는데 아내가 21세 때 갑자기 암에 걸려 세상을 떠나게 되어 절망에 빠졌다. 그럼에도 불구하고 열심히 공부해 캘리포니아 버클리 *UC Berkeley* 대학원을 졸업하고 유명 건축회사에서 건축설계사로 일하며 미국의 대규모 건축 프로젝트에 참여했다. 마이애미, 샌디에이고 등 휴양지에 살면서 여유 있는 생활을 했다.

하지만 제대로 된 결혼 상대를 만나지 못했고 자식도 없었으며 그의 부모 형제들도 모두 세상을 떠나 외로운 생활을 이어 가야만 했다. 설사가상으로 그는 많던 재산을 모두 탕진하여 통장 잔고는 하나도 없고 호주머니에 단 1불도 없는 거지가 되었다. 당장 허기진 배를 채울 음식과 잠자리를 위해 사람들에게 구걸하는 신세로 전락하고 말았다. 어찌 보면 그의 삶이 영화에 나올 만한 소재 같지만, 그의 입장에서는 젊은 나이에 사랑하는 아내를 잃기 시작하여 세상이 참으로 공평하지 못하다고 생각할 수 있을 것 같다.

불평등의 기원과 정의론

많은 아이들이 축복 속에 태어나지만 어떤 아이들은 태어나자마자, 또는 태어나기도 전에 비극적인 운명과 마주한다. 출생하자마자 아이들이 버려지거나, 불치병을 안고 태어나 세상에 나온 지 얼마 되지 않아 죽거나, 평생을 병으로 고통받으며 살기도 한다. 우리는 이것을 인간이 어떻게 할 수 없는 운명이나 자연의 현상으로 치부하며 슬픔을 잊으려 한다. 축복 속에 태어난 아이들도 부모의 경제적·사회적 지위에 따라 또는 정서적·심리적 안정도에 따라 아이들의 미래가 어느 정도 결정되는 경향이 있다. 모든 인간은 태어나자마자, 아니 태어나기 전부터, 불평등의 쇠사슬로 꼼짝없이 묶여 있는 것이다.

장 자크 루소Jean-Jacques Rousseau는 "인간은 자유롭게 태어났지만 사회 속에서 쇠사슬에 묶여 있다"고 했다. 그는 자유롭지도 평등하지도 않을 뿐만 아니라 온갖 차별이 존재하는 부조리한 사회 속에 사는 인간의 모습을 보았다. 그는 스위스 제네바에서 가난한 시계공의 아들로 태어났다. 그의 어머니는 출산 열흘 만에 출산 후유증으로 사망했고 열 살 때 아버지마저 집을 나가 제대로 된 교육을 받지 못했다. 생계를 위해 여러 가지 일에 매달리다 보니 밑바닥 인생을 살면서 불평등하고 자유가 없는 문명사회의 적나라한 면을 보게 되었다. 그래서 그는 인간성의 회복, 인간의 기본권인 자유와 평등이 보장되는 평화로운 사회로의 회귀를 그리워하여 "자연으로 돌아가라"고 부르짖었다.

정의는 자유와 평등이라는 개념에서 출발했다. 수천 년의 세월 동안 왕이나 귀족 등 특권층이 향유하던 자유를 수많은 사람들이 피를 흘려 '모든 인간은 자유롭고 평등하다'는 권리를 획득한 것은 수백 년도 되지 않는다. 흑인과 여성에게 투표권을 부여한 것도 20

세기 때야 가능했다. 자유와 평등은 상호 보완적인 관계이면서도 서로 극명하게 대립된다. 지난 수세기 동안 인류는 자유가 보편화 될수록 불평등은 심화되었고, 평등을 강조할수록 자유는 줄어드는 모순에 직면하게 되었다.

자유에 더 치중하는 보수주의와 평등에 더 치중하는 진보주의 가 대립하였고, 자유로운 경제 체제를 실현하려는 자본주의와 평 등한 사회를 실현하려는 사회주의가 대립하였다. 인간의 역사는 보수주의와 진보주의가 서로 경쟁하면서 발전하는 모습을 보여주 지만, 어느 나라에서나 보수주의와 진보주의가 심하게 충돌하여 서로 다른 진영에 있는 사람들 간에 갈등과 반목도 커지고 있다. 이 론적으로 자유와 평등이 적절하게 균형을 이루고 조화된다면 가장 좋겠지만, 현실에서는 수학 공식처럼 딱 맞아떨어지는 답은 없다.

'국가(정부)의 역할은 무엇인가'를 두고 보수주의와 진보주의의 정의가 극명하게 차이가 난다. 보수주의는 개인의 자유와 책임을 강조하다 보니 치안과 국방 같은 최소한의 역할에 한정하는 작은 정부를 지향한다. 반면 진보주의는 평등을 더 지향하다 보니 불평 등과 차별을 없애고 빈곤과 차별을 해결하기 위해 정부가 적극적으 로 개입하는 거대 정부로 나아가게 된다. 경제에 있어서도 보수주 의는 고전주의 경제학처럼 정부의 간섭이 없는 자유시장 경쟁 체제 를 원하지만 진보주의는 공정한 경쟁을 할 수 있도록, 그리고 경제적 약자를 보호할 수 있도록 정부의 적절한 간섭과 규제를 원한다.

자유를 너무 강조하게 되면 자유 경쟁 체제에서 힘들어 하거나 낙오하는 사람들이 있다. 사람들이 가진 능력이나 자질이 다 다르기 때문에 뛰어난 능력과 실력을 갖춘 사람에게는 좋은 기회가 많이 열려 있지만 그렇지 못한 사람에게는 기회가 찾아오지 않아 패배자라는 열등감에서 벗어나기 힘들다. 어찌할 수 없는 적자생존이라 치부할 수도 없고, 모든 사람에게 기계적으로 똑같은 기회를 제공하는 것도 현실적으로 어려움이 있다. 지나치게 평등을 강조하여 모든 사람을 똑같게 만들면 실력과 능력이 뛰어난 사람들은 좌절감에 빠지게 되고 사회는 발전하기 힘들어진다. 이는 이미 실패한 사회주의 국가들의 전철을 되풀이하는 것이다.

그동안 인권적인 측면에서 인종, 피부색, 성별에 입각한 불평등과 차별은 줄고 있지만, 경제적인 불평등과 차별은 여전히 큰 격차를 보이고 있다. 현재는 이 차이를 줄이는 데는 한계가 있고 어려움이 많다. 경제적인 평등은 자유와 충돌하는 성향이 있기 때문이다. 자본주의를 떠받고 있는 기업가 정신은 창의성과 혁신에서 비롯되는데, 이는 자유로운 시장 경제 체제하에서 가능하며, 평등을 강조하면 자유 경제 체제는 쇠퇴한다. 경제적 평등을 이루기 위해 개인이나 소상공인에게 보조금, 장려금, 세금 혜택 등을 제공하여 창업가 정신을 고취할 수도 있지만, 결과적으로는 이러한 정책들만으로 경제적 평등을 이루기에는 부족함이 있다.

자유시장 경제 체제를 강화하면 할수록 부자와 가난한 자의 소득 격차는 커질 수밖에 없다. 많은 나라에서 경영자와 노동자의 임금 격차는 갈수록 커져 최고 경영자들은 월급과 각종 보너스를 합쳐 매년 수십, 수백억 원을 받는다. 은퇴할 때는 재임기간 경영 성과가 안 좋았더라도 천문학적인 액수의 돈이나 주식을 사례금으로 받는다. 하지만 종업원들을 언제든지 대체 가능한 기계의 부속품이라고 생각해서인지, 상대적으로 낮은 임금과 불안한 고용 상태를 유지하고 있다.

가난한 가정에 태어난 아이들은 돈이 없어 교육을 제대로 받지 못하고, 먹는 문제를 해결하기 위해 일찍 직업 전선에 뛰어들어 저임금 노동으로 생계를 유지한다. 부모의 가난과 수준 낮은 교육을 물려받는 악순환에서 벗어나지 못하는 환경에서 산다. 가난을 대물림하다 보니, 경제적으로 나아지고 신분이 상승해 주류 사회에 편입될 가능성은 희박해지는 것이다. 선진국을 비롯한 많은 나라들이 막대한 예산을 교육에 투자하는 것도 부의 집중과 소득 불평등의 근본 원인을 '교육 받을 기회의 불평등'에서 오는 것으로 생각하기 때문이다. 그러나 빈부의 격차는 쉽게 해결되지 않는다.

부유한 가정에서 태어난 아이들은 부모의 지원으로 우수한 선생 밑에서 좋은 교육을 받는다. 사교육으로 다른 학생들보다 양질의 교육 기회를 제공받기도 한다. 그리고 부모처럼 유명 대학을 나와 고소득 직업을 갖게 되고 비슷한 배경을 갖춘 사람과 결혼한다. 그들에게서 태어난 자녀들 역시 많은 부와 좋은 교육 기회를 물려받는다. 이들은 많은 노력을 하지 않아도 자신에게 이미 주어진 유리하고 좋은 환경을 계속 유지할 수 있는 것이다.

아무리 자유와 평등을 보장한다고 해도 인간은 태어나면서부터 불평등하고 출발점이 다르다. 건강하고 유복하고 유리한 환경에서 태어난 사람과 장애가 있거나 어려운 환경에서 태어난 사람은 아무리 똑같은 자유를 부여한다 해도 출발점이 너무 다르기에 살면서 찾아오는 기회도 이루어 내는 결과도 달라질 수밖에 없다. 모든 기본권을 모든 사람에게 똑같이 부여하면서 불리한 조건에 있는 사람이나 사회적 약자에게 더 나은 기회를 제공하자는 주장이 하버드대 철학과 교수였던 존 롤스*John Rawls*가 내세운 '공정성으로서 정의*Justice as Fairness*'이다. 린든 존슨*Lyndon B. Johnson* 정부에서는 이 이론을 바탕으로 사회적 소수자나 약자를 보호하는 민권법안들과 여러 가지 진보적인 사회 프로그램들을 만들었다. 하지만, 시대에 따라 정권에 따라 그 타당성에 의문이 제기되고 있다.

하버드대 정부학과 교수인 마이클 샌델*Michael Sandel*은 그의 저서 《정의란 무엇인가*Justice*》에서 나름대로 정의론을 펼친다. 그는 공리나 행복 극대화, 즉 최대 다수의 최대 행복을 추구하는 공리주의

utilitarianism와 선택의 자유와 권리 보장을 존중하는 자유주의liberalism의 한계점을 보았다. 미국 사회가 공리주의와 자유주의의 폐해로 위기에 직면해 있는 것을 본 것이다. 미국 사회에 만연하고 있는 극단적인 자유(예를 들면, 자유는 원하지만 책임은 회피, 권리는 좋지만 의무는 싫음), 개인주의가 아닌 나만 아는 이기주의, 자신의 이익을 채우는 데 급급하고 타인의 삶이나 공동의 이익에는 관심이 없어지면서 공동체가 해체되어 가는 것을 우려하는 것 같다.

이렇게 공동체의식이 결여된 도덕적 해이감은 어느 사회, 어느 국가에서나 공통적으로 나타나는 현상이다. 샌델은 덕virtue을 키우고 좋은 삶good life을 지향하고 공동의 이익에 기여할 수 있는 것을 정의로 보면서, 인간 공동체가 건강하기 위해서는 도덕적·종교적 가치 위에 공동체 구성원으로서 공동의 이익에 관심을 갖고 인간답게 좋은 삶을 살게 하는 정의가 필요하다고 했다. 정의로운 사회는 강한 공동체의식이 요구되는데 공동체 전체에 관심을 갖고 공동의 이익에 헌신하는 시민을 양성해야 한다고 그는 주장한다.

언제부턴가 공동체의식은 약화되어 가고 양식 있는 중산층 시민들이 주축이 된 시민 사회가 붕괴하고 있다. 양극화가 심화되어 부자와 빈자의 간격은 커지고 중산층은 줄어만 가며, 가족은 해체되어 한 부모 가정이나 일인가구가 늘어만 가고, 권력 남용과 분열과 편 가르기에 열중하는 정치 구조, 단기적인 이익 추구와 경쟁이 치열한 자본주의 사회에서 살아남기 위해서 우리는 많은 스트레스를 감내하고 있다.

강자만이 살아남고 약자는 버티기 힘든 구조가 가속화되니 우리는 공동체보다는 자기 생존에만 집중하게 되었다. 당장 먹고 살기가 힘든데 공동의 이익에 헌신하는 인간다운 삶을 생각하는 것은 배부른 사람들의 이야기가 되어버렸다. 원래 공동체나 사회, 국가는 시장 실패에서 비롯되었다. 시장은 완전하지 않고 완전할 수도 없기에 시장이 할 수 없는 부분을 정부나 국가가 대신하는 것이다.

하지만 시장 실패보다도 정부 실패가 더 심각하다. 정부가 집행하는 많은 정책들이 실패로 돌아가거나 국민들을 더 불행하게 하는 경우가 많다. 성공적인 정부 정책, 그래서 국민들을 더 행복하게 하는 정책은 드물다. 힘들게 일하는 소시민들의 봉급이나 소상공인들의 소득에 세금을 부과하는데, 세금이 올바르게 쓰이지 못하고, 일부 정부 관료들이 자기 이익을 챙기고 세금을 낭비하기 급급한 경우가 많다. 많은 정부 연구 용역들 역시 연구 결과대로 정책을 시행했더니 상반된 결과가 나와, 많은 국민의 세금이 들어간 정책이 실패에 이르게 된다. 그러니 정부는 아무것도 하지 않고 가만히 있는 게 국민을 도와주는 것이라며 무정부주의자가 늘어가는 것도 이해가 되는 부분이다.

인간의 가치를 존중하는 사회

인간의 역사는 인간들이 어떻게 서로를 차별하고 어떻게 차별을 극복했는지를 보여주고 있다. 미국이나 남아프리카 공화국의 역사를 보면, 백인은 오랫동안 흑인을 열등한 존재로 여겨 흑인과 함께 차를 타거나 같은 레스토랑에서 식사하는 것을 꺼려했고, 같은 학교나 직장에 다니려고도 하지 않았다. 백인이 정치적·경제적·사회적 우위를 차지한 상태에서 흑인은 인간으로서 최소한의 존엄성을 유지하기도 힘들었고 온갖 차별을 받아야만 했었다. 여성의 경우도 마찬가지이다. 남성은 오랫동안 여성을 차별해 왔는데, 이는 여성에 대한 잘못된 편견과 선입견이 크게 작용했기 때문이다. 여성이 지능과 업무 수행에 있어서 남성보다 열등하다고 믿어 왔고, 이러한 편견이 오랫동안 인류 역사를 지배해 왔다. 남성우월주의 사회에서 여성은 차별을 받아 왔고 그저 인내해야만 했다.

현재 우리가 사는 시대는 많은 분야에서 여성에게 동등한 기회와 지위를 부여하고 있다. 하지만 아직도 정부나 기업의 주요 보직에 있는 여성이 상대적으로 적고, 직장 내에서 여성이 받는 차별도 많다. 여성의 대학 졸업률이 더 높고 여성 대통령이 나오기도 했지만, 우리 사회는 양성이 평등한 위치에서 자기 능력을 마음껏 발휘하기에는 아직도 제도적으로 개선되어야 할 점이 너무나 많다. 미국은 오래전부터 이력서에 성별, 출신지, 부모 학력이나 직업을 쓰도록 하는 항목을 없앴고, 오직 지원한 직무와 관련해서 어떤 경험이나 경력, 능력을 갖고 있는지만 평가한다. 면접 때도 직무 능력을 검증하는 것에 집중하지 성별이나 학교, 가정 배경에 치중하지 않는다.

선진 유럽 국가들과 북미 국가들은 이미 여성이 일하기 좋고 사업하기 좋은 사회가 되었다. 유급 출산 휴가와 탁아소 시설이 잘되어 있어 걱정하지 않고 아이를 낳아 기르면서도 일에 전념할 수 있다. 회사에서 정해놓은 시간에 일하기보다는 자기가 원하는 근무 시간을 정해 탄력적으로 일할 수 있고, 각종 정보통신 기술을 활용해 재택근무도 활성화되어 가고 있다. 다만 고위직으로 올라갈수록 중요한 정책 결정 권한만큼 책임도 많아져 그만큼 일에 매진해야만 하고, 자연히 아이들과 가정에 쏟는 시간이 줄어 승진을 별로 환영하지 않는 여성들도 있다. 하지만 북유럽 국가들은 정부와 기업에서 여성 고위직 인사들이 상대적으로 다른 국가들보다 많다. 그것은 여성을 차별하는 제도를 없애 모두에게 동등한 기회를 부여하여, 성별에 상관없이 꿈을 마음껏 펼칠 수 있도록 사회가 발전했기 때문이다.

건강한 사회, 그리고 선진국은 모든 사람이 존재 그 자체만으로 소중히 여겨지고 동등하게 대접받는 사회이다. 그 사람이 어떤 옷을 입든, 어떤 일을 하든, 어떤 차를 타든, 어떤 집에서 살든, 남자이든 여자이든, 백인이든 흑인이든 동양인이든, 건강하든 아프든, 젊거나 늙었냐에 상관없이 인간이기 때문에 소중하고 인간이기 때문에 서로 동등하게 대접하고 대접받아야 하는 것이다. 만약 식당이나 극장에서 최고 권력자나 재벌, 텔레비전에 나오는 유명 인사가 우연히 내 옆자리에 함께했을 때, 신경 쓰거나 긴장하지 않고, 부러워하지도 사회적인 격차도 느끼지 않는다면 건강한 사회이다. 그들도 평범한 나와 별 다를 것 없는 똑같은 인격체이고 이 사회를 구성하는 똑같은 시민이라는 인식을 가져야 한다.

현재 지구상에서 사회가 가장 발달했다는 북유럽에서는 극장에서 대통령이 우연히 옆자리에서 앉더라도 별로 신경 쓰지 않고, 사회지도층과 일반 시민이 큰 격차를 느끼지 않는다고 한다. 최고 지도자가 있다고 못 느끼는 사회야말로 성숙한 사회이다. 이는 모든 것이 잘되어 가고 있고, 모두가 평등하게 대접받는 사회임을 의미한다. 노자는 지도자가 되어도 지배하려 하지 말아야 하며, 백성 위에 있고자 하면 스스로를 낮춰야 하고, 백성 위에 서고자 하면 스스로 몸을 뒤에 두어야 한다고 강조한다.

> 가장 훌륭한 지도자는 사람들에게 그 존재 정도만 알려진 지도자이고, 그 다음은 사람들이 가까이 하고 칭찬하는 지도자

이며, 그 다음은 사람들이 두려워하는 지도자, 가장 좋지 못한 것은 사람들의 업신여김을 받는 지도자이다.

— 노자, 《도덕경》 중에서

사람들이 제대로 사람대접을 받지 못하고 차별받고 억울한 일을 당하게 되는 것은 권력이 부당하게 사용되고 부패가 구조화되어 있으며 불공정이 제도화되어 있기 때문이다. 힘없는 평범한 사람은 불평등과 불공정을 해결할 수 없다고 판단하고 회피하게 되거나, 자신만 편안한 삶을 살면 된다고 생각하고 타협하게 된다. 하지만 불공정에 대항해 인간답게 살고자 하는 욕망, 그리고 모든 사람들이 인간답게 대접받으며 살 수 있도록 공정한 사회를 만들려는 의지는 우리 삶의 목적을 한 단계 더 높은 곳으로 상승시킨다. 역사를 바꾼 사람들은 자신이 당하는 부당함, 그리고 타인이 당하는 억울함을 참지 않고 불의와 맞서 싸웠고 따뜻한 마음을 갖춘 사회를 만들기 위해 투쟁했다.

세상의 불공정을 마주할 때, 우리가 취할 수 있는 행동은 두려워 피하거나 또는 마주해 저항하고 개선하도록 압박하는 것이다. 우리가 불의를 보고 회피하는 이유는 일개인이 저항해도 변화를 가져오기가 힘들 거라고 자신의 생각만으로 미리 판단하여 포기하거나 순간적으로 불이익을 받을지도 모른다는 비겁한 마음이 자신을 지배하기 때문이다. 사람이 불의를 보고 자기 생명을 내놓고 저항하기란 쉽지 않다. 하지만 우리가 감정적으로 대응하기보다 이성적으로 차분히 비폭력적으로 저항하고 지속적인 투쟁으로 제도와 관습을 개선하는 데 기여하면, 바위가 떨어지는 물방울에 의해 결국에는 부서지듯이 세상의 불공평은 점진적으로 개선될 것이다. 아무리 개선해도 인간사회에 불의와 불공정은 존재할 수밖에 없지만, 비관주의에 빠지기보다는 우리 앞에 펼쳐지는 불의와 불공정을 점진적으로 개선할 수 있다는 긍정적인 사고방식을 가지는 것이 우리의 삶의 목적을 분명히 하는 데 도움이 될 것이다.

우리 인생에서 가장 위대한 날은

우리가 태어난 날과 우리가 태어난 이유를 깨닫는 날이다.

— 마크 트웨인

part 3

의미 있는

삶을

찾아서

우리가 삶의 의미를 추구하는 것에 있어 딜레마에 빠지는 것은 삶의 의미가 무엇에 의해서 어떻게 형성되는지 알지 못하기 때문이다. 삶의 의미는 뉴턴의 사과처럼 중력에 의해 나무에서 저절로 떨어지는 것이 아니다. 그렇다고 누가 가르쳐준다고 해서 쉽게 마음 속에 자리 잡기도 어렵다. 삶의 의미는 스스로 발견하고 만들고 창조해야 하는 것이다. 분명한 것은 많은 경우, 의미 있는 삶의 추구는 삶의 목적에서 비롯된다는 점이다. 혹자는 우리의 삶의 목적과 상관없이 삶의 의미가 존재할 수 있다고 주장한다. 하지만 대부분은 우리 삶의 목적이 삶의 의미를 부여하고 삶의 의미를 정당화한다.

릭 워렌*Rick Warren*은 캘리포니아 소재의 대형 교회인 새들백교회의 목사이다. 그의 저서 《목적이 이끄는 삶*Purpose Driven Life*》은 기독교적 관점에서 인간의 목적을 정의하고 있다. 인간은 신의 피조물이니 신이 원하는 뜻을 이 세상에서 이루어나가는 것이 삶의 목적이라는 것이다. 그는 이러한 목적대로 사는 것이 진정한 성공이고 행복이라고 주장한다. 비록 책은 베스트셀러가 되어 많은 사람들에게 영감을 주었지만, 그의 젊은 아들은 우울증으로 괴로워하다 자살했다. 워렌 목사는 한동안 힘든 시간을 보내야만 했다.

미국 심리학자 에밀리 에스파하니 스미스*Emily Esfahani Smith*는 자신의 저서《어떻게 나답게 살 것인가*The Power of Meaning*》에서 어떻게 하면 의미 있는 삶을 살아갈 수 있는지를 논의하면서 의미 있는 삶을 이루는 네 가지 주요 원칙을 지적한다. 첫째, 사랑에 기초해서 가족, 친구, 동료 등 사람들과 관계를 맺는 소속감*Belonging*, 둘째, 살아갈 이유를 제공하고 무언가를 위해 헌신하도록 하는 목적*Purpose*, 셋째, 일상생활에서 자기 자신을 뛰어넘어 더 높은 차원으로 나아가는 초월성*Transcendence*, 마지막으로, 살면서 어떤 경험과 사건들을 통해 어떻게 내가 만들어졌는지 자신의 삶의 이야기를 해석하고 재구성하는 스토리텔링*Storytelling*이다.

이 네 가지가 의미 있는 삶을 구성하는 중요한 요소이지만, 그 중에서 삶의 목적을 발견하고 목적을 이루어 가고 싶은 것은 우리 모두의 소망이다. 목적은 '나는 누구인가?' '나는 무엇을 위해 존재하는가?' '나는 무엇을 위해 살 것인가?' '나는 무엇을 이루어야 하는가?' 같은 근본적인 질문을 스스로 하고 스스로 답하는 데서 출발한다. 언뜻 아주 쉽게 대답할 수 있을 것 같지만, 평생에 걸쳐서 답을 구하려 해도 답을 찾을 수 없기도 한다.

목적이라 함은 나의 존재 이유이자 나의 정체성이며 내가 나아가려는 방향이다. 모든 조직과 단체에 존재 이유와 지향점이 있듯이 사람에게도 존재 이유와 정체성, 그리고 방향점이 있다. 세월이 많이 흐르면 존재 이유와 방향이 애매모호해지거나 아예 사라져버리기도 하다. 하지만 목적이 지속적으로 사람을 움직이는 동력이 되고 동기부여와 의미를 제공한다. 삶의 목적을 발견하고 형성하는 과정은 사람마다 천차만별이지만, 몇 가지 공통분모를 발견할 수 있다. 삶의 목적을 발견하고 형성하는 데 깊이 관여하는 것들은 다음과 같다.

첫째, 긍정적인 자아를 형성하도록 돕는 부모와 선생, 가정환경과 충격적인 사건들, 그리고 종교, 철학, 사상 같은 정신적이고 이념적인 것.

둘째, 현실에 굴복하지 않는 꿈과 이상, 역경과 불의를 넘어서려는 의지, 그리고 야망과 미래 창조.

셋째, 타인을 지배하고 학대하는 권력 욕구, 분노와 좌절감.

첫째와 둘째는 의미 있는 삶의 발견과 실현에 긍정적으로 작용하지만, 셋째는 정반대로 자신과 타인의 삶을 파괴적이고 비극적으로 이끈다. 이러한 공통분모 중에서 사람에 따라 어떤 것은 다른 것들보다 더 삶의 목적을 발견하고 형성하는 데 깊이 관여하고 영향을 주며 자신이 추구하는 삶의 의미를 정당화한다. 또한 위에 열거한 것들 중에서 한 가지에 의해 결정되기보다는 여러 가지가 복합적으로 영향을 주기도 한다.

chapter 10

긍정적 자아는 어떻게 만들어 지는가

가정환경과 충격적인 사건들
vvvvvvvvvvvv

일부 사람들은 예상치 못했던 충격적인 사건을 통해서 삶의 큰 전환점을 맞는 경우가 있다. 또는 깨달음을 얻어 지금까지 걸어왔던 길과는 전혀 다른 새로운 길을 걷기도 한다. 하지만 대부분의 사람들은 자신이 살아가는 환경에서 의도했든 의도하지 않았든 자연스럽게 삶의 목적이 형성되어 큰 전환점이 없이 목적을 향해 간다.

많은 경우 삶의 목적 형성, 그리고 가치관과 인격 형성에 있어서 가장 많은 영향력을 주는 사람은 부모이다. 부모가 세상을 어떻게 바라보며 무엇을 위해 살고 세상을 어떻게 살아가고 있는지, 그리고 그들 부모의 삶에서 행해지는 행동과 말 한마디 한마디가 아이들의 가치관과 삶의 의미, 목적 형성에 지대한 영향을 미친다. 우리는 훌륭한 위인들 뒤에는 반드시 그들을 위대하게 만든 부모, 특히 어머니가 있다는 사실을 잘 알고 있다. 부모는 자식들이 좋은 인성을 형성하도록 노력한다. 세상을 긍정적으로 보고 더 나은 세상을 만드는 데 밑거름이 되도록 정신적으로 물질적으로 지지하고 후원하는 역할을 한다.

세상을 밝힌 미국의 발명가 토머스 에디슨_Thomas Edison_이 수많은 발명을 하기까지는 어머니의 사랑과 지지가 큰 역할을 했다. 그는 어린 시절, 너무 산만해 주의력결핍 과잉행동장애_ADHD_와 난독증으로 인한 학습 장애로 힘든 시간을 보내야만 했다. 그는 불이 어떻게 타오르는지 궁금해 실제로 불을 질러 창고를 다 태우는 기이한 행동을 할 정도로 말썽꾸러기이기도 했다. 모든 것에 호기심이 너무 많아서인지 수업 시간에도 당연하다고 생각되던 것을 당연하게 받아들이지 않고 선생님에게 이상한 질문을 많이 했다. 결국에는 수업에 방해된다고 퇴학을 당했다. 그로 인해 그의 정규 교육은 고작 3개월에 불과했다.

하지만 한때 교사였던 그의 어머니는 골칫덩어리 에디슨을 혼내기보다는 직접 교육했다. 독특한 에디슨을 이해하려 애썼으며 지지하고 칭찬하여 자존감을 높여주었다. 에디슨은 "많은 발명품을 이룬 배경에는 적극적으로 지지해준 어머니가 있었기 때문이며 어머니를 기쁘게 하고 싶어 부단히 노력했다"고 회고했다.

우리는 성장 과정에서 어머니와 가장 많은 시간을 보낸다. 어머니와의 교감을 통해 세상을 배우고 세상에 나갈 준비를 하게 된다. 호기심이 많아 좌충우돌하는 에디슨을 품은 어머니도 훌륭하지만 어머니를 실망시키지 않기 위해 반항적인 길을 걷지 않고 어머니를 기쁘게 하기 위해 실패하더라도 부단히 노력한 에디슨도 훌륭하다. 어머니의 헌신과 에디슨의 노력이 있었기에 그는 많은 발명을 하고 인류에게 더 나은 삶을 제공한 가치 있는 삶을 산 것이다.

1968년, 20대의 젊은 나이에 한국에 들어와 전북 고창의 호암 마을에서 50년 넘게 한센병 환자들과 독거노인들을 돌봐온 이태리 출신의 강칼라본명: *Tallone Lidia* 수녀가 있다. 당시에는 서양 사람들이 살기에 너무도 열악한 환경이었던 한국에서 사람들이 접근하기 두려워하는 나병 환자들을 돌봤다. 그녀는 결혼도 하지 않고 평생에 걸쳐 봉사할 수 있었던 것은 어머니의 가르침이 컸다고 한다. 어렸을 때, 그녀의 어머니는 "바르게 살아라. 나누는 삶을 살아라. 정성을 다해 살아라"라고 강조했다. 그녀는 어머니의 말씀을 그대로 실천하는 삶을 산 것이다.

강칼라 수녀에게도 젊었을 때는 우리와 똑같이 세속적인 욕심이 있었을 것이다. 좋은 학교를 졸업해 안정적인 직장생활을 하면서 좋은 남편을 만나 행복한 결혼생활과 낭만적인 가정을 꿈꾸었으리라. 하지만 그녀는 자신을 위한 삶을 포기하고 어머니 말씀대로 다른 사람들과 함께하며 나누는 삶을 살기로 결심했고 실제로 그렇게 살았다. 이렇게 하기까지는 많은 밤을 지새우며 많은 고민을 하였을 것이다. 일반적인 여성의 삶과는 많이 다른 길이기 때문이다. 그러나 그녀는 자신을 태워 세상을 비추어서 많은 사람들의 고통을 대신하고 희망을 주는 의미 있는 삶을 살았다. 누가 강요해서 할 수 있는 것이 아니라 마음속 깊은 곳에서 우러나오는 양심의 소리를 듣고 그대로 따른 것이다. 그녀로 인해 많은 사람들이 위로를 얻고 희망을 얻었다.

이국땅에서 아무런 보상도 없이 50년 넘게 힘든 봉사의 삶을 사는 동안 그녀는 류머티즘에 걸려 무릎이 성하지 않다. 하지만 값진 삶을 살아서인지 인자하고 자비로운 얼굴을 하고 있으며 그녀의 파란 눈은 바다를 보는 듯했다. 빈곤과 무지에서 헤어나지 못하던 한국이 세계에서 유례를 찾아볼 수 없을 만큼 발전을 이룬 배경에는 강칼라 수녀가 있다. 그녀처럼 자신을 내세우지 않고 자신의 삶을 남을 위해 바친 무수한 외국 봉사자들과 한국의 봉사자들의 희생이 컸다는 것을 누구도 부인할 수 없다.

가정환경은 삶의 목적 형성에 지대한 영향을 미친다. 부모의 발자취를 따라, 또는 부모의 권고에 따라 자식들이 부모와 같은 길을 걷는 경우가 많다. 유럽이나 일본을 보면, 수백 년이 된 선조의 가업이나 직업을 지속적으로 이어가는 가정들을 자주 보게 된다. 미국 상원의원이었고 2008년 공화당 대통령 후보였던 존 매케인*John McCain*은 할아버지와 아버지 모두 해군 4성 장군 출신이다. 조상들 중에는 미국 건국의 아버지 조지 워싱턴의 참모가 있고, 그의 조상들은 미국 독립전쟁, 남북전쟁, 그리고 거의 모든 미국의 전쟁에 참여했다.

매케인의 조상들은 200년이 넘는 지난 세월 동안 집안 전통에 따라 미군 장교가 되었다. 국가가 위험에 처했을 때 불평 한마디 없이 전쟁에 나가 목숨을 바치는 것을 명예롭게 생각하였다. 그의 집안은 개인의 이익보다는 조국을 위해 한 목숨 희생하는 것을 아깝게 생각하지 않는 '고귀한 전통'이 전해지고 있었다. 매케인은 이러한 집안의 내력을 부담으로 느껴 청소년 때는 반항심이 생기기도 했지만, 집안의 전통에 따라 해군 사관학교에 입학했다. 키는 작지만 따뜻하고 넓은 가슴을 가지고 있었던 그는 끝에서 다섯 번째로 졸업해 전투기 조종사로 베트남 전쟁에 참전했다.

불행하게도 적군이 쏜 지대공 미사일이 그가 몰던 전투기 왼쪽 날개를 강타해 하노이 상공에서 격추되어 양쪽 팔과 오른쪽 무릎에 심한 부상을 입은 채 의식을 잃게 되었다. 정신이 깨었을 때는 성난 베트남 사람들이 그를 발로 걷어차고 주먹질을 해대고 총검으로 찌르고 있었다. 그리고 악명 높은 '하노이 힐튼(미군 포로수용소)'에 끌려가 전쟁포로로 5년 반 동안 감금되었다. 말로 할 수 없는 심한 고문을 받으며 독방에 자주 갇히게 되었고 여러 차례 죽을 고비를 넘겼다.

당시 매케인의 아버지는 베트남전쟁을 관할하는 미국 태평양함대의 총사령관이어서 북 베트남은 매케인의 조기 석방을 조건으로 협상을 제의했었다. 하지만 그의 아버지는 '포로는 잡힌 순서대로 풀려나야 한다'는 원칙을 고수하며 자기 자식을 향한 특혜를 단칼에 거절했을 뿐만 아니라 매케인 본인도 그 제안을 거절했다. 결국 600명의 다른 포로들과 함께 남아 있다가 전쟁이 끝나서야 풀려나게 되었다.

매케인은 해군 대령으로 제대한 후 애리조나를 대표하는 연방 하원의원으로서 4년, 그리고 상원의원으로서 30년 넘게 국가를 위해 봉사했다. 그의 할아버지와 아버지는 평생 정직하고 용감하게 나라에 충성을 다한 명예로운 군인이었다. 자신의 사사로운 이익보다는 위대한 명분을 위해 충실히 봉사하는 것을 명예롭게 생각했다. 이러한 집안 전통이 매케인의 삶의 목적과 정체성 형성에 깊은 영향을 주었다. 할아버지와 아버지가 함께 나누었던 마지막 대화를 그는 평생 동안 잊지 못한다고 한다.

네가 믿는 조국과 원칙을 위해서 죽는 것보다 더 위대한 것은 없다.

— 존 매케인, 《아버지들의 신념 *Faith of My Fathers*》 중에서.

2017년 가을, 암 제거 수술을 마친 며칠 후 의회 투표장에 나타나 다음과 같이 말하기도 했다.

국가를 위해 헌신하는 것은 나의 의무이다.

— 존 매케인, CBS 〈60분 *60 Minutes*〉 인터뷰 중에서

매케인은 자신보다는 국가와 국민을 먼저 생각하는 진정한 애국자였다. 이러한 정신은 그가 성장한 가정환경과 부모의 영향이 컸다. 대통령 선거 때 경쟁자였던 오바마를 향해 아랍인이라고 비난하는 지지자들을 향해 '그렇지 않다'며 '그는 좋은 사람'이라고 반박하는 그의 모습이 그가 세상을 떠난 후에도 국민들 마음에 깊이 남아 있다.

자신의 정치적 목적과 이익을 달성하기 위해 권모술수가 난무하는 워싱턴 정가에서, 그리고 특정 이익 단체의 압력과 돈의 영향력이 지배하는 미국 정치계에서 그는 35년이 넘는 의정 활동을 했다. 그는 깨끗하고 양심적인 원칙과 신념에 입각해 정파와 이념을

떠나 국민의 안전과 복리를 위해 자신의 삶을 바친 몇 안 되는 '경세가Statesman'이다.

정치인이든 경제인이든 모두가 자신의 이익을 위해, 그리고 자신의 권력과 명예를 위해 움직인다. 이러한 행태는 어쩌면 당연하다고 볼 수도 있지만, 진정으로 의미 있는 삶은 이러한 행태에서 벗어나는 것이요, 매케인은 그러한 삶을 산 본보기이다. 모두가 자신의 권력과 명예, 이익을 따라 움직일 때, 그는 우리 사회가 진정 인간의 따뜻한 가슴을 느끼고 인간답게 살 수 있도록 노력한 사람이다. 그는 직설적인 화법으로 유명하다. 미사여구를 지나치게 사용하거나 학식이 많은 것처럼 꾸미지 않고 편안하게 이야기한다. 유명 정치인이나 경제인은 자신은 다른 사람들과는 다르다는 선민의식이 강하고 심지어는 자신이 법 위에 있다고 생각하여 법을 무시하는 행동을 많이 하는 데 비해, 매케인은 상식에 입각해 양심대로 움직이는 모범적인 정치인이다. 이는 그의 조상들의 철학과 가정환경의 영향이 컸다.

부모 다음으로 삶의 목표 형성에 깊이 관여하는 사람은 선생이다. 단순히 지식의 전달자에 그치지 않고 지혜롭고 현명한 삶의 교훈을 전해주는 것이 학생들에게 큰 영향을 미친다. 우리는 부모, 선생 외에도 형제나 친척, 친구, 선배, 직장 동료 등 주변의 가까운 사람들로부터 영향을 받기도 한다. 미국 대학교에서는 교수가 은퇴하는 날, 대강당에서 마지막 강의를 하는 전통이 있다. 마지막 강의에서는 어렸을 때부터 현재까지 자신의 삶이 담긴 여러 가지 사진들을 슬라이드를 통해 보여준다. 그중에는 참 우습고 장난스런 사진들도 있다. 그리고 학생들을 가르치면서 기억에 남은 경험담과 삶의 지혜, 교훈을 들려주기도 한다.

프랜시스 퍼킨스*Francis Perkins*는 충격적인 사건을 겪으면서 삶의 목적이 분명히 확립된 인물이다. 보스턴에서 태어난 그녀의 삶의 목적 형성에는 미국 역사에서 가장 유명한 화재들 중의 하나인 뉴욕 트라이앵글 셔츠웨이스트 공장에서 발생한 화재를 목격한 것이 큰 영향을 미쳤다. 마운트홀요크대학을 졸업하고 컬럼비아 대학원에서 정치학을 전공한 그녀는 뉴욕 소비자 연맹에서 일하고 있었다. 그러던 어느 날, 뉴욕 워싱턴 광장 근처 공장 건물의 8층에서 10층까지 불길이 휩싸인 광경을 목격한다. 뜨거운 불길을 참지 못한 47명의 노동자들이 살기 위해 창밖으로 몸을 던졌지만 죽고야 마는 처참한 장면을 목격했다.

충격적인 일을 목격했던 그녀는 다시는 그러한 비극이 재현되는 것을 막기 위해 사사로운 이익과 욕망을 뒤로 하게 된다. 남편과 딸이 정신병을 앓는 아픔과 슬픔을 감내하면서 평생 동안 노동자의 인권과 복지를 위해 사는 것을 천직으로 여겼다. 그녀는 대공황으로 인해 모든 국민이 엄청난 어려움을 겪을 때, 루스벨트 정부에서 미국 역사상 처음으로 여성 장관이 되었고, 가장 장수한 노동부 장관으로 재직했다. 그녀는 주요 뉴딜 정책들, 그중에서도 가장 중요한 사회보장제도를 만들어낸 주요 인물 중의 한 명이 되었다.

> 화재를 목격한 이후 그녀가 하는 일은 더 이상 직업이 아니라 천직이 되었다. 우리가 천직을 선택하는 것이 아니라 천직이 우리를 부르는데, 천직은 소명이기 때문이다. 우리가 소명을 선택하는 것이 아니라 삶이 우리를 불러 소명을 알려준다.
>
> — 데이비드 브룩스David Brooks, 《인간의 품격 The Road to Character》 중에서

누구나 잊을 수 없는 고통스럽고 치명적인 사건을 겪게 되면, 정신적인 상처가 깊어 그 사건을 잊어버리고 싶어 하고 그 기억에서 도피하고 싶어 한다. 생각하면 할수록 정신적인 충격만 커지니 다른 것에 몰두하려 한다. 퍼킨스도 마찬가지였을 것이다. 하지만 미래에도 똑같은 비극적인 사건이 일어나 많은 사람들이 고통 속에서 삶을 마감하는 일이 반복될 수 있는 현실을 그녀는 모른 척 할 수 없었다. 자신의 안락한 삶을 희생해서라도 더 안전하고 행복한 사회를 만들고자 하는 고귀한 뜻이 그녀의 삶을 의미 있게 만들었다. 누구나 살면서 정말 중요한 선택을 해야 할 때가 있다. 자신만

의 편안한 삶을 위해 살지, 아니면 타인의 삶에 기여하고 사회에 가치를 더하는 삶을 살지. 그녀는 가정의 어려움이 있더라도 더 크나큰 세상으로 나아가 다른 사람들을 살리는 삶을 선택했다.

토머스 에디슨, 강칼라 수녀, 존 매케인, 프랜시스 퍼킨스의 사례에서 보듯이 사람들은 자신이 성장하는 가정환경에서 자연스럽게 삶의 목적이 형성되거나, 아니면 충격적인 사건을 겪음으로써 갑자기 큰 깨달음을 얻어 자신의 목적을 발견하고 삶의 큰 전환점을 맞게 되는 것을 알 수 있다. 그들의 삶의 목적은 개인의 사사로운 이익을 뛰어넘고 자기 자신을 넘어서 대의를 향해 있다.

신앙과 사상이 주는 영향

종교를 믿는 사람들, 또는 어떠한 철학이나 사상에 심취한 사람들에게는 그 종교나 사상이 삶의 목적을 발견하고 형성하는 데 깊이 관여한다. 종교적·사상적 목적의식이 삶의 의미 추구에 깊은 영향을 주고 삶의 의미를 정당화한다. 종교에 의해 삶의 목적이 형성된 사례는 아주 많다.

약 2,600년 전, 지금은 네팔 지역인 인도의 카필라 왕국의 장남으로 태어난 고타마 싯다르타瞿曇 悉達多, Gotama Siddhartha는 태어난 지 7일 만에 어머니가 세상을 떠나는 불운을 겪었다. 하지만 그는 어렸을 때부터 뛰어난 지혜로 사람들을 놀라게 했으며 미래에 왕국을 이끌어 갈 왕자로서 온갖 혜택을 누리며 살았다. 밤마다 많은 궁녀들과 밤늦도록 연회와 향락을 즐겼다. 그의 어머니가 임신했을 때, 태어날 아이가 나중에 위대한 영적 지도자가 되거나 강력한 독재가가 될 거라는 예언자들의 말이 있었는데, 왕인 아버지는 아들이 영적인 지도자가 되지 않고 대를 이어 왕이 되길 바라는 마음에서 쾌락을 용인하였다. 그러던 어느 날 싯다르타는 연회 후, 화장기가 벗겨진 채 술에 취해 침을 흘리고 맨살을 드러낸 채 자고 있는 궁녀들을 발견한다. 그는 그 모습에서 욕망의 본질을 보고는 큰 충격에 빠졌다.

그 후 궁궐 밖에서 인간의 운명인 '생로병사'를 직접 확인하게 된다. 그가 사는 카필라 성에는 네 개의 문이 있는데, 동문에서 한 노인을 보았고, 남문에서 병자를 목격하였으며, 서문에서는 장례 행렬을 발견한다. 그것을 통해 인간은 태어나면 늙고 병들고 죽는다는 사실을 알게 되었고, 지상의 모든 것은 언젠가 사라지는 무상함을 깨닫게 된다. 성 북문으로 나갔을 때, 마음을 다스려 영원히 번뇌를 끊기 위해 고행과 요가를 하는 수행자들을 만나게 된 싯다르타는 아버지와 처자식, 그리고 왕위도 뒤로 한 채 말을 타고 동문을 빠져나와 29세의 나이에 출가를 한다. 훗날 아들과 부인마저도 그를 따라 머리를 깎고 붓다의 승가로 출가를 한다. 싯다르타는 왕자로서 자신에게 주어진 모든 특권과 혜택을 내려놓았다. 인간의 숙명을 마주하고는 그 숙명을 거슬러 스스로 새로운 자신의 운명을 개척하고 싶었던 것이다.

그의 삶의 목적은 생명이 있는 곳에 죽음과 이별이 존재하는 '생로병사'의 굴레를 넘는 데 있었던 것 같다. 번뇌가 없고 자비심만 있는 진정한 자유와 평화를 이루려 했다. 귀하게만 자란 왕자가 출가 후 온갖 세상 풍파와 이루 말할 수 없는 고난을 겪었지만 35세 때 보리수 아래에서 완전한 깨달음을 얻어 붓다가 된다. 그는 인도의 여러 지방을 다니며 포교와 교화에 힘썼다. 80세의 나이로 세상을 떠나기까지 겪은 그의 고행과 수행은 오히려 그를 깨달음에 이르게 하였다. 많은 사람들이 그의 가르침을 통해 진정한 자유와 평화를 누렸다. 비록 그가 왕이 되어야 할 카필라 왕국은 이웃나라의 침략에 의해 멸망하였지만, 싯다르타는 수천 년 동안 수많은 사람들을 진리의 길로 인도하는 등불이 되었다.

자유로운 영혼이길 바라는 예술가들도 삶의 목적 형성에 종교의 영향을 많이 받았다. 독일의 작가이자 시인이며 노벨문학상 수상자인 헤르만 헤세는《데미안》,《유리알 유희 Das Glasperlenspiel》,《수레바퀴 밑에서 Unterm Rad》 등으로 우리에게 잘 알려져 있다. 헤세의 아버지는 인도로 건너가 선교사 생활을 하였고 그의 외할아버지도 선교사이자 인도어문학자였기에 그는 조부모 때부터 동양사상의 분

위기 속에서 성장하였다. 종교는 다르지만, 공자, 노자, 붓다 등에 관심을 보였고, 그로 인해 커서도 동양의 정신이 남아 있었다. 그의 외사촌 동생은 일본어문학자로서 일본에서 30년을 지내면서 승려 생활을 한 사람이었다. 그는 부모보다는 외사촌 동생의 영향을 훨씬 더 많이 받은 것 같다. 아버지처럼 신학자가 되기 위해 신학교를 다녔지만 포기하였고, 정신병적 고통을 겪으며 자살을 시도하기도 했다. 서점 점원으로 일하는 동안 글을 쓰면서 안정을 찾았다.

세계대전을 일으킨 조국에 비판적이어서 제1차 세계대전 때는 전쟁의 비인간성과 야만성을 알리는 글을 썼다. 그 후 스위스로 망명을 가 전쟁이 끝난 후에는 스위스의 한적한 시골에 살면서 인도와 중국의 지혜에 대해 연구했다. 그의 저서 《싯다르타Siddhartha》, 《선. 나의 신앙》에서 보듯이, 그는 불교와 동양 사상에서 깊은 영향을 받았다. 기독교 문화권에서 성장하고 아버지의 기독교 신앙의 영향을 받아 기독교가 그의 삶에 많은 영향을 준 측면은 분명 있다. 하지만 생전에 그는 '인도와 중국 사이에 있는 히말라야 산중에 사는 은둔자'라고 지칭되었을 정도로 정신적으로 동양세계와 불교에 심취해 있었다.

불교에서 많은 영향을 받은 헤세와 달리 기독교의 영향을 받은 예술가들도 많다. 러시아의 작가이자 시인인 톨스토이는 《전쟁과 평화War and Peace》, 《안나 카레리나Anna Karenina》, 《이반 일리치의 죽음The

Death of Ivan Ilyich》등 주옥같은 작품을 남겼다. 그는 명망가의 백작 집안에서 태어났지만, 어렸을 때 부모가 세상을 떠나는 바람에 친척 집에서 자랐다. 법학을 공부하다 그만두고 모스크바와 상트페테르부르크에서 살기도 했다. 군복무를 하면서, 그리고 프랑스 파리를 포함해 두 차례 유럽 여행을 하면서 삶의 큰 전환점을 맞게 된다. 민중들의 진솔한 삶과 정부의 야만적인 행위를 보았던 것이다. 이때부터 그의 귀족적인 삶의 형태가 없어지고 비폭력주의와 무정부주의 성향을 갖게 된다. 그리고 그의 소설에서 잘 들어나듯 형식적이고 가식적인 것을 거부하고 인간의 허위와 거짓을 벗겨내는 리얼리즘에 치중하게 된다. 그의 삶이 익어 갈수록 청교도 정신에 입각한 순수한 기독교인으로 변화하고 있었던 것이다.

1884년에 쓴 그의 저서《내가 믿는 것*What I Believe*》에서 언급했듯이, 그는 예수 그리스도의 말씀을 진정으로 믿었다. 특히 예수의 산상수훈과 '왼쪽 뺨을 맞으면 오른쪽 뺨도 내주라'는 말씀을 있는 그대로 믿었다. 그래서 폭력으로 악을 제압하기보다는 비폭력주의, 무저항주의, 그리고 평화주의를 신봉했다. 교회나 국가에서 믿음을 찾기보다는 하나님의 말씀과 이웃을 사랑하라는 십계명을 준수한 것이다. 그는 내적 자기완성을 통해 행복을 추구하는 것이 진정한 신앙인이라 생각했다. 그의 저서들《천국이 네 안에 있다*The Kingdom of God Is Within You*》,《인생론*On Life*》,《참회록*A Confession*》에서 보듯이, 그는 백

작의 지위를 가진 귀족이었으면서도 귀족의 특권을 거부했다.

톨스토이는 민중을 착취하는 귀족들을 비판하고 부패한 기성교회를 거부했고, 기독교 정신에 입각해 고향에 농민학교를 운영하여 부모의 강요로 노동하는 농민 아동들을 구제했다. 폐렴으로 기차역에서 82세의 나이로 세상을 떠나기 전, 가지고 있던 모든 것을 가난한 사람에게 나누어주었다. 가난한 사람과 죄인을 포함하여 모든 사람을 사랑하고 폭력을 삼가라는 그리스도의 말씀에 충실하려고 한 것이다. 산상수훈에 입각한 그의 비폭력주의와 평화주의 사상은 인도의 마하트마 간디와 미국의 마틴 루터 킹 목사에게 깊은 영향을 주었다.

톨스토이와 함께 러시아 문학의 쌍벽을 이루는 표도르 미하일로비치 도스토옙스키 역시 기독교 사상에 깊은 영향을 받은 작가이다. 그의 부모는 조상 때부터 썩 괜찮은 가문의 배경을 갖고 있었다. 아버지는 모스크바에 있는 병원 의사였다. 하지만 15세 때, 어머니가 폐결핵으로 사망하는 불운을 겪었다. 몇 년 후 아버지마저 영지의 농노에 의해 살해를 당하면서 큰 충격을 받아 평생 간질 발작으로 고생했다. 어린 시절, 러시아 작가 알렉산드르 세르게예비치 푸시킨*Aleksandr Sergeevich Pushkin*의 저서를 포함하여 다양한 문학을 접하였고 사립 기숙학교에서 공부하였다. 아버지의 권유로 공병학교에 들어갔지만 수학, 과학, 공병을 싫어해 별로 흥미를 느끼지 못했다. 공병학교를 졸업 후 잠시 엔지니어로 일하다가 작가의 길을 들어섰다. 사회주의 신봉자로서 공상적 사회주의를 꿈꾸는 정치 모임에 참가한 대가로 사형선고를 받았다.

감형 받아 죽을 고비를 넘겼지만 6년간 시베리아로 유형을 가 참혹한 육체노동과 강제적인 군복무를 하게 된다. 풀려날 때까지 그의 손과 발은 묶여 있었다. 감옥 바닥은 썩은 냄새가 진동했고, 겨울에는 시베리아의 혹한에 시달려야만 했다. 하지만 감옥에서 만난 죄수들을 통해 민중의 생생한 삶의 현장을 경험하게 되었다. 그리고 성서를 읽으면서 사회주의자에서 기독교적 인도주의자로 바뀌어 명작《죄와 벌 Crime and Punishment》,《카라마조프가의 형제들 The Brothers Karamazov》이 세상에 나왔다. 그의 작품들이 지나치게 철학적·심리학적이고 종교적인 색채가 강하다는 평가도 있다. 그러나 다양하고 이질적이며 극단적인 심리를 갖고 있는 인물들을 등장시켜 빈곤, 자살, 인간성, 도덕성 등 다양한 주제를 다루는 능력이 탁월했다. 무엇보다도 인간 심리에 대한 놀라운 이해력을 보여주어 러시아 문학 최고의 거장으로 불리고 있다.

도스토옙스키는 종교적인 가정환경에서 자라 어렸을 때부터 성경을 읽고 교회에 다녔다. 젊은 시절 군사학교 재학 때도, 그리고 체포되어 감옥에 수감될 때도 성경을 가까이 하며 독실한 신앙생활을 이어 갔다. 톨스토이처럼 폭력적 혁명을 거부하고 부패한 교회를 비판하면서 그리스도의 말씀에 충실할 것을 강조했다. 임종 때는 성경 말씀을 들으며 성경책을 가슴에 안고 세상을 떠났다.

헤세, 톨스토이, 도스토옙스키의 삶에서 보듯이, 신앙과 사상은 한 사람의 가치관과 삶의 목표, 그리고 의미 있는 삶을 사는 데 있어 지대한 영향을 미친다. 자신이 믿는 종교에서 나오는 깊은 신앙심이 삶의 방향을 이끌어 가고, 나아가 일상적인 삶의 구체적인 표현으로 나타난다. 깊은 신앙심과 사상은 포도주가 시간이 지나면 지날수록 숙성이 되어 그 진가가 나타나듯이, 사람의 정신세계를 성숙하게 하여 자신의 세계에만 머물지 않고 많은 사람으로 향해 더욱 인간다운 사회를 만드는 방향으로 나아가게 한다. 자신이 믿는 종교적 교리에만 깊게 빠지면 자신을 뛰어넘는 더 큰 의미를 발견하기 어려울 수 있지만, 모든 종교가 품고 있는 소중하고 보편적인 가치에 기초를 두면 긍정적인 자아 형성에 큰 역할을 하고, 의미 있는 삶을 사는 데 중요한 역할을 한다.

chapter 11

꿈과
이상을
향한
강한 의지

역경을 넘어서려는 의지

많은 경우 갑자기 닥친 육체적·정신적·경제적 역경을 극복하기 위해서, 또는 그러한 역경을 극복하는 과정에서 삶의 목적이 형성되고 구체화되기도 한다. 내 수업을 듣던 한 학생이 어느 날 그가 겪은 불행한 사연을 장문의 이메일로 보내온 적이 있었다. 그는 어느 미국의 중산층 가정처럼 안정된 직장을 다니며 아내와 아이들과 함께 행복한 삶을 살아왔다. 그런데 어느 날 술에 만취한 운전자의 차가 출근을 하던 그의 차를 덮쳐 하루아침에 불구자가 되었다.

그의 말에 의하면, 척추가 손상되어 걸을 수도 앉을 수도 없고, 뇌를 비롯한 여러 장기가 파열되어 여러 차례 수술을 견뎌내야만 했다. 육체적·정신적으로 도저히 감당할 수 없을 만큼 절망에 빠졌다. 온종일 온몸에 통증을 느끼며 누워 있어야만 하고, 다른 사람의 도움 없이는 살아갈 수 없는 현실은 참으로 절망적이었다. 이메일을 읽으면서 나도 모르게 눈가에 눈물이 흘러내렸다. 이런 교통사고는 아무리 자신이 조심한다 하더라고 상대 운전자가 술에 취해, 또는 졸아서 교통사고를 내면 아무도 손을 쓸 수가 없다. 그야말로 누구라도 하루아침에 불구가 되거나 사망에 이르게 된다. 누구든지 이런 상황에 놓이면, 심한 절망에 빠져 자살을 시도하거나 스스로 사회로부터, 사람들로부터 영원히 격리하려고 한다.

그는 불구가 된 몸과 머리가 도저히 따라주지 않았지만, 자신이 처한 절망을 털어버리고 싶었다. 그리고 그동안 하고 싶었던 공부를 위해 인터넷을 통해 대학원 수업을 듣게 된 것이다. 육체적인 고통이 너무 심해, 또는 치료를 받느라 과제물을 늦게 제출하는 경우도 있었지만, 목표를 향한 그의 열정은 감동적이었다. 평탄한 길을 가던 그가 예상하지 않던 교통사고 때문에 육체가 불구가 된 상황에서 삶을 포기할 수도 있었을 것이다. 하지만 주어진 상황에서 새로운 꿈을 꾸고 새로운 목적을 향해 살아갔는데, 그러한 삶의 목적의식이 그의 삶에 새로운 의미를 부여한 것 같다.

스티븐 호킹 Stephen Hawking은 갈릴레오 갈릴레이 Galileo Galilei가 태어난 지 300주년이 되는 기념비적인 날에 태어났다. 그는 옥스퍼드대학교에 다니던 21살 때부터 근육이 마비되고 사지가 굳어져 몸을 전혀 움직일 수 없는, 소위 루게릭병 ALS, 근위축성 측색 경화증을 앓게 되었다. 한창 젊음을 만끽할 나이에 휠체어에 몸을 의지해야만 했고 다른 사람의 도움 없이는 한시도 살 수 없으니 그 절망감은 엄청났을 것이다. 하지만 육체의 장애에 굴복하지 않고 뛰어난 논문을 써 박사학위를 받고 대학교수가 되었고, 은퇴할 때까지 아이작 뉴턴이 거쳐 간 케임브리지대학 루커스 수학 석좌교수로 재직했다.

우주의 출발점인 빅뱅, 블랙홀을 포함해 그의 우주론과 양자중력 연구는 참으로 뛰어났다. 그래서 아인슈타인 이후 최고의 물리학자로 인정받고 있다. 그는 오직 얼굴 눈동자의 움직임을 이용해 문장을 만들어 말로 전달하는 장치를 통해서만 의사소통이 가능한 상태였다. 이런 상태에서 《시간의 역사 A Brief History of Time》를 써서 영국 《선데이 타임스 The Sunday Times》 베스트셀러에 237주 동안 실리는 최고 기록을 세웠다.

2014년, 그의 삶이 영화로 만들어졌다. 사형선고라 할 수 있는 장애를 안고 살기에 보통 사람으로는 상상할 수 없는 힘든 시간이었을 수도 있었을 것이다. 하지만 놀랍게도 자신에게 주어진 삶을 즐기고 최선을 다했다. 스티브 호킹 역을 맡아 열연한 배우는 아카데미 남우주연상을 받기도 했다. 스티브 호킹은 어느 인터뷰에서 말하길, 사지가 움직이지 않으니 오히려 자기의 정신은 자유로이 우주 공간을 날아다니며 마음껏 상상하고 연구를 할 수 있었다고 한다. 장애가 없었다면, 세상 사람들이 그러하듯 세상 유희를 즐기느냐고, 매일 자신에게 주어진 일상적인 일에 시달리느냐고 그의 상상력은 제대로 작동하지 않았을지도 모른다.

뛰어난 연구 업적을 남긴 그의 삶의 목적은 무엇이었을까? 많은 사람은 삶을 포기할 수도 있는 상황에서 비장애인이 할 수 없는 뛰어난 업적을 남긴 원동력은 무엇일까? 천재적인 두뇌를 갖고 있었던 것은 부인할 수 없지만, 그 원동력은 아마도 진실을 향한 목마름이었을 것이다. 그 진실은 자신만을 위한 것이 아니라 인류 전체의 진실을 향한 목마름이다. 우주가 어떻게 만들어졌는가? 묻고 또 묻고, 감옥처럼 움직이지 못하는 몸 안에 갇혔어도 그의 상상력과 영감, 통찰력은 자유자재로 훨훨 날아다녔다. 우주가 처음 상태에서 어떻게 시작했는지, 첫 몇 초 동안 무슨 일이 일어났는지, 지적 호기심이 그를 평생 붙잡았던 것이다. 그는 아인슈타인 탄생 139주년 맞는 날에 76세의 나이로 사망했다. 그리고 아이작 뉴턴과 찰스 다윈의 무덤 옆에서 영원히 잠들었다.

미국 앨라배마에서 태어난 헬렌 애덤스 켈러*Helen Adams Keller*는 자신에게 운명처럼 부과된 육체적인 장애를 극복하면서 삶의 목적이 형성된 대표적 사례이다. 그녀는 만 2살이 되기도 전에 심한 열병을 앓고 난 후 시력과 청력을 잃어 88년의 삶 동안 보지도, 듣지도, 말하지도 못하는 장애를 안고 살아야만 했다. 거의 일곱 살이 되어 가던 즈음, 설리번Sullivan 선생이 가정교사로 왔다. 참으로 훌륭한 선생님인 그녀는 헬렌 켈러에게 영혼의 눈을 뜨게 한 장본인이다. 헬렌 켈러는 마당의 물 펌프에서 물을 맞으며 모든 사물에는 이름이 있음을 깨닫고 영혼이 깨어나는 경험을 하게 된다. 그녀는 점자 공부를 시작하면서 보스턴과 뉴욕의 맹아학교에 다니게 되고 하버드 대학교 부설 래드클리프대학을 졸업했다. 미국 대륙을 횡단하며 강연을 하고 자신의 삶을 극화한 영화 〈해방Deliverance〉에서 주연으로 직접 출연하였고 1937년에는 한국도 방문했다. 그녀는 장애에 굴복하지 않고 장애를 딛고 일어나 정상인보다 훨씬 풍부하고 섬세한 문장력으로 사람들에게 감동을 주었다.

제2차 세계대전 때는 부상병 구제운동에도 앞장설 만큼 장애인을 위해 헌신한 사회사업가로 살았으며 미국 최고의 훈장인 자유의 메달도 받았다. 많은 사람이 절망하고 세상을 스스로 멀리할 만한 장애를 갖고 있었음에도 그런 장애를 장애로 받아들이지 않았다. 오히려 장애를 극복하고 비장애인보다 훨씬 감동적인 삶을 살았다. 그러한 배경에는 뚜렷한 삶의 목적의식에 입각하여 자기 자신의 존재 가치의 소중함을 확신했기 때문이다. 그리고 인간으로서 그 존재 가치를 실현하려 했다.

그녀는 자신이 만약 사흘간 눈을 정상적으로 볼 수 있다면 무엇을 하고 싶은지를 애절하게 나열하면서 앞이 잘 보이는, 시각의 선물을 받은 사람들에게 내일 갑자기 장님이 될 사람처럼 눈을 사용하라고 한다. 내일 귀가 안 들리게 될 사람처럼 음악소리와 새의 지저귐과 오케스트라의 연주를 들어보고, 내일이면 촉각이 모두 마비될 사람처럼 만지고 싶은 것들을 만지라고 한다. 그리고 내일이면 후각도 미각도 잃을 사람처럼 꽃향기를 맡고, 음식을 음미해보는 등 모든 감각을 최대한 활용하라고 당부한다.

호주에서 팔과 다리가 없이 태어난 닉 부이치치는 장애를 축복으로 바꾼 인물이다. 팔다리 없는 아이를 낳은 그의 부모는 태어난 아이를 보고는 그야말로 큰 충격에 빠졌다. 아이가 자라면서 다른 아이들과는 달리 팔다리가 없어 미칠 것 같다고 괴로워하는 그를 끌어안고 울기를 밥 먹듯이 했다. 부모는 독실한 믿음을 바탕으로 아이에게 하나님의 특별한 계획이 있으리라 믿고 지극한 사랑으로 키웠다. 부이치치는 팔다리가 있게 해달라고 기도를 했지만 팔다리는 생기지 않았다. 팔다리 없는 신체적인 장애로 인해 다른 사람들의 도움이 없이는 살 수 없는 신세를 매일 비관하였다. 학교에서도 따돌림을 당하자 심한 우울증에 빠져 8살 때부터 세 번이나 자살을 시도했다.

그러던 어느 날, 자신의 삶을 이야기하는 모임에 초대되어 자신이 살아온 과정을 말하게 되었다. 이때 참석자들이 울며 감동을 받은 것을 계기로 지금은 전 세계를 다니며 희망을 전하는 연설가가 되었다. 토크쇼〈오프라 윈프리 쇼the Oprah Winfrey Show〉뿐만 아니라 한국을 방문해 방송에 출연하기도 했다. 인도, 중국, 남아프리카공화국, 콜롬비아 등 빈민가와 교도소 같은 소외된 지역에서 힘들게 사는 사람들을 만나 위로했다. '삶은 소유가 아닌 존재'로 보는 그는 많은 나라들을 다니며 느낀 게 있었다. 커다란 대지 위에 화려한 집을 짓고 사는 부자 동네보다는 인도 뭄바이의 슬럼가나 아프리카의 고아원에서 행복하게 사는 사람들을 더 자주 만나게 된다는 것이다.

닉 부이치치는 "나는 정말 축복을 많이 받은 사람이다" 라고 고백한다. 장애가 없었다면 전 세계를 다니며 많은 사람들 앞에서 강연할 기회도, 새로운 경험을 할 기회도 없었을 거라고 한다. 그는 장애라는 신체적 한계가 오히려 축복을 가져다주는 매개체로 받아들이면서 삶이 180도 바뀐 긍정의 아이콘이다. 팔다리 없는 장애에 굴복하지 않고 육체적 한계를 뛰어넘어 너무도 당당하고 즐겁고 멋있는 인생을 살고 있는 그를 통해 사람들은 자신을 돌이켜보고 새로운 희망을 얻는다.

학창시절, 팔다리가 없는 그가 주먹 꽤나 쓴다는 학교 짱싸움을 잘하는 아이과 맞붙어 쓰러뜨렸다. 1,200명의 학생들을 대표하는 학생회장에 출마해 당선되기도 했다. 99cm의 작은 키에 팔다리 없이 작은 왼발 하나에 붙은 발가락 두 개가 그의 전부이다. 그럼에도 불구하고 수영, 파도타기, 스쿠버다이빙, 골프, 낚시, 그림, 음악 등 못하는 것이 없다. 영화 〈버터플라이 서커스The Butterfly Circus〉에 주연으로 출연하기도 했고, 예쁜 여성과 결혼해 아이들도 낳고 행복한 가정의 가장으로 살고 있다. 현재 미국에서 비영리단체 '사지 없는 삶LifeWithout Limbs'의 대표로 왕성한 활동을 하고 있다.

> 희망을 잃으면 팔다리를 잃는 것보다 훨씬 더 치명적이다.
> 자신을 어렵게 만드는 장애가 있다면 그 시련을 이겨낼 만한
> 능력도 축복으로 받았다고 믿어라.
> — 닉 부이치치, 《닉 부이치치의 허그Life Without Limits》 중에서

우리 모두는 살면서 자신이 예상하지 못한 역경이나 비극적인 고통에 직면하는 경우가 반드시 있다. 삶이란 그 자체가 예측불허이고 불확실해서 자기가 예상하는 대로만 삶이 전개되는 것이 아니라 자신이 예상하지 않았던 사건들에 더 많이 직면하게 된다. 자신이 완벽하게 통제할 수 있는 인생사가 얼마나 되겠는가? 내가 예상하지 못하고 통제할 수 없는 사건들이 더 많이 일어나는 것이 우리의 삶이다.

예상하지 못한 커다란 아픔이 닥쳐오면 우울해지고 힘들어지고 자신을 한탄하게 되지만, 그 아픔이 오히려 새로운 기회가 되고 새로운 의미를 제공하기도 한다. 자신이 가던 길과는 전혀 다른 길을 가면서 새로운 사람을 만나게 되기도 하고 새로운 사건을 경험하면서 자신이 예전에는 생각하지 못했던 새로운 생각, 감정, 느낌을 경험하게 되기도 한다. 아픔이 그야말로 새로운 삶의 의미를 발견하게 하고 사람을 오히려 성숙하게 한다. 아픔이 아니었다면 삶의 깊은 의미를 알 수 없었을 텐데 고통을 겪으면서 삶의 깊은 의미를 발견하고 경험하게 되는 것이다.

야망과 미래 창조

경제계에서 큰 업적을 남긴 사람들은 공통점이 있다. 그들은 단순히 막대한 부를 좇는 사람들이 아니다. 승부사적인 기질로 시장의 판도를 바꿀 만큼 지각변동을 일으키는 신사업이나 신제품으로 미래를 열어가는 창조적 혁신가들이다. 위험을 감수하고 모험과 도전을 즐기는 혁신의 아이콘이자 성취 지향주의자들이다. 세계 최고를 향하는 그들의 삶의 목적형성에 개인적인 야망이나 이상주의가 큰 영향을 주고 있다. 현재 미국 경제계에서 가장 화제가 되는 인물은 아마존_Amazon_의 창업자이자 CEO인 제프 베조스_Jeff Bezos_와 전기차를 생산하는 테슬라*Tesla*의 CEO 일론 머스크*Elon Musk*이다.

제프 베조스는 미국 남부 뉴멕시코 엘버커키에서 태어났다. 프린스턴 대학에서 우수한 성적으로 졸업한 후 유명 대기업들을 마다하고 무명 벤처기업과 맨해튼 금융가에서 근무했다. 놀라운 실적을 기록해 20대의 나이에 부사장의 자리에 오르기도 했다. 하지만 많은 고민 끝에 자신의 열정을 좇기로 결심하고 사직서를 쓰고 불안한 길을 선택한다. 시애틀 자신의 집 창고에서 아마존닷컴을 창업하고 미국 전역과 전 세계 45개 도시에 서적을 판매하기 시작한다. 많은 기업들이 쓰러지던 2001년, 그는 미국을 휩쓴 닷컴 버블 붕괴와 경영 위기를 현명하게 극복했다. 종이 책 대신 아마존닷컴을 통해 온라인으로 전자책을 읽을 수 있도록 단말기 킨들*Kindle*과 클라우드 컴퓨팅 서비스를 통해 성공적인 경영 다각화를 이루기도 했다.

베조스는 전통적인 우편배달 서비스에서 벗어나 무인 드론으로 하늘을 날아 소비자의 집으로 직접 배달하는 혁명적인 방법을 채택하여 세상을 놀라게 했다. 또한 전국적인 일간지《워싱턴 포스트*The Washington Post*》를 인수하여 온라인 콘텐츠를 강화한 덕분에 웹사이트 방문자들이 몇 배로 증가하고 있다. 그리고 우주선 개발과 로켓 재사용이 가능하도록 블루 오리진*Blue Origin*을 설립해 우주로의 여행을 선도적으로 열어 가고 있다. 그의 경영스타일과 기업문화에 대해 회사 내외에서 부정적인 의견도 있기는 했지만, 하는 사업들이 모두 승승장구해 회사 주가가 지속적으로 상승하여 빌 게이츠^{Bill} ^{Gates}를 밀어내고 최고의 부자로 등극했다.

《워싱턴 포스트》와 대담에서 말하길, 불가능하다고 부정적인 견해들이 많았지만 시간과 끈기와 실험이 요구될 뿐, '나는 유전적으로 긍정적인 사람'임을 강조하며 밀어붙여 성공시키는 경우가 많았다고 한다. 그동안 그가 추진한 사업들에 대해 많은 사람들이, 특히 월가의 전문가들이 실패할 거라고 예상했다. 신문에도 자주 그런 기사들이 자주 오르내렸다. 그러나 그들의 예상이 모두 빗나갔다는 어느 토론회 사회자의 말에, "실패를 받아들일 수 없다면(실패를 두려워한다면), 창조할 수도 개척할 수도 없다"고 응답했다. 자신도 여러 번 실패했고 막대한 돈을 손실했음을 인정했다.

> 많은 사람들이 실패할 거라고 비관적이었지만, 그럼에도 불구하고 자신의 꿈을 행동으로 옮겨 추진한 것은 정말 해보고 싶었는데 망설이다 하지 못하고 나중에 가서 그때 해볼 걸 하며 후회하기보다는 결과적으로 실패하더라도 차라리 마음의 소리에 따라 행동으로 옮기는 것이 덜 후회가 된다.
>
> — 제프 베조스, CBS 〈60분〉 인터뷰 중에서

그가 시도한 사업들이 설사 실패하더라도, 한 번뿐인 삶에서 사람들의 눈치를 보며 우물쭈물하거나 다른 사람들의 의견에 좌지우지되지 않고 우유부단하지도 않았다. 현재의 상황에 안주하거나 만족하지 않았다. 우리 앞에 펼쳐진 기회를 스스로 만들어 나가고 최선을 다해 도전하는 그의 기업가정신과 목적의식은 많은 사람에게 영감을 주고 있다.

일론 머스크 앞에는 많은 수식어가 따라다닌다. 이 중에는 '미래 과학의 판타지를 현실로 만든 미국 역사상 최고의 천재 사업가'라는 찬사가 있다. 그는 테슬라와 스페이스X^{SpaceX}의 CEO이다. 남아프리카 공화국에서 태어나 초등학교 시절에는 외톨이였고 몇 년 동안 동료들로부터 괴롭힘을 당하기도 했다. 아버지로부터 정신적인 괴로움을 당하기도 했지만, 컴퓨터에 관심이 많았고 책 읽기를 좋아했다. 잠시 캐나다에서 대학을 다니다, 미국 펜실베이니아대학교 와튼스쿨에서 경제학과 물리학을 전공했다. 졸업 후 스탠퍼드대학 대학원에서 재료공학을 전공하려던 찰나에 인터넷 사업에 뛰어들어 23살에 집투^{Zip2}를 설립하여 많은 돈을 벌게 되었고, 이후 인터넷을 통한 결제 서비스인 페이팔^{PayPal}을 설립하여 더욱더 날개를 달게 되었다.

머스크는 많은 사람들이 상상만 하던 우주여행 시대를 획기적으로 열어가고 있다. 많은 돈을 쏟아 부어 스페이스X를 설립하여 저렴하고 재사용이 가능한 로켓을 개발했다. 하지만 위성 발사에 몇 차례 실패하여 막대한 손해를 입었고 빈털터리가 되기도 했지만 마침내 성공하여 전 세계를 놀라게 하며 우리가 사는 세상을 바꾸고 있다. 그가 원하는 대로 머지않아 우주로의 여행이 자유로워질 수 있을 것이다. 화성으로 사람을 보내겠다는 의지만큼이나 지구의 환경오염으로 인해 화성이나 다른 행성으로 이주가 가능한 시대를 선도적으로 열어가고 있다. 그는 새로운 인간의 역사를 쓰고 있다.

구글Google의 설립자이자 CEO인 래리 페이지Larry Page는 머스크와 허심탄회하게 속이야기를 하며 어려울 때는 서슴없이 도와주는 오랜 친구이다. 그가 옆에서 오랫동안 지켜본 머스크는 '세상을 위해 무엇을 해야만 하는지'를 두고 진지하게 고민하였고, 이에 대한 해답으로 인류가 직면한 자동차와 지구온난화 문제를 해결하기 위해 우주 식민지를 개척해 나가기로 결심했다고 한다.

> 일론이 추구하는 궁극적인 목표는 인류가 다른 행성에 살 수 있는 환경을 만드는 것이다. …일론은 인류의 생존이 다른 행성에 식민지를 개척할 수 있는지에 달려 있다고 믿었기 때문에 이러한 목표를 이루는 데 자신의 인생을 바치기로 결심했다.

— 애슐리 반스Ashlee Vance, 《일론 머스크, 미래의 설계자Elon Musk: Tesla, SpaceX, and The Quest for a Fantastic Future》 중에서

영화 〈아이언맨Iron man〉 주인공의 모티브가 되었다는 일론 머스크의 관심은 우주산업에만 머물지 않는다. 대기 오염의 주범이자 지구온난화의 주범인 화석연료에 의지하는 자동차 산업에 획기적인 변화를 일으키고 있는 전기차 사업을 선도하고 있다. 테슬라 전기차 제조회사의 최고 경영자로 있으면서 여러 차례 위기가 있었다. 전기차의 가장 큰 관건은 값싸고 오래 쓸 수 있는 배터리를 개발하는 데 있다. 마침내 배터리 개발에 성공한 후 테슬라 자동차에 탑재시켜 기존의 가솔린차와 비슷한 가격대로 판매하여 자동차 산업에 큰 변화를 가져오고 있다.

머스크는 에너지 회사인 솔라시티를 공동 창업하여 소비자에게 파격적인 대여료로 미국 주택의 지붕을 태양광 패널로 바꿔 가고 있다. 그의 상상력은 공상과학 영화를 보는 것 같다. 그는 기존의 비효율적인 대중교통 수단에 실망이 컸다. 그래서 로스앤젤레스와 샌프란시스코 구간을 30분 만에 주파할 수 있는 시속 1,280km(최고속도)를 내며 터널을 초고속으로 질주하는 하이퍼루프Hyperloop 프로젝트를 성공시켰다. 정부에서는 뉴욕과 워싱턴 구간 건설을 고려할 만큼 미래의 획기적인 교통수단으로 자리매김할 가능성이 높다.

그는 능력 발휘를 못하는 직원들에게 버럭 화를 내고 험한 말을 하고 냉정하게 해고하는 경우가 있었고, 함께 일하던 직장 동료나 부하들로부터 인간적인 측면에서 부정적인 평가를 받기도 했다. 하지만 그의 상상력과 사업 능력은 혁신의 아이콘 애플*Apple*의 스티브 잡스*Steve Jobs*와 마이크로소프트*Microsoft*의 빌 게이츠를 능가하고 있다. 그칠 줄 모르는 호기심과 도전정신, 혁신을 향한 기업가정신, 미래를 선도하려는 의지는 그의 확고한 목적의식에서 비롯되고 있다. 이와 같은 확고한 목적의식과 불굴의 의지가 우리의 삶을 긍정적이고 생산적인 방향으로 변화시켜 나가고 더 나은 사회로 이끌어 나간다는 것을 보여준다.

chapter 12

타인을
지배하고
학대하는
기형적인
인격

일그러진 권력욕

프로이트 정신분석학은 인간의 무의식 세계에 관심을 갖고 인간의 기본 욕구를 '쾌락을 지향하는 의지'로 보았다. 반면 프로이트를 계승한 알프레드 아들러는 의식세계에 더 집중해 인간의 기본 욕구를 '권력을 지향하는 의지'로 보았다. 권력욕은 다른 사람으로부터 무시당하지 않고 인정받고 싶은 욕구와 함께 다른 사람을 정복하고 우위에 있고 싶은 의지이다. 정도의 차이가 있을 뿐 누구에게나 권력 욕구는 있다. 권력 욕구는 긍정적인 면이 있기도 하지만,

부정적인 면으로 작용하는 면이 많다. 인류 역사는 잘못된 권력 욕구로 인해 수많은 무고한 사람들의 생명을 빼앗고 고통에 빠트리고 많은 희생과 아픔을 겪었음을 보여준다. 그러한 권력의 주인공들은 일반 사람들과는 너무도 다른 삶의 목적을 갖고 있었고 너무 다른 삶의 자취를 남겼다. 독일의 아돌프 히틀러*Adolf Hitler*, 소련의 이오시프 스탈린*Iosif Stalin*, 그리고 이탈리아의 베니토 무솔리니*Benito Andrea Amilcare Mussolini*가 그 대표적인 예라 할 수 있다.

아돌프 히틀러의 정신세계를 지배한 폭력적인 민족주의와 인종주의는 가정환경과 성장 배경, 그리고 역사 선생의 영향이 컸다. 아버지는 세무 공무원으로 권위주의적이고 무례하고 폭력적이었다. 자연히 히틀러의 난폭한 성격과 행동에 영향을 주었고 아버지와의 관계도 좋지 않았다. 그의 어머니는 아버지의 외조카이자 후처였으며 히틀러가 태어나기 전 여러 자식들이 일찍 죽는 아픔을 겪었다. 히틀러는 10대 시절 아버지와 어머니 모두 세상을 떠나는 아픔을 겪어야만 했다. 학업에 대한 의욕을 잃고 성적은 좋지 않았으며 간절히 원하던 화가의 꿈도 포기해야만 했다. 만약 그가 화가가 되어 예술가의 길을 걸었다면, 20세기 인류의 역사는 완전히 달라졌을지도 모른다.

히틀러가 직접 쓴 자서전이자 그의 사상을 보여주는《나의 투쟁*Mein Kampf*》은 그에 관해 많은 것을 알려준다. 학창시절, 그는 독일 민족주의와 인종주의적인 반유대주의를 강조하는 역사 선생 레오폴드 회쉬*Leopold Hoesch*의 말을 그대로 믿고 편향된 사상에 빠져든다. 나중에는 아리아 인종 우월주의에 빠져 유일 최고의 인종인 아리아인이 세계를 지배해야 한다고 믿었다. 독일의 모든 경제적인 어려움이 유대인 때문이라고 믿고 유대인에 적대감을 갖게 된 것이다. 역사에는 끝없는 싸움이 있는데, 그것은 민족 투쟁과 별도로 인종 간의 싸움으로 아리아 인종과 유대 인종의 싸움이 있다고 믿었다. 유대인이 세계를 지배하면 세계는 무덤으로 변하니 유대 인종의 씨를 말려 인류를 구제해야 한다고 믿은 것이다.

히틀러는 독일 육군에 입대해 제1차 세계대전에 참여한다. 그 후 독일 노동자당에 입당해 뛰어난 웅변술을 발휘해 유능한 연설가로 변신하여 정치가의 길을 걷게 된다. 나치당(국가 사회주의 독일 노동당)을 조직하고 1929년 경제 대공황을 지나 가까스로 총리로 임명된다. 전임 대통령이 죽자 국민투표를 통해 대통령으로 선출되어 일당독재 총통이자 독재자로 변신한다. 그는 대중의 분노와 좌절감을 교묘하게 이용했다. 심리적으로 군중들을 선동하고 목적 달성의 도구로 이용하는 고도의 정치가이자 뛰어난 연설가로 변한 것이다. 연설이 책보다 훨씬 영향력이 크고 그림이나 영상은 짧은 시간에 깨우침을 준다고 믿었고, 효과적인 연설의 심리적 조건까지 제시했다. 러시아의 볼셰비키 혁명도 레닌의 저서를 통한 그의 사상에서 비롯된 것이 아니라 수많은 선동하는 사람들의 연설에 따른 증오에 찬 선동 결과라고 믿었다.

총리가 되었을 때는 600만 명의 실업자가 있었지만, 3년 후에는 완전 고용이 될 정도로 독일 경제를 재건했다. 근대 무기도 공군도 없었으며 병력도 10만 명에 불과했지만, 전차군단과 함께 유럽 최강의 육군과 공군을 만들었다. 1939년 체코슬로바키아를 점령하고 폴란드를 침공하여 제2차 세계대전을 일으켰다. 그리고 네덜란드, 벨기에, 프랑스 등 많은 유럽 국가를 침공해 점령하거나 항복을 받아내며 승승장구했다. 하지만 영국에 패한 후 소련을 침공해 모스크바 근처까지 진격했지만 모진 추위로 후퇴할 수밖에 없었다.

히틀러는 1945년 소련군에 포위된 베를린의 총통관저 지하 벙커에서 권총으로 자살하면서 56세에 생을 마감했다. 그로 인해 수많은 사람들이 생명을 잃거나 고통 속에서 살아야만 했다. 특히 유대인이라는 이유로 아우슈비츠 수용소에 끌려가 아이, 부녀자, 노인, 장애인을 가리지 않고 독가스로 학살당한 선량한 사람들이 무려 400만 명이 넘는다. 그는 인간을 죽이는 것을 해충을 퇴치하는 정도로 생각해서 10만 명이 넘는 환자 같은 사회적 약자들을 '쓸모없는' 밥벌레로 여기고 살해했다. 또한 50만 명 이상의 집시들을 살해했고, 폴란드 지식인과 지도층을 포함해 600만 명의 폴란드인들을 살해했다. 그의 삶의 목적을 형성한 잘못된 권력 욕구와 지배 욕구는 폭력적인 민족주의와 인종주의로 포장되어 자신을 포함해 너무도 많은 사람들을 고통과 파멸에 빠트리고 역사적인 비극으로 끝나는 예를 보여주었다.

히틀러와 같은 시대를 산 또 다른 독재자 스탈린도 그리 좋지 않은 가정환경과 지나친 권력욕이 그의 삶에 많은 영향을 주었다. 그는 러시아 제국의 일부였던 조지아에서 태어났다. 구두 제화공으로 일했던 아버지는 알코올중독자였고 폭력적이어서 술에 취해 어머니와 그를 자주 폭행했다. 아버지를 경멸해서 아버지와 다툼이 잦았고 아버지와 관계가 별로 좋지 않았다. 그리고 주변 친구들과의 관계도 좋지 않았다. 그의 이름에서 '스탈'은 러시아어로 '강철'을 뜻하며 '스탈린'은 '강철 사나이'를 의미한다. 강철같이 강하고 치밀하면서도 냉정하고 난폭한 그의 성격은 아버지로부터 물려받은 것이다.

독실한 러시아 정교회 신자였던 어머니는 아들이 성직자가 되기를 원했다. 그는 어머니의 뜻에 따라 교회 소학교를 다녔고 머리가 영리하고 독서를 좋아해서인지 좋은 성적으로 졸업했다. 신학교에 입학해서도 성적이 좋아 장학금을 받기도 했지만, 마르크스, 엥겔스, 레닌 등 공산주의 서적들을 접하면서 공산주의에 심취한다. 공산주의 혁명가의 꿈을 꾸게 되고 급기야는 학교에서 퇴학을 당하게 된다. 마르크스 혁명 사상으로 무장된 러시아 사회민주당에 입당하면서 레닌을 만난다. 마르크스 혁명에 더욱 공격적인 볼세비키당에 입당하면서 혁명에 본격적으로 가담했지만 경찰에 체포되어 시베리아로 여러 차례 추방되고 망명하면서 정처 없이 떠돌기도 했지만, 제기하여 볼세비키당 중앙위원회 위원으로 선출된다.

1917년 2월, 혁명으로 인해 오랫동안 황실을 유지한 제정 러시아가 무너졌다. 임시정부마저 별다른 큰 희생 없이 10월 혁명으로 무너졌다. 라이벌이었던 트로츠키마저 권력투쟁에서 밀어낸 그는 공산당 일인자로서 군부를 장악하고 독재자의 길을 걷게 된다. 그의 장기집권 동안 농업 중심의 가난한 소비에트연방은 중공업과 산업화를 토대로 한 5개년 경제개발 정책과 과학기술 개발에 투자했다. 그 결실로, 경제 대공황으로 서방세계가 마이너스 성장을 하며 경제 침체기를 겪고 있을 때, 소련은 매년 10%가 넘는 경제성장을 이루었다. 영국, 프랑스, 독일을 제치고 미국 다음가는 최대 산업국가가 된 것이다.

스탈린은 1924년부터 1953년까지 무려 30년 가까운 오랜 세월 동안 소비에트연방의 서기장이자 최고 권력자로 있었다. 반대파의 정적을 없애기 위해 가혹한 피의 숙청을 실행하였고 수천만 명을 숙청하는 동안 수백만 명이 살해되거나 투옥되었다. 당과 군부를 막론하고 거의 모든 기관이 숙청의 대상이 되었다. 자신의 지위를 조금이라도 위협할 수 있는 당의 고위 간부들과 경쟁자 대부분이 숙청으로 제거되는 공포정치와 개인숭배 체제를 만들었다. 반대파는 강제 노동 수용소로 보내져 살아남을 수 없는 그야말로 일인 독재체제를 유지했다. 공산주의의 핵심 사상은 저버린 채 인민들을 감시하고 억압하는 데 무자비하고 잔인한 수단이 동원된 것이다. 그러는 동안 그의 마음은 항상 불안감에 쌓여 있었다. 뇌졸중으로 자신의 관저에서 급사해 죽기까지 너무 많은 사람을 무자비하게 죽여, 항상 암살의 공포에 시달려야만 했다. 그의 잘못된 삶의 목표를 형성한 권력의 극대화와 우상화는 독재와 공포정치로 이어지며 많은 사람들에게 비참한 슬픔과 고통을 주고 자신마저 비극으로 결말을 맺었다.

히틀러, 스탈린과 비슷한 시기에 살았던 또 다른 독재자 베니토 무솔리니는 이탈리아에서 파시즘을 주도한 인물이다. 독일, 일본과 함께 2차 세계대전을 일으켜 6천만 명의 목숨을 빼앗고 선량한 많은 사람들에게 고통을 준 장본인 중의 한 사람이다. 그가 직접 쓰고 1928년에 출간한 《무솔리니 나의 자서전*My autobiograph*》에는 어린 시절부터 국가 파시스트당을 창당하고 독재체제를 완성하기까지의 과정이 자세히 그려져 있다. 대장장이였던 그의 아버지는 육체 노동만 한 것이 아니라 정치, 사회문제를 다른 사람들과 이야기하는 것을 즐겨했다. 그의 아버지는 사상적으로 사회주의, 무정부주의, 공화주의가 혼합되었지만 국가주의적인 성향을 보였다. 이러한 아버지의 정치적 이념이 평생 무솔리니에게 영향을 주었다. 그는 어머니를 가장 사랑했는데, 어머니는 무솔리니가 훗날 뭔가 큰일을 할 거라고 말하곤 했다.

무솔리니는 어렸을 때부터, 세상은 불평등하고 부당한 특권을 누리며 민중을 짓누르는 계층이 있다고 믿었다. 사람들은 가난의 고통 속에서 불안을 느끼며 살고 있다고 믿었다. 수도회에서 운영하는 기숙학교를 다녔는데, 동료 학생들에게 폭력을 가하고 학교 건물에 돌을 던지기도 해 퇴학을 당했다. 그렇지만 다른 학교에 들어가 좋은 성적으로 졸업하고 사범학교에서 공부하여 교사 자격증을 취득해 잠시 초등학교 교사가 되기도 했다. 이탈리아 사회당의 당원이 되어 스위스 망명 중에 마르크스주의의 대혁명가인 레닌과 친밀하게 지내며 사회주의에 빠져든다. 이탈리아의 영광을 위해서, 그리고 과거의 찬란한 로마제국의 부흥을 위해서는 사회주의는 실패한 이론이라는 결론에 이르렀고, 결국 민족주의와 사회주의를 결합한 독자적인 정치이론인 파시즘을 생각해낸다.

《무솔리니 나의 자서전》에서 지적한 것처럼, 파시즘은 이탈리아를 문란하게 하는 오랜 기생충에 대항하는 정치운동으로 규정했다. 그리고 민주주의를 반대하고 엘리트에 의한 국가통치를 기반으로 한 국가 전체주의로 나아갔다. 1919년 밀라노에서 약 200명으로 구성된 '이탈리아 전투자 파쇼'를 결성하고 급격하게 세력을 늘려 갔다. 1921년에는 '국가 파시스트당'이라는 정식 정당으로 재편하여 그는 의회 의원으로 선출되었다. 다음 해에는 쿠데타에 성공해 39세에 총리가 되었다.

국가의 주권을 자신에게 귀속시키고 모든 권력을 독점하기 위해 자신의 권력에 부담이 되는 헌법 조항을 폐지하고 의회를 해산하고 지방 자치도 폐지하여 일인 독재체제를 갖춘다. 준군사조직인 '검은 셔츠단'과 함께 비밀경찰 조직인 '반파쇼 분자 진압을 위한 조직'을 만든다. 반대세력을 거침없이 철저히 탄압하고 처단하는 경찰국가로 권력을 유지하였고 파시스트의 폭력은 전국적으로 잔인하게 행해졌다. 폭력적인 방법으로 일당 독재체제를 유지하면서 자신에 절대적인 복종을 강요하였다.

히틀러와 스탈린처럼 언론과 영화 등 모든 매체를 독재의 도구로 활용하였으며 자신의 이념과 체제을 선전하고 사람들을 세뇌시키고 군중 심리를 이용하였다. 1939년 독일 나치스 정권과 군사동맹을 체결하고 제2차 세계대전을 일으켰지만 영국군에게 패했다. 영미 연합국이 시칠리아 섬을 점령하자 이탈리아는 패전이 이르게 되었고, 결국에는 쿠데타가 일어나 스페인으로 출국을 시도하던 중 체포되어 총살되었다.

《무솔리니 나의 자서전》에서 말하길, 자신의 이익을 위해서 싸우지 않았고 다른 사람에게 무엇인가 좋은 것을 주기 위해서, 그리고 국가의 최고 이익을 목표로 삼아 살아왔다고 변명했다. 이탈리아의 영광과 행복을 위해서 파시즘이 이탈리아를 지배하기를 바란다고 했다. 하지만 그는 군, 경찰, 언론 등 모든 국가 기구들과 시민들을 자신의 권력욕을 채우는 도구로만 사용했다.

앞에서 지적했듯이, 권력 욕구는 정도의 차이가 있을 뿐 누구에게나 있다. 권력을 좋은 방향으로 잘 사용하면 많은 사람을 유익하게 하고 도움을 줄 수 있다. 반면에 수단 방법 가리지 않고 권력을 쟁취하고 유지하면서 권력의 늪에 빠져 자신의 유익을 탐하는 데 눈이 멀면 많은 사람이 희생 제물이 되어 고통과 신음에 쌓이게 된다. 일반적으로 어린 시절에 좌절감과 열등감을 많이 느끼고 인격적인 장애가 있는 사람들이 권력과 지배, 명성에 관심을 갖고 정치에 뛰어드는 경향이 있다. 사람들 위에서, 조직의 정점에 서서 사람들에게 명령하면서 자기에게 복종하는 것에 희열을 느낀다. 복종하지 않는 사람에게 처벌과 제재를 가하는 맛을 느끼면서 사람들이 자기를 알아주고 두려워하는 것에 재미를 느낀다.

권력 욕구와 지배 욕구가 너무 지나치게 삶의 목적 형성에 영향을 주면, 히틀러, 스탈린, 무솔리니에게서 보듯이 잘못된 세계관과 민족주의, 인종주의, 사회주의, 전체주의로 빠져들면서 너무도 많은 사람들을 죽음으로 몰아간다. 자신의 잘못된 행동에 대해 아무런 죄책감을 느끼지 않으며 자기 성찰과 반성은 찾아볼 수 없다. 오히려 자신은 의인이라 합리화하고 국민의 안전과 미래를 위해 자신의 권력을 사용한다며 수많은 선량한 사람을 고통과 슬픔 속에 빠트린다. 권력의 도취에서 빠져나오지 못하다가 자살이나 살해되어 삶을 마감하게 된다. 누구의 자아에도 천사와 악마의 두 세계가 공존하지만 대부분의 사람들은 자기 성찰과 반성, 또는 자기 투쟁을 통해 악한 마음을 물리치고 선한 사람이 되려고 한다. 하지만, 지나친 권력 욕구와 지배 욕구를 만족시키기 위해서 수많은 사람의 고통과 아픔을 희생 제물로 삼는 사람들은 사악한 권력욕이 어떻게 잘못된 삶의 목표로 이어져 엄청난 비극을 초래하는지를 잘 보여준다.

분노와 좌절감

분노·좌절·소외·공포 등 정신적 상처는 때로는 더 나은 자신을 만들려는 투쟁 원인이 되고 동기부여가 될 수 있다. 하지만 많은 경우 자기 자신뿐만 아니라 타인에게도 큰 피해를 주는 원인이 된다. 여기에 가학적인 성향이 더해지면 사이코패스가 되고, 반사회적, 반국가적 성향을 갖게 되면 대량 살인과 사회와 국가 전복 형태로 나타난다.

잔인한 살인 사건이 전혀 모르는 사람들 사이에 일어나기도 하지만 잘 알고 있는 사람들 사이에서, 예를 들면, 가정, 직장, 연인 사이에서 빈번히 벌어진다. 대부분 돈이나 치정, 증오 때문이다. 휴스턴에서 30분 거리에 위치한, 중산층 가정이 많이 사는 슈거랜드에서 살인 사건이 벌어졌다. 괴한이 침입하여 총을 쏴 어머니와 큰 아들은 그 자리에서 죽고 아버지와 작은 아들은 중태에 빠졌다. 미궁에 빠졌던 이 사건은 나중에 범인과 관련된 사람의 신고로 그 전모가 밝혀졌다. 범인은 바로 작은 아들이었는데, 부모의 많은 재산을 노리고 홀로 유산을 받기 위해 친구에게 돈을 주고 자신을 제외하고 전 가족을 죽이게끔 했다. 완전 범죄를 위해 친구가 자신에게도 총을 쏘게끔 각본을 짠 것이다. 이 살인 사건이 일어나기 전에도 그는 몇 차례나 가족을 죽이려고 시도했지만 실패했다. 20대인 범인은 한 인터뷰에서, "나는 부모의 사랑을 느끼지 못했다"고 말했다.

하지만 그 부모의 두 아들 사랑은 지극정성이었다고 한다. 많은 미국 사람들은 '사랑한다'는 말을 하루에도 여러 차례 한다. 그의 부모는 말과 행동으로 두 아들을 공평하게 사랑했지만, 그는 부모의 많은 재산을 가지고 남은 평생을 편안하게 살 생각으로 가족을 죽인 사이코패스였다. 결국 사형선고를 받고 감옥에서 사형집행일만 기다리게 되었다. 그의 아버지는 나중에 사건의 진실을 모두 알게 되었지만 그럼에도 불구하고 아들에 대한 사랑은 변하지 않았고,

오히려 아들의 사형 면제를 위해 백방으로 뛰어다니며 호소했다. 2019년 1월 사형집행일 날, 그는 사형장으로 가 죽음을 기다리고 있는데, 텍사스 주지사는 그의 사형 집행을 취소하는 결정을 내렸다. 아버지의 사랑과 용서가 주지사의 마음을 움직여 기적 같은 일이 벌어진 것이다.

성인들만 잔혹한 살인을 저지르는 것이 아니라 미성년자인 중·고등학교 학생들도 살인자의 대열에 합류하고 있다. 학교 또는 사이버 상에서 벌어지는 왕따와 우울증이 주요 원인으로 파악되고 있다. 1999년 4월 20일 콜로라도주 리틀턴에 있는 콜럼바인 고등학교에 재학 중이던 에릭 해리스와 딜런 클리볼드는 12명의 학생들과 1명의 선생을 총으로 쏴 죽였다. 자신들도 자살해 미국 전역에 걸쳐 사람들을 큰 충격에 빠트린 사건이었다. 그들은 중산층 가정의 자녀들로 머리가 우수한 재능이 있는 학생들이었다. 하지만 여러 해 동안 급우들로부터 심한 왕따를 당해 제대로 학교생활을 할 수 없었다.

FBI의 심층조사에 의하면, 에릭 해리스는 자신이 메시아처럼 우월한 존재라고 여기는 사이코패스 성향이 있는 위험한 학생이었다. 반면 딜런 클리볼드는 여학생들에게 별 인기가 없고 우울증이 심해 일기장에 자주 자살을 생각하는 학생이었다. 이들은 다른 사람들을 죽이고 자신도 죽는 것을 별로 대수롭지 않게 생각했다. 콜럼바인 고등학교 대학살 이후에도 대학교, 고등학교, 중학교에서 총으로 다른 학생들을 쏴 죽이거나 자살하는 학생들이 계속 나오고 있다. 심지어는 초등학교에서도 살인 사건이 발생하고 있는 실정이다.

범죄 심리학자들 중에는 대량 학살을 저지르는 연쇄살인범들은 일반 사람들과는 달리 살인 유전자가 있다고 주장하는 이도 있다. 그러한 유전자는 유전되거나 이미 태어날 때부터 결정된다는 것이다. 자신을 통제할 수 없을 만큼 분노한 상황에서 대부분의 사람들은 살인이나 상대방에게 치명적인 가해를 입히지 않는다. 반면에 살인범들과 흉악범들이 타인의 생명을 빼앗거나 치명상을 입히는 것은 그들에게 내제되어 있는 살인 DNA가 작동하기 때문이라는 것이다. 하지만 유전자보다 환경적인 요인을 강조하는 학자들은 살인자들은 어린 시절부터 사랑을 제대로 받지 못했거나 정신적, 육체적 학대를 받았던 경우가 많다고 주장한다. 그리고 좋은 환경에서 자라는 또래 아이들을 보며 심한 열등감에 쌓여 분노와 외로움 속에서 반사회적인 성향을 갖게 된다는 것이다. 분명히 인간은 환경의 산물이다. 물론 어려운 환경을 뛰어넘는 사람들도 많다.

휴스턴 교외에 살던 평화로운 가정에 살인 사건이 일어났다. 어느 젊은이는 국경을 넘어 미국으로 들어왔지만, 일자리도 없고 돈도 떨어져 허기진 배를 물로 채워야만 했다. 하도 배가 고파 허기진 배를 채우기 위해 어느 집을 침입했다. 집에 있던 소녀가 놀라 비명을 지르며 저항하자 자신도 놀라고 두려워 그만 엉겁결에 목을 눌러 죽였다. 나중에 알고 보니 그 살인자는 편모 가정에서 태어나 아버지는 누구인지도 모르고 컸고, 어렸을 때 생모로부터 버림받아 사랑을 제대로 받지 못하였다. 그리고 제대로 교육을 받거나 직업을 가질 수도 없어 힘든 삶을 살아야만 했다.

소녀의 어머니는 이 세상에서 무엇과도 바꿀 수 없을 만큼 가장 소중하고 고귀한 외동딸이 집에 침입한 잔인한 강도에게 큰 상해를 입고 죽어 가는 모습을 지켜보아야만 했다. 살인자를 갈기갈기 찢어 죽이고 싶었고, 증오감과 복수심에 밤잠을 이룰 수가 없었다. 하지만 어머니는 살인자의 딱한 사정을 알게 되었다. 어둡고 어려운 환경에서 성장한 사람을 죗값으로 사형시켜 세상을 떠나게 하면, 또 하나의 생명을 떠나보내야만 하는 현실이 안타깝다고 생각하게 된 것이다. 세상을 떠난 딸도 그걸 원하지 않을 것 같다는 판단이 생겼다.

자기 자신도 살인자에 대한 미움과 증오감으로 남은 평생을 지낸다면 고통이 더욱 심할 것이라는 것을 알았다. 오히려 사랑으로 살인자를 용서하고 포용하니 마음에 평화가 다시 찾아왔다. 그녀는 자신의 하나밖에 없는 소중한 딸을 살해한 살인범의 사형에 반대하는 청원서를 써서 사형을 면하게 했을 뿐만 아니라 살인자를 자신의 양자로 삼았다. 이 사연이 큰 화제가 되어, 어느 날 그 어머니는 토크쇼 〈오프라 윈프리 쇼the Oprah Winfrey Show〉에 나와 자신의 심정을 이야기했다. 참으로 감동적이었다.

지금까지 의미 있는 삶을 사는 데 있어서 우리의 삶의 목적을 발견하고 형성하는 데 깊이 관여하는 것들을 논의했다. 구체적으로는 부모, 선생 등 가정환경과 충격적인 사건들, 종교적이고 정신적인 배경, 어려움과 불의를 넘어서려는 의지, 야망과 미래 창조, 권력 욕구, 그리고 분노와 좌절감을 살펴보았다. 하지만 많은 사람들은 앞에서 열거한 어떤 요인에도 속하지 않고 너무도 우연한 기회에 운명이 결정되는 것을 살면서 자주 목격한다.

예를 들어, 어느 날 CBS 아침 뉴스 프로그램 〈모닝〉에서는 다음과 같은 특이한 사연을 소개한 적이 있었다. 어느 청년이 돈이 필요해 젊은 패기에 총을 들고 은행에 들어가 돈을 털었다. 그 청년은 나중에 경찰에게 잡혀 중형을 선고받고 감옥에서 수감생활을 하게 되었는데, 같은 감옥에서 억울하게 수감 생활하는 죄수들을 알게 된다. 동료 죄수를 돕기 위해 대학 문턱에도 가보지 못했고 법에 대해 까막눈이었던 그가 감옥에서 법전을 뒤지며 법을 공부하게 된다. 인터넷으로 대학 강의도 들으며 수년간의 독학으로 얻은 법에 대한 지식으로 동료 죄수들이 무죄임을 변론한 덕분에 그들이 사면되었다. 심지어는 대법원에서도 그의 손을 들어주었다.

그는 그때 이미 변호사들보다 훨씬 뛰어난 실력을 갖추고 있었다. 감옥에서 나오자 지인 변호사의 권유로 정식으로 로스쿨을 다니고 변호사가 되었을 뿐만 아니라 유명한 대학교의 법과대학 교수가 되어 큰 화제가 되었다. 너무도 평범했던 그는 은행을 털어 수감되기 전에는 자신의 운명과 자신의 삶의 목적을 알지 못했을 것이다. 자신도 알지 못했던 법에 대한 타고난 재능이 동료 죄수들의 억울한 사연을 접하게 되는 우연한 계기로 삶의 목표와 방향이 분명해진 것이다.

또 다른 사례로 어느 평범한 삶을 살던 남성 역시 죄를 짓고 감옥생활을 한 후, 깨달음이 있었는지 공부를 열심히 해 의과대학에 진학하고 훌륭한 의사가 되어 큰 화제가 된 적이 있었다. 감옥에서는 많은 사람들이 사회에서는 겪어볼 수 없는 힘들고 특이한 경험 때문인지 삶의 방향이 부정적으로, 또는 긍정적으로 바뀐 사람들이 많다. 앞의 두 가지 사례에서 보듯이, 감옥이라는 극한의 상황에서 어떤 사람들은 자기의 소질과 소명을 발견하고 의미 있는 삶을 살게 된 계기가 된 것이다. 어떠한 극한의 상황에서도 우리는 중요한 의미와 메시지를 발견할 수 있고, 이를 계기로 새로운 삶을 살수가 있다.

그러한 극한의 상황을 자신이 원하지 않았더라도, 자신의 잘못된 행위로 인한 결과물이라는 점에서 자기성찰을 통해 과거와는 전혀 다른, 참 의미 있는 삶을 깨닫고 그 길을 갈 수가 있다. 중요한 것은 어떤 비관적인 상황에 직면하더라도 비관적으로 해석하지 않고 오히려 긍정적으로 받아들이고 자신을 발전시키고 성장시킬 수 있는 전환점으로 만들 수 있다는 점이다. 똑같은 상황을 두고도 어떤 사람들은 극히도 비관적으로 받아들여 쇠락과 퇴보의 길을 걷는가 하면, 어떤 사람들은 자신을 돌이켜보고 긍정적으로 받아들여 오히려 발전과 성장의 기회로 만든다.

2002년 아카데미 작품상을 받은 영화 〈뷰티풀 마인드*A Beautiful Mind*〉의 제작자는 브라이언 그레이저*Brian Grazer*이다. 그는 변호사인 아버지 덕분에 여유로운 생활을 했다. 하지만 어린 시절부터 난독증으로 인한 학습장애로 중·고등학교 때 많은 과목에서 F를 받았을 정도로 학교생활이 힘들었다. 설사가상으로 고등학교 때는 부모마저 이혼해 큰 충격을 받았다. 하지만 열심히 공부해 로스앤젤레스에 있는 서던 캘리포니아대학에서 장학금을 받고 입학해 영화 텔레비전 스쿨에서 공부했다. 변호사였던 그의 아버지처럼 변호사가 되려고 작정했었다.

대학 졸업 즈음, 이미 같은 대학 로스쿨에서 입학통지를 받은 상태에서 인턴 생활 3개월을 우연히 워너브라더스 사무실에서 하게 되었다. 바로 여기에서 그의 삶의 목적과 방향이 완전히 바뀐다. 보수도 상대적으로 좋았지만 할리우드 스타들을 멀리서 지켜보는 것만으로도 기분이 좋았다. 1년 후 로스쿨을 그만두고 본격적으로 할리우드 스타들과 함께하며 영화제작에 뛰어들었고, 론 하워드Ron Howard와 함께 '이메진 엔터테인먼트Imagine Entertainment'를 창업해 수많은 주옥같은 작품들을 만들어 냈다. 영화 〈뷰티풀 마인드〉뿐만 아니라 〈아폴로 13Apollo 13〉, 〈다빈치 코드The Da Vinci Code〉, 〈8마일8 Mile〉, 〈아메리칸 갱스터American Gangster〉 등 명작들이 그의 손을 통해 만들어졌다.

그가 제작한 영화와 TV 작품들이 43번의 아카데미상 후보와 187번의 에미상 후보에 올랐다.《타임Time》은 세계에서 가장 영향력 있는 100명의 저명인사 중 한 명으로 그를 선정하기도 했다. 워너 브라더스 사무실에서 우연한 기회에 잠시 일한 것을 계기로 영화 제작자의 길을 걷게 되었지만, 그의 가슴 속에서는 항상 무언가 새로운 것, 그리고 진실을 향한 호기심이 살아있었다. 그의 삶은 항상 호기심에 의해 움직였다. 그가 할리우드 유명 스타이든 평범한 사람이든 누구와도 거리낌 없이 편하게 대화를 나누는 비결은 바로 호기심이다. 할리우드 스타들처럼 4번의 결혼과 3번의 이혼을 한 그의 호기심은 정말 칭찬할 만하다. 그는 호기심은 질문하는 것이요, 인생은 질문하는 것이지 답을 구하는 것은 아니라고 했다.

내가 원하는 삶을 살게 된 것은 호기심 때문이다. 호기심은 세상을 이해하는 방법에 그치지 않고 세상을 변화시키는 방법이다.

— 브라이언 그레이저, 찰스 피시먼Charles Fishman, 《호기심A Curious Mind》
중에서

브라이언 그레이저의 사례에서 보듯이, 의미 있는 삶을 발견하는 것이 너무도 우연한 계기로 이루어질 수 있다. 마음 한 구석에서 자신이 진정 원하는 삶이 은연중 내재되어 있다가 우연한 경험과 사건을 통해 확신하게 될 수도 있다. 우리는 진정 자신에게 어떤 삶이 의미 있는지 잘 모르는 경우가 많다. 설사 안다고 하더라도, 자신에게 의미 있다고 생각하는 것을 현실적으로 실현해보려고 하다가도 자신의 생각이나 기대와는 너무도 다르다는 것을 발견하고는 포기하는 경우도 많다. 우연히 어떤 경험을 하거나 예상하지 않던 사건을 통해 평생을 바쳐 가야 할 길을 발견할 수 있으니 가능성을 항상 열어놓아야 한다. 다양한 경험은 의미 있는 삶의 발견에 좋은 촉매제가 될 수 있으니 호기심을 갖고 세상으로 나아가는 자세가 필요하다.

삶의 진정한 기쁨은 자신이 세운 위대한 목표를 위해 사는 것이다.

— 조지 버나드 쇼

part 4

피어나는

꽃이

지기 전에

꽃이 항상 피어 있는 것은 아니다. 꽃은 기후 변화에 예민하여 적당한 조건의 기후가 갖춰지면 피었다가, 기후가 바뀌면 시든다. 봄에 피는 개나리, 진달래, 장미, 목련꽃들은 살을 도려내는 듯한 혹한의 동장군이 물러나고 따뜻한 봄기운이 대지를 적실 때 화사하게 피어오른다. 그러다가 한번 세찬 봄비가 지나가거나 무더워지기 시작하면 그 아름답던 꽃들이 모두 시들고 땅에 떨어져 주변은 온통 꽃잎으로 물들게 된다.

　우리의 삶도 마찬가지다. 항상 활짝 피어 있는 것이 아니다. 때로는 행복했다가도 때로는 불행하고, 건강하다가도 병에 걸려 병치레를 하기도 한다. 현재 이 순간이 영원할 것만 같아도 지나고 보면 찰나요 순간이었음을 알게 되듯이, 아프고 병치레를 하면서 아주 오래 살아봐야 백 년 인생이다.

나는 박사학위를 받은 후, 첫 직장을 일리노이에 있는 어느 대학에서 시작했다. 학기 초에 소속 단과대학에서 마련한 신임 교수들을 위한 야유회에 참석해 학교에서 약 두 시간 떨어진 아름다운 자연으로 투어를 다녀온 적이 있었다. 돌아오는 길에는 일리노이를 대표한 연방 하원의원과 상원의원을 지냈지만 민주당 대통령 후보에는 지명되지 못했던 폴 사이먼*Paul Simon*과 함께 그의 아름다운 집에서 식사를 했다. 그곳의 거실에는 케네디 대통령 등 역대 대통령들과 나누었던 편지들과 사진들이 벽에 가득 걸려 있었다. 김대중 전 대통령이 감옥에 투옥되었을 때 석방을 위해 그가 탄원서를 미국 국회에 제출했던 것 등을 포함해 북한의 동향과 한반도의 미래에 대해 여러 가지 이야기를 함께 나누기도 했다. 그리고는 세월이 흘러, 신문에서 그의 사망 소식을 접하게 되었다. 일전의 그의 모습이 생생히 떠올랐다. 아무도 세상을 떠날 날을 예측할 수 없고 삶은 참으로 짧다는 생각이 스쳐 지나갔다.

아무리 대단한 영웅도 시간이 지나면 잊히게 된다. 역사적으로 큰 업적을 남긴 인물이라고 해도 많은 사람은 기억하지 못한다. 하물며 인기 있는 연예계 스타나 스포츠 스타라고 한들, 거물 정치인이나 경제인이라고 한들 시대가 바뀌면 사람들이 별로 기억하지 못한다. 학계에서 떵떵거리던 교수들도 퇴직할 때 연구실을 정리해 학교를 떠나면, 사람들의 기억 속에서 잊히고 어느 날 사망했다는 소식을 접하게 된다. 사람들이 자기를 기억해주길 바라는 간절함이 그리 소용이 없음을 세월이 말해준다.

기원전 10세기, 이스라엘의 솔로몬은 다윗왕의 아들로 태어나 이스라엘왕국의 전성기를 이룬 인물이다. 한 아이를 두고 서로 자신의 아이라고 주장하는 두 여인이 있었다. 그는 '살아있는 아이를 반으로 나누어 반쪽씩 나누어 주라'고 명령하였을 때 울며 반대하던 여인이 진짜 엄마라고 판결할 정도로 지혜로운 왕이다. 그는 왕으로서 세상의 온갖 영화를 다 누려본 사람이다. 하지만 예수는 "그의 영화는 들에 핀 한 송이 백합보다 못하다"고 했다. 이는 세상의 부귀영화와 권력의 허망함을 이야기하는 것으로 우리 모두는 꽃이 땅에 떨어지기 전에, 우리의 생명이 끊어지기 전에, 헛된 욕망을 좇지 말고 진정한 삶의 목적을 이루고 의미 있는 삶을 살아야 한다.

삶의 목적은 저절로 이루어지거나 가만히 있다고 해서 이루어지지 않으며, 상당한 노력과 인내, 그리고 지혜가 있어야 이룰 수 있다. 산모가 모진 진통을 겪고 난 후에야 아이를 출산하듯이, 의미 있는 삶의 실현은 많은 진통과 고뇌의 시간을 겪을 수밖에 없다. 어떤 경로를 통해 삶의 목적이 형성되었든지, 또 어떤 삶의 목적을 향해 걸어가든지, 그 과정에서 갖은 어려움과 시련, 고통이 수반되는 것은 누구나 비슷하다. 끊임없이 자신의 목적을 생각하면서 어려움을 극복하기 위해 힘써야 하는 것은 목적을 성취한 사람이나 그렇지 못한 사람이나 마찬가지이다.

의미 있는 삶을 실현하는 최적의 방법이나 법칙은 존재하지 않는다. 하지만 의미 있는 삶을 성취한 또는 성취하고 있는 이들의 사례를 분석하면 다음과 같은 몇 가지 공통점을 발견하게 된다.

첫째, 현상 유지에 급급하기보다는 무모하게 보일지라도 위험을 무릅쓰고 도전하는 용기, 그리고 남들이 가지 않는 길을 개척해 가는 개척자 정신.

둘째, 가슴속에 살아 숨 쉬는 열정, 그리고 어떤 어려움에 직면해도 견뎌내는 끈기와 실패해도 딛고 일어서는 회복력.

셋째, 목적을 향해 가는 과정을 사랑하고, 이 순간과 현재, 그리고 일 자체를 즐기는 자세.

넷째, 지나치게 분석적이고 비판을 잘하는 냉철한 머리보다는 관대하고 포용력 있으며 연민의 정이 많은 넓은 가슴과 따뜻한 마음.

chapter 13

도전하고
모험하는
개척자
정신

위험을 감수하지 않고서 삶의 목적이 성취되는 경우는 드물다. 오히려 위험이 목적의식을 강화하고 목적을 더 분명하게 하며, 때로는 새로운 기회를 만들어주기도 한다. 기존의 길을 가지 않고 새로운 길을 개척하는 사람에게는 그 길이 어렵게 느껴질 수 있지만, 위험은 자신이 가야 할 방향을 분명하게 한다. 이미 정해진 길을 가는 사람에게도 위험은 언젠가는 마주해야 할 손님이다.

어쩌면 살아가면서 하는 가장 큰 모험은 어떠한 모험도 하지 않는 것일지도 모른다. 위험을 피하기 위해 집을 가장 안전한 피난처로 생각하고 집에서 TV, 컴퓨터, 또는 소셜 미디어에 빠져 인생을 낭비하는 것만큼 가장 무모한 행동은 없다. 안정되어 있다고 사람들이 말하는 길을 따라 무난한 삶을 살아야 할지, 앞이 잘 보이지 않고 예측하기 어렵지만 도전하고 모험하는 삶을 살지, 기존의 관습과 틀에 맞춰 현재에 익숙한 삶을 살지, 아니면 새로운 길을 모색하고 더 나은 사회를 건설하고자 미래를 향해 살아갈지는 각자의 선택이지만, 위험을 감수하고 도전하지 않으면 발전하기 힘들고 목적을 성취하기도 힘들다.

어린 시절에 시력과 청력을 잃은 헬렌 켈러는 "안전한 삶은 현실적으로 존재하지 않습니다. … 인생은 위험을 무릅쓰거나 아무것도 하지 않거나 둘 중의 하나입니다"라고 했다. 그녀는 위험이 두렵고 무섭다고 해서 세상으로부터 도망치지 않고 평생을 장애와 함께하며 살았다. 위험을 긍정적으로 받아들이고 위험에 맞서 세상으로 적극적으로 나아가 왕성한 사회 활동을 하며 좋은 글을 남겼다. 미국계 영국 시인인 T. S. 엘리엇*Thomas S. Eliot*은 "위험을 감수하고 멀리 나아가는 사람만이 자신이 얼마나 멀리까지 갈 수 있는지 알 수 있다"고 했다. 내 앞에 위험이 있더라도 무서워 회피하기보다는 더 나은 삶을 위해 위험을 감수하고 기회로 여겨 도전할 수 있는 용기가 필요하다.

도전하고 모험하는 사람들

~~~~~~~~~~~

테슬라의 CEO 일론 머스크가 추진하던 전기차 사업은 친환경적이지만 배터리 수명이 짧고 비싸며 무겁기에 자동차 가격이 비싸질 수밖에 없다 보니 수익성이나 경제성이 없고 위험도가 컸다. 그 때문에 전문가들은 전기차 사업을 회의적으로 바라보고 있었다. 하지만 일론 머스크는 수명이 길고 저렴한 배터리를 개발하여 테슬라 자동차에 사용하였고, 그로 인해 전기차의 주문량이 폭주하여 수익성이 한층 나아졌다. 일론 머스크가 추진하는 민간 우주 사업 스페이스X는 더욱더 위험성이 커서, 한때 전 재산을 다 날릴 정도였다. 저렴하고 재사용이 가능한 로켓을 개발하기까지 어려움이 많았고, 위성 발사도 몇 차례 실패했다. 연속된 실패로 인해 의기소침해질 만도 하건만, 스페이스X의 전 임원의 이야기에 따르면, 2008년 팰컨 로켓 발사가 세 번 연속 실패한 후 머스크는 "절대로 포기하지 않을 것이다. 절대로!"라고 말하며 흔들리는 직원들의 마음을 다잡았다고 한다.

마침내 로켓 발사는 성공해 우주로의 여행을 선도적으로 이끌어 가고 있으며, 다양한 국가에서 수주를 받아 로켓을 쏘아 올리고 있다. 그는 어느 인터뷰에서, "끈기는 매우 중요하니 절대 포기하지 말 것"을 당부하면서 "위험을 감수하는 자세가 무척 중요하다"

고 강조했다. 머스크를 분석하고 심층 취재한 애슐리 반스*Ashley Barnes*는 "그와 대화하면서 가장 놀랐던 것은 언제든지 자신의 재산 전부를 잃을 각오로 도전하는 자세였다"고 했다. 비록 그의 무모한 도전이 리스크를 계산하고 진행하는 것일지라도 극단적인 도전은 단한 번에 그의 재산과 열정을 다 날려 보낼 가능성이 있기에 너무나 아슬아슬하다. 하지만 그는 오히려 위험을 기꺼이 받아들이고 모험과 도전을 즐겼다.

도요타*Toyota*의 창업자 도요타 기이치로豐田 喜一郎는 원래 방직기를 만들던 회사를 자동차 제조사로 바꾸는 데 도전하여 세계 최고의 자동차 제조회사로 만드는 데 성공했다. 도요타는 고객을 우선시한다. 또한 모든 직원이 참여하고 의견을 제시하여 끊임없는 개선을 통해 품질이 뛰어난 자동차를 생산할 수 있었고 좋은 가격에 판매하였기에 장기간 세계 판매량 1위를 고수했다. 도요타는 TQM*Total Quality Management*의 교과서로써 모든 기업이 벤치마킹하는 회사이다.

승승장구하던 도요타가 미국발 금융 위기와 가속페달 결함으로 대량 리콜사태를 맞아 큰 위기를 겪으면서 제너럴모터스*GM, General Motors*에 판매량 세계 1위의 자리를 내주기도 했지만, 창업주의 손자인 도요타 아키오가 입사한 지 25년이 되는 2009년에 최고 경영자의 자리에 올라 위기의 한가운데서 현장 중시 경영과 현지화 전략,

연구개발 집중과 기술 혁신을 통해 세계에서 가장 많은 자동차를 판매하여 다시 세계 1위 자리를 되찾았다. 도요타 아키오는 강조한다. "우리는 실패를 두려워하지 말고 무엇이든 도전해 나가야 한다."

세계에서 제일 잘 나간다는 기업인 구글, 마이크로소프트, 페이스북, 테슬라, 아마존, 알리바바의 창업자들을 보면, 그들의 공통점은 부모의 어떠한 간섭 없이 자신의 꿈과 본능, 그리고 통찰력을 믿고 아이디어를 현실로 이루어냈다는 점이다. 이들은 사업을 시작했을 때부터 주변에서 회의적인 반응을 보여도 불굴의 모험심을 갖고 사업을 추진해 성공시켰다. 혹자는 이러한 창업가적 모험심과 추진력을 그들이 가진 우수한 유전자, 즉 유전적 측면에서 해석하여 단순화시키는 사람들도 있다. 하지만 이들은 끊임없이 변화하는 소비자의 욕구를 충족시키기 위해 무수한 경쟁자들과 경쟁하면서 계속해서 현명한 선택과 결정을 해나가는 승부사적 혜안과 기질을 갖고 있다.

이것은 그 사람만의 본능과 경험에서 우러나는 것이지 책을 많이 읽는다고 되는 것이 아니며, '헬리콥터 맘'처럼 부모가 자식을 위한다는 명분으로 자식의 모든 것에 관여하고 대신 결정한다고 해서 되는 것도 아니다. 그들은 사람들이 아무리 어렵고 안 된다고 하더라도 상관하지 않는다. 자신이 해야겠다고 결심하면, 어떠한 어려움과 역경, 실패에 직면하더라도 좌절하지 않고 목표를 성취할 때까지 앞만 바라보고 질주하면 언젠가는 이루는 것이 세상의 이치임을 증명하고 있다.

미국 역대 대통령의 평가에 관한 어느 연구에 의하면, 워싱턴, 링컨, 루스벨트 대통령들과 같은 위대한 대통령들은 현상 유지보다는 커다란 변화를 일으켜 나라를 한 단계 발전시켰다. 반면 무능한 대통령들은 현상 유지에 급급하고 국민 여론에 끌려다니다가 임기가 끝난다. 즉, 위대한 대통령은 더 나은 나라를 만들기 위해 위험을 무릅쓰고 새로운 비전과 정책으로 모험하고 도전했던 사람들이라는 것이다. 기존 체제와 정책에 안주하고 위험이 두려워 모험도, 도전도 하지 않는 대통령은 나라의 발전에 기여하지 못한다. 위기가 위인을 만들고 시대가 위인을 길러낸 측면도 있지만, 위기를 점진적으로 관리할 수 없다면 과감하게 위기와 맞서 혁명적으로 돌파하는 수밖에 없다.

워싱턴이 영국으로부터 독립하기 위해 전쟁을 치른 것은 매우 위험한 모험이었고, 서로 다른 13개 주를 하나의 나라로 만드는 것도 정말 어려운 도전이었을 것이다. 링컨이 당시에는 인간으로 취급받지도 못하는 흑인 노예를 해방한다고 선언한 것은 정말 위험한 모험이었고 노예제도를 지지하던 남부 주들과 전쟁하는 것은 너무도 어려운 도전이었을 것이다. 루스벨트는 대공황으로 많은 사람이 직장을 잃고 힘들어할 때 뉴딜 일자리 프로그램과 사회보장 노령연금 프로그램, 실업수당 등 사회보장제도를 만들어 실시했다. 이는 엄청난 적자로 이어져 국가를 더 어려운 상태에 이르게 할 수 있는 위험한 모험이었을 것이다. 하지만 워싱턴, 링컨, 루스벨트 대통령은 국난이라고 할 수 있는 심히 어려운 상황에 직면했을 때 전전긍긍하며 국민의 눈치만 보기에 급급하지 않았다. 더 나은 국가의 미래의 청사진을 제시하고 위험을 감수하고 모험을 하였고 도전하고 성취하여 위대한 대통령으로 기록되었다.

프랭클린 루스벨트는 1933년 3월 4일 대통령 취임식 때 국회의 사당 앞에서 전 국민을 향해 다음과 같이 호소했다. "우리가 두려워해야 할 것은 두려움 그 자체이다." 그는 대공황으로 많은 사람이 일자리를 잃고 많은 가정이 경제적인 어려움으로 해체되고 있을 때 용기와 희망의 메시지를 전했다. 이 세상에서 우리가 두려워해야 할 것은 아무것도 없고 심리적인 두려움의 골짜기에서 빠져나오면 얼마든지 다시 일어날 수 있음을 표현한 것이다. 1921년, 그는 물에 빠진 후 다리에 극심한 통증을 느꼈고, 소아마비 진단을 받아 휠체어에 몸을 맡겨야만 했다. 하지만 육체적인 장애가 불러온 두려움에 굴복하지 않고 두려움을 이겨냈다. 뉴욕주 상원의원이었고 부통령 후보로서 한 차례 대통령 선거에서 낙선하기도 했지만, 뉴욕 주지사로 당선되어 두 번의 임기 동안 최고의 주지사로 인정받았다.

루스벨트는 1932년 대통령에 당선된 후 3선에 성공하여 무려 12년간 집권하였으며, 임기 동안 대공황을 극복하고 제2차 세계대전에 참여해 연합군을 승리로 이끌었다. 4선에 당선되었지만 별장에서 휴식을 취하던 중 뇌출혈로 인해 63세의 나이로 사망했다. 그의 갑작스러운 사망을 접한 국민은 링컨 암살 이후 가장 큰 슬픔에 빠졌다. 그는 임기 중 33차례에 걸쳐 라디오 방송에 출연하여 대공황으로 실의에 빠진 국민을 위로하고 뉴딜 정책 등 주요 정부 정책을 설명했다. 당시 주요 미디어인 라디오를 잘 활용한 '라디오 스타' 정치인으로서 큰 인기를 누렸다.

2001년 9월 11일, 이슬람교의 국제 테러단인 알 케이다의 조직원들이 납치한 비행기로 110층짜리 뉴욕 세계무역센터 빌딩에 자살테러를 감행했다. 당시의 무너져 내리는 쌍둥이 빌딩에 갇혀 3천 명 이상이 죽어 가는 장면은 미국 국민의 가슴에 깊은 상처와 두려움을 남겼다. 이때 루스벨트 대통령의 "우리가 두려워해야 할 것은 두려움 그 자체이다"라는 메시지가 사람들 마음에 다시 메아리쳤다. '우리가 두려워할 것은 없다는 것'과 '정의가 반드시 승리할 것'이라는 사실을 그를 통해 알았기 때문이다. 그리고 마침내 사람들은 두려움을 이겨냈다.

존 F. 케네디*John F. Kennedy*는 43세에 대통령에 당선되어 미국 역사상 가장 젊은 대통령이 되었다. 대통령 취임식 연설에서 "조국이 여러분을 위해 무엇을 할 수 있을지 묻지 말고 여러분이 조국을 위해 무엇을 할 수 있을지 자문하라"고 국민을 향해 호소했다. 국민에게 개척자 정신을 불어넣고, 이상을 위해 전진하는 국민이 되길 자극한 것이다. 소련이 최초로 무인 우주선을 달에 착륙시킨 것에 자극을 받아서 그런지 소련을 뛰어넘을 수 있도록 미국은 우주 탐험 시대를 열어 달에 사람을 보내 안전하게 지구에 귀환하는 것을 목표로 삼아 10년 이내에 달성해야 한다고 국민과 의회를 향해 열성적으로 호소했다.

이러한 개척자 정신이 있었기에 우주선 아폴로 11이 달에 성공적으로 착륙하여 인류 역사상 최초로 닐 암스트롱*Neil Armstrong*이 달에 첫발을 디디는 업적을 이루어낼 수 있었다. 달에 인간을 착륙시킨 케네디의 이상주의와 개척자 정신은 미국뿐만 아니라 지상에 있는 많은 사람에게 영감과 희망을 주었다. 그는 재선을 앞두고 댈러스에서 퍼레이드를 하던 중 리 하비 오스월드*Lee Harvey Oswald*에게 암살을 당했다. 국민은 그의 젊은 에너지와 이상주의를 그리워하며, 모험하고 도전하는 개척자 정신을 높이 평가하고 있다.

윈스턴 처칠이 1940년 5월 10일 66세에 영국의 총리로 취임하여 가망이 보이지 않는 독일과의 평화협상을 깨고 덩케르트 철수 작전을 지휘한 것은 엄청난 모험이었다. 그는 "전쟁에서 진 나라는 다시 일어설 수 있지만, 항복한 나라는 다시는 일어설 수 없다"며 독일의 항복 권고를 거부하고 전쟁을 선택했다. 제2차 세계대전 당시 독일은 최강의 전차군단과 육군, 공군에 있어서 매우 뛰어난 전투력을 갖추고 있어 독일을 상대할 만한 나라는 없었다. 반면 영국은 전쟁 준비가 되어 있지 않은 상태였다. 마치 다윗과 골리앗의 싸움이었다. 독일이 프랑스를 점령한 후 영국 본토를 공습할 때 수많은 영국 시민들이 공포에 떨었으며, 많은 사람이 전사하였고 런던은 초토화가 되었다.

하지만 처칠의 강한 리더십과 시민들의 일치단결로 영국은 독일의 공격으로부터 나라를 지켜냈고 연합국의 승리를 가져왔다. 나라를 구한 처칠이었지만, 말년에 그는 "나는 많은 것을 이루었지만, 결국 아무것도 이룬 것이 없다"고 회고했다. 뛰어난 문장력으로 회고록을 써 노벨문학상을 받기도 했다. 두 번에 걸쳐 약 9년간 총리를 역임한 그는 정치적으로 유명한 가문의 자손이었다. 할아버지는 아일랜드 총독을 지냈고, 아버지는 재무장관을 지냈다. 아버지의 권유로 샌드허스트육군사관학교에 입학하여 군인의 길을 걷던 그는 제1차 세계대전 때 해군 장관을 맡기도 했다. 앞에서 살펴보았듯이, 도전하고 모험하였기에 새로운 기회를 만들어 내었으며 더 단단해지고 위대한 지도자가 되어 더 나은 나라를 만들 수 있었다. 만약 도전하고 모험하지 않았다면, 나라가 큰 어려움에 빠져 국민은 더욱 살기 어렵게 되고 불안과 고통이 가중되었을 것이다.

세상에 순응하지 않는 사람들

애덤 그랜트는 그의 저서 《오리지널스》에서 세상에 순응하지 않는 사람들이 어떻게 세상을 변화시켰는가를 보여주고 있다. 독창성이 있는 사람은 현재에 만족하지 않으며 개인적인 쾌락이나 행복은 뒤로하고 더 나은 미래를 열고자 하는 목적과 의지가 가득한 사람들이다. 그랜트는 독특한 아이디어와 가치를 추구하여 다른 사람들이 가지 않는 길을 가면서 결국은 더 나은 세상을 만들어가는 능력을 독창성Originality이라고 보았다. 독창성은 기존 체제와 방법에 의문을 제기하고 거부하면서 더 나은 대안을 찾는 것이어서 조지프 슘페터Joseph Schumpeter가 말하는 혁신, 즉 창조적 파괴로 이어진다.

그랜트에 의하면, 독창성은 현재 방식이나 체제에 의문을 제기하는 호기심에서 출발한다. 세상의 규칙을 잘 따르는 모범생이나 엘리트들보다는 세상이 만들어놓은 방식과 규칙에 순응하지 않는 사람들Non-Conformist이 위험과 실패에 대한 두려움을 무릅쓰고 도전하여 불가능하다고 생각되는 것들을 이루어낸다. 성공한 기업가들 중에는 어린 시절 규칙을 위반하고 기이한 행동을 했던 사람들이 많다. 경제학자 리샤르 캉티용Richard Cantillon이 만든 기업가Entrepreneur라는 말은 말 그대로 '위험을 기꺼이 받아들이는 사람'이라는 뜻이다.

그랜트는 지적하길, 위험을 피하고 싶어하는 것은 사람의 본능이지만, 피할 수 없는 위험이라면 무모하게 보이더라도 주식 포트폴리오처럼 위험을 관리하며 완화시켜 나가고 불확실성을 줄이는 것이 중요하다고 했다. 예를 들어, 한 세기 전, 포드의 창업가인 헨리 포드*Henry Ford*는 제너럴 일렉트릭*GE, General Electric Company*의 모체가 된 전기조명회사를 설립한 토머스 에디슨의 수석 엔지니어로 일하면서 창업에 따른 위험을 안정적으로 줄여 자동차 왕국을 이루어냈다. 빌 게이츠는 하버드대학교를 중퇴하고 마이크로소프트를 창업했는데, 변호사인 아버지로부터 재정적인 지원을 받아 위험을 줄였기에 마이크로소프트를 성공시킬 수 있었다.

로스앤젤레스에서 한 시간 거리에 있는 오렌지카운티의 가든그로브에는 한때 미국에서 가장 큰 교회였던 수정교회*The Crystal Cathedral*가 있었다. 담임목사는 한국에도 잘 알려진 로버트 슐러*Robert Schuller*였다. 그는 기존의 목회자와는 달리 위험을 감수해 새로운 것을 시도하고 모험하고 도전하는 목사였다. 예를 들어, 처음 목회를 시작하던 1960년대, 자동차 극장에 가면 자동차를 주차하고 그 안에서 넓은 스크린을 통해 영화를 보듯이, 커다란 공터에서 차에 앉아 있는 상태로 목사의 설교를 들을 수 있도록 했다. 재정적인 어려움이 있었지만, 세계선교를 실현하기 위해 당시에는 그 누구도 생각하지 못한 텔레비전 방송을 통해 세계 곳곳에서 그의 설교를 들을 수 있게 했다. 중·고등학교 시절, 텔레비전으로 그의 설교를 즐겨 보았는데, 오렌지카운티에 살 때 일요일이면 가끔씩 수정교회에 가서 주일 예배에 참석하곤 했다. 텔레비전으로 중계하던 그 공간으로 들어가 그의 면전에서 설교를 듣는 것은 정말 잊지 못할 감동적인 순간이었다.

기존의 교회와는 달리 설교 전에 사회적으로 유명인사나 이슈가 되는 사람들을 초대해 그들과 대담을 나누고, 찬양 때도 유명한 성악가, 연주자, 음악가가 등장하여 마치 음악공연을 보는 것 같았다. 수정교회 건물은 특이하게도 겉이 모두 유리로 되어 있고, 실내 장식도 참 독특해서 마치 예술 공연장 같은 느낌이 든다. 슐러 목사가 항상 강조하던 말이 교회 기념관 정문에 다음과 같이 커다랗게 쓰여 있다. "당신이 꿈을 꾸면 해낼 수 있다*If you can dream it, you can do it.*" 그는 믿음이 참 좋은 훌륭한 목사이기도 했지만, 무엇보다도 사람들이 시도하지 않은 새로운 무언가를 계속 시도하고 도전하는 사람이었다. 그의 말처럼, 슐러 목사는 꿈을 꾸고 그 꿈을 실현해 나가는 과정을 즐긴 것 같다.

약 4,000시간 동안 우주에 체류하여 가장 많은 우주 비행 경력을 갖춘 캐나다 출신인 크리스 해드필드*Chris Hadfield*는 어렸을 때, 1969년 7월 20일 아폴로호의 달 착륙을 보고 우주 비행의 꿈을 꾸었다. 그는 평범한 캐나다 출신으로 미국 우주 비행사로 선발되고 우주 비행 훈련에 통과해 우주 비행을 성공적으로 마치기까지 세계에서 가장 뛰어난 과학자, 엔지니어, 조종사들과 경쟁에서 살아남기 위해 수많은 난관과 시련을 극복해야만 했고 그 과정에서의 모험과 도전을 기꺼이 받아들였다. 그의 저서 《우주 비행사의 지구 생활 안내서 *An Astronaut's Guide to Life on Earth*》는 우주 비행사로서 놀라운 순간을 그렸다.

그에 의하면, 시속 28,000km로 지구를 도는 국제우주정거장에서 본 지구의 모습은 너무도 작지만, 아름답고 신비로워서 절로 탄성이 나오고, 자세히 보면 밝은 주황색의 사하라 사막, 희끄무레한 스모그에 뒤덮인 중국 베이징 등이 보이며, 눈을 돌려 먼 우주를 보면 새까만 공간에 별들이 다이아몬드처럼 박혀 있는 듯한 신비한 광경에 숨을 죽이게 된다고 한다. 마하 25의 속력에 이르는 우주선의 발사에서부터, 줄 하나만 우주선에 연결한 채 망망한 우주를 떠돌고, 54분간 지구로 굴러떨어지는 착륙까지, 언제든지 예측 못 한 일들이 벌어질 수 있어 위험천만하고 생명의 위협을 느낄 때가 많다고도 했다. "인생은 경기가 아니라 여정"이라고 한 그의 말이 인상적이다.

두 갈래 길이 숲속으로 나 있어서
나는 사람들이 덜 다니는 길을 택했는데

결국 그것이 모든 것을 바꾸어놓았다.

- 로버트 프로스트Robert Frost,《가지 않은 길 The Road Not Taken》중에서

남들이 가지 않은 자기만의 새로운 길을 개척한다는 것은 그 길이 험하고 힘들고 멀지라도 정말 매력적이고 가치 있는 일이다. 그 길이 외롭고 쓸쓸하고 당장에는 빛을 발휘하지 못하더라도 현실의 어려움에 굴하지 않고 묵묵히 자신의 길을 간다는 것은 아무리 찬사를 해도 지나치지 않다. 우리 각자에게도 다른 사람들이 가보지 않은 새로운 길이 앞에 열려 있을 수 있다. 새로운 길을 걸을지, 아니면 다른 사람들이 닦아놓은 길을 따라 걸을지는 각자의 결정에 달려 있다. 어느 길을 선택하든 개인의 자유이지만, 새로운 길을 선택하는 것은 참 의미가 깊다. 자신의 소명을 깨달아 새로운 길을 개척하며 나아갈 때, '나'라는 참 인생의 꽃이 피어난다.

이제 우리 모두 일어나

어떤 운명에도 굴하지 않을 용기를 가지고

끊임없이 이루고 도전하면서

일하며 기다림을 배우자.

- 헨리 워즈워스 롱펠로 Henry Wadsworth Longfellow,《인생찬가 A Psalm of Life》

중에서

chapter 14

실패를
이겨내는
열정과
끈기

열정은 우리 가슴에 불을 지르고 무언가 자기가 하고자 하는 것을 향해 몰입하게 하는 동력이자 에너지이다. 목적을 성취한 이들의 공통점은 엄청난 열정의 소유자라는 것이다. 열정은 자기가 하는 일을 좋아하기 때문에, 또는 자기가 하고 싶어 하는 일을 하기 때문에 자연히 발생하거나 의도적으로 발생하게 하는 것이다. 그리고 자기가 추구하는 것이 진실이라고 믿기 때문에 열정이 생긴다. 이러한 열정은 삶의 목적의식에서 비롯된다. 자기 삶의 목적이 중요하고 올바르고 타당하며 반드시 이루어야 할 지상의 과제이자 사명이라고 생각하면 열심히 하고자 하는 의욕과 동기가 작동한다.

만약 삶의 목적이 없거나 목적 자체가 그리 중요하지도 바르지도 타당하지도 않다고 생각하면, 열심히 일하고자 하는 열정과 의욕은 사라져버리고 그저 하루하루 일하며 숨 쉬는 존재로 전락하기 쉽다. 무려 27년간 감옥에서 수감생활을 한 후 남아프리카공화국 최초의 흑인 대통령이 된 넬슨 만델라 *Nelson Mandela*는 "자신이 살 수 있는 것보다 못한 삶에 안주하게 되면 열정이 생겨날 수가 없다"고 했다. 그는 더 나은 삶과 더 나은 사회를 위한 뚜렷한 목적이 있었기 때문에 열정이 불타올랐다. 비록 사회주의자이자 민족주의자였고, 백인 정권을 무너트리기 위해 한때 폭력을 정당화하기도 했지만, 그는 비폭력주의를 지향하고 복수와 처벌보다는 화해와 통합을 강조하는 인도주의자였다.

만델라는 대통령으로 취임하여 투투 *futu* 성공회 대주교가 참여한 '진실과 화해 위원회'를 만들었을 때, 백인 정권이 저지른 총살, 화형 등 잔악한 인종차별에 관련된 수많은 과거사 관련 자료들을 수집하고 조사하면서도 보복보다는 용서와 화해에 역점을 두었다. 극심한 인종분리정책과 인종차별의 벽을 넘어 인도주의에 입각해 화해와 관용의 정신으로 민족 화해를 이루어 갔던 그를 기념하여 노벨재단에서는 1993년에 노벨평화상을 수여했다. 남아프리카에서는 그를 '국가의 아버지'로 추앙하고 있고, 전 세계인에게 민주주의의 아이콘으로 존경받고 있다.

열정은 호기심과도 깊은 관계가 있다. 호기심은 새로운 것에 관심을 갖게 하고 질문하게 하여 창조적이고 혁신적인 생각과 새로운 문제 해결의 출발점이 된다. 세상에 빛을 선사한 전구를 개발하고 실용화시킨 에디슨은 전동기차, 배터리, 축음기 등 2,000개가 넘는 발명품과 1,000개 이상의 특허권을 확보하였다. 아마 이 지상에서 산 사람 중에 가장 많은 발명을 하고 특허권을 확보했을 것이다. 수많은 발명을 이루기 위해 수많은 실패를 경험한 그는 실패할 때마다 "나는 실패했다기보다는 잘되지 않는 많은 방법을 찾았을 뿐이다"라고 자신을 위로했다.

전구를 상품화하기까지 만 번의 실험을 했다. 그의 말처럼, "1%의 영감과 99%의 땀"으로 그의 모든 발명이 이루어졌다 하더라도 애초에 호기심이 없었으면 가능했을까? 호기심은 땀과 영감의 근원이었고 더욱 열심히 일하게 하는 열정으로 작용했을 것이다. 상대성이론으로 뉴턴 이후 최고의 과학자라 존경받는 천재 아인슈타인은 "나는 특별한 재능은 없지만 열정적이고 호기심이 많다"고 했다. 호기심과 함께 열정과 끈기, 그리고 회복력이 있으면 세상에 변화를 일으킬 수 있다.

세상을 바꾼 열정과 끈기의 돌연변이들

세상과 인간 역사의 흐름을 바꾼 사람들은 대부분 호기심 많은 열정적인 돌연변이들이다. 세상 사람들이 갖고 있는 고정관념에 얽매이지 않고 새로운 시각에서 진실을 추구하고 발견해 나간 사람들이다. 프톨레마이오스*Ptolemaeus*와 아리스토텔레스 이후 모든 사람이 지구는 태양계의 중심이며 지구를 중심으로 다른 행성들이 움직인다는 천동설을 믿고 있었다. 하지만 폴란드의 천문학자 니콜라우스 코페르니쿠스와 이탈리아의 물리학자 갈릴레오 갈릴레이*Galileo Galilei*는 태양계의 중심은 지구가 아닌 태양이며 지구가 자전하면서 태양의 주변을 돈다는 혁명적인 학설인 '지동설'을 주장했다. 교회가 모든 것을 지배하던 시대에 교회와는 정반대의 주장을 했으니 목이 날아갈 수도 있는 사건이었다. 갈릴레이는 종교재판에서 목숨을 지키기 위해 지동설을 부인했지만 돌아서서는 "그래도 지구는 돈다"고 말하며 신념을 굽히지 않았다.

16세기 이탈리아 출신 조르다노 브루노*Giordana Bruno*는 로마 가톨릭교회 도미니코회의 수사였지만, 이교도로 의심받아 수도회에서 빠져나와 철학자가 되었다. 지구가 우주의 중심이 아니라 자전하면서 태양 주변을 돈다는 코페르니쿠스의 '지동설'을 넘어서 우주는 무한하여 태양은 그중 하나의 항성에 불과하고, 밤하늘에 떠 있는 수많은 별도 태양과 같은 항성이며, 우리가 사는 지구도 그러한 별 중의 하나라고 주장했다. 결국 감옥에 갇혀 8년 동안 가혹한 심문을 당하고 로마 교황청 이단 심문소의 종교재판에서 유죄 선고를 받아 공개 화형으로 순교했다. 그는 "각각의 사람 안에 우주가 들어 있다. 각각의 사람이 곧 하나의 우주이다"라는 명언을 남겼다.

아이작 뉴턴은 사과나무에서 떨어지는 사과를 보며 질량을 가진 물체 사이에 중력의 끌림이 작용하는 '만유인력의 법칙'을 발견해냈다. 영국의 생물학자 찰스 다윈은 수천 년간 지배해온 인간의 기원에 관한 우리의 생각을 완전히 바꿔버렸다. 그는 22살 때 박물학자로서 탐험선을 타고 대서양을 횡단하고 여러 곳을 거쳐 3년 반의 항해 끝에 태평양의 19개의 화산섬과 암초로 이루어진 갈라파고스 제도에 도착한다. 이곳에서 동물 1,529마리를 수집하여 알코올에 보관하고 표본을 만들어 2,000페이지에 달하는 동물학적·지질학적 관찰을 기록한다. 약 5년간의 탐사 여행을 마칠 즈음 이 모든 것을 영국에 들여왔고, 연구를 시작한 지 20년이 지나서야 《종의 기원On the Origin of Species》을 세상에 펴냈다. 호모사피엔스가 여러 유인류 중에서 살아남은 것은 새로운 환경에 새롭게 잘 적응하는 돌연변이였기 때문이듯, 새로운 시대에 새로운 생각으로 새 시대를 열어 가는 열정적이고 끈기 있는 돌연변이들이 인간 역사를 새로 쓰고 있다.

옥스퍼드대학교의 철학과 교수이자 여러 비영리 단체를 설립해서 운영하고 있는 윌리엄 맥어스킬*William MacAskill*은 열정을 다르게 접근한다. 그는 기부와 이타적 행위에도 감정보다는 데이터와 과학적 접근, 그리고 이성을 적용해서 효율적이고 실효성이 있어야 한다고 주장한 학자이다. 그의 저서 《냉정한 이타주의자*Doing Good Better*》에서 지적하길, "성공한 사람들이 열정을 따르고 열정을 가질 수 있는 일을 하라고 하지만, 젊은이들이 직업을 선택하는 데 있어 중요한 것은 열정보다는 일 자체의 매력이며, 일자리 자체의 주된 특성을 잘 알아보고 일이 얼마나 자율성이 있으며 기여도나 영향력이 있는지를 확인해야 한다"고 조언한다.

그의 지적처럼, 일 자체의 매력이 중요하고 자신이 좋아하는 일이라면, 그리고 통제와 간섭을 벗어나 자신이 주도적으로 할 수 있고 영향력을 발휘할 수 있는 일이라면, 그 일을 하는 과정에서 자연히 열정이 생길 수도 있다. 하지만 그 일이 자신의 목적과 관련되어 있지 않다면, 그리고 삶의 목적을 성취하는 과정이 아니라면 아무리 그럴듯한 일이라도 열정이 사라지고 결국 일 자체를 중단하게 될 가능성이 높다. 일과 열정도 삶의 목적과 의미에서 출발하고 있기 때문이다.

아무리 열정이 있더라도, 목적을 쉽게 이룰 수는 없다. 만약 쉽게 이루어졌다면, 쉽게 사라져버리는 것이 세상의 이치다. 대부분의 경우, 많이 실패하고 다시 일어서는 과정을 겪는다. 계획한 대로 되지 않았다고 좌절하고 후회감에 빠져 헤어나지 못하면, 결국은 목적을 이루지 못하고 계속 좌절감 속에서 허우적거린다. 에디슨이 말했듯이, "실패는 성공의 어머니"이다. 실패하고 넘어지더라고 좌절하지 않고 후회하지 않고, 다시 도전하는 끈기*Perseverance*와 회복력*Resilience*이 중요하다. 끈기와 인내는 목적을 이루고자 하는 집념이자 의지이며 어떠한 어려움과 장애물도 넘어서게 하는 강한 정신력이다.

중국계 미국인이자 펜실베이니아대학 심리학과 교수인 앤절라 더크워스는 그녀의 저서 《그릿》에서, 분야에 상관없이 재능이나 IQ보다는 그릿, 즉 장기적인 목표를 향한 열정과 끈기가 성공으로 이끈다는 사실을 여러 사례를 통해 보여주고 있다. 예를 들어, 웨스트포인트에 있는 미국 육군사관학교에 입학하는 학생 다섯 명 중 한 명은 혹독한 훈련을 견디지 못하고 졸업 전에 중퇴하는데, 그들은 능력이나 리더십이 부족해서가 아니라 절대 포기하지 않으려는 태도, 즉 끈기와 열정 부족이 원인이라는 것이다.

그녀는 심리학자가 되기 전, 하버드대학교를 졸업하고 잘 다니고 있던 경영컨설팅 회사 맥킨지를 그만두었다. 그리고는 뉴욕 맨해튼 동남쪽에 위치한 주로 저소득층 학생들이 다니는 공립중학교에서, 나중에는 샌프란시스코의 로웰고등학교에서 수학을 가르쳤는데, 그 과정에서 중대한 사실을 발견한다. 가르친 학생 중에는 아주 탁월한 학생들도 있었는데, 학생들의 성적을 결정하는 요인은 우수한 머리나 재능, 적성에 있지 않고 좌절하지 않고 끊임없이 노력하는 자세에 있다는 사실이다.

더크워스는 유명 주간지 《뉴요커 *The New Yorker*》의 만화 편집장인 밥 맨코프 *Bob Mankoff*의 일화도 소개한다. 맨코프가 만화가로 출발한 지 첫 3년 동안, 만화계의 최고라고 불리는 《뉴요커》로부터 수년간에 걸쳐 무려 2,000개의 만화를 퇴짜 맞은 끝에 그의 만화가 처음으로 채택되었다. 평균적으로 다른 만화가들도 《뉴요커》로부터 퇴짜 맞을 확률이 90%가 넘는데, 그의 부단한 노력으로 채택률 10% 이하의 벽을 통과한 것이다. 많은 연구가가 지적하듯이, 어떤 분야에서든 최고의 역량을 발휘하기 위해서는 10년간 약 1만 시간을 집중하여 노력해야만 하는 것이 현실이다.

더크워스는 미국에서 가장 큰 은행 중의 하나인 JP모건체이스 앤드컴퍼니 *J.P. Morgan Chase & Co.*, 이하 *JP모건* 최고 경영자이자 의장인 제이미 다이먼 *Jamie Dimon*과의 대담도 소개한다. 그는 10년 이상 최고 경영자로 재직하였다. 그의 뛰어난 역량으로 2008년 금융 위기 때 대부분의 은행이 어려움 속에서 헤어나지 못했지만 JP모건은 50억 달러의 순이익을 냈다. 그는 "실패는 있기 마련이지만 어떻게 대처하는지가 성공의 중요한 변수"이며, "비장한 각오나 굴복하지 않는 용기가 필요하다"고 했다. 그도 실패를 경험했고, 실패를 인정하고 배움으로써 성장했다고 고백했다. 그는 JP모건 런던지사가 파생상품 투자 실패로 손해를 본 것에 대해 2012년 5월 주주들에게 "자신이 치명적인 실수를 했다"고 인정했고,《블룸버그*Bloomberg*》의 인터뷰에서 "비즈니스는 실수하게 마련이다"라고 했다.《포천*Fortune*》과의 인터뷰에서 "실수를 인정하는 것이 좋고, 그걸 바로 잡는 것은 더 좋으며, 실수로부터 무언가 배우는 것은 필수"라고 했다.

영화배우 로버트 드니로*Robert De Niro*는〈디어 헌터*The Deer Hunter*〉,〈택시 드라이버*Taxi Driver*〉,〈미션*The Mission*〉등 주옥같은 영화에 출연했을 뿐만 아니라 두 차례나 아카데미상을 수상한 영화계의 아이콘이다. 그는 2015년 뉴욕예술대 졸업식 축사에서 말했다. "졸업식이 끝나면 여러분 앞에는 거절당하는 인생의 문이 열릴 것이다. … 오디션이나 작은 일자리를 잡기 위한 면접 등 수많은 분야에서 거절을 경험하게 될 것이다." 세계 최고의 배우 중 한 명인 그는 거의 50년 가까운 연기 인생 동안 수많은 오디션에서 떨어졌고, 자기에게 돌아올 거라고 생각했던 역할이 다른 사람에게 가는 수모를 겪었으며, 매번 선택을 받아야 하는 입장이었다고 고백한다. 세계적인 슈퍼스타인 그도 그러한데 우리들은 얼마나 많은 거절에 익숙해져야 하겠는가.

우리는 살면서 수없이 많은 거절을 당하고, 그때마다 슬퍼하고 고통스러워한다. 일자리를 얻거나 승진하는 과정에서, 돈을 버는 과정에서, 애인이나 배우자를 구하거나 만나는 과정에서, 심지어는 부모, 형제, 자식에게까지 거절당하는 경험을 한다. 로버트 드니로의 충고처럼, 거절을 당할 때마다 괴로워하고 좌절하기보다는 다음에는 결국 해낼 것이라 생각하는 게 낫다. 그리고 거절당할 때마다 자신의 부족함을 발견하고 단점을 보완하도록 노력하면, 거절당하는 경험이 오히려 자신을 발전시키는 계기가 될 수 있다.

20세기를 대표하는 저명인사 400명의 성장 과정을 연구한 고어츨Goertzel 부부는 다음과 같이 강조한다. "우리가 다룬 대상 모두에게 공동된 어떤 특성이 있다면, 그것은 자신의 이상과 목표를 추구하는 과정에서의 끈기라고 할 수 있다." 또한 《탈무드》에서는 '어떤 어려움 속에서도 희망을 잃어서는 안 된다. 나쁜 일이 오히려 더 좋은 결과를 만들 수 있다'고 전한다.

2010년 칠레 광산에서 33명의 광부가 지하 700m에 갇혔지만 17일 만에 이들의 위치를 알아내고 70일 만에 지상으로 구출하여 모두가 생존한 기적 같은 사건으로 온 세상이 감동에 빠진 적이 있었다. 이 감동적인 실화를 배경으로 2015년에 〈33The 33〉라는 영화가 만들어지기도 했다. 이 영화에는 매몰된 광부의 위치를 알아내려 여러 차례 광산을 뚫어보지만 실패하자 순간 포기하기도 하지만, 실패했던 이유를 분석하여 광부들의 위치를 알아내는 장면이

나온다. 만약 그들이 끈기가 없어 포기했다면 소중한 생명이 더 이상 세상에 존재하지 않았을 것이다. 끈기를 갖고 포기하지 않고 무엇이 잘못되었는지 치밀하게 분석하여 정확한 위치를 발견하기까지 계속 시도해보았기에 생명을 살릴 수 있었다. 이처럼 위험에 처해 있고 일이 잘 풀리지 않는다고 포기하면 아무것도 이루어지지 않는다. 그럴수록 끈기를 갖고 열정을 놓아서는 안 된다.

실패에서 일어나는 힘

살다 보면 우리는 모두 잘못을 저지르고 실수를 한다. 생명을 다루는 의사들도 신이 아닌 이상 의도하지 않은 실수로 인해 환자의 생명을 잃게 한다. 영국의 신경외과 의사 헨리 마시_Henry Marsh_는 그의 저서 《참 괜찮은 죽음_Do No Harm_》에서 자신의 잘못된 판단으로, 또는 작은 실수로 환자가 큰 고통을 받게 되거나 죽게 된 사례를 고백한다. 그는 오랜 기간 신경외과 의사로서 많은 사람의 목숨을 살렸다. 죽어 가는 생명을 살렸을 때는 무엇과는 바꿀 수 없는 희열과 보람을 느끼지만, 작은 실수로 소중한 타인의 인생에 큰 고통과 비극을 줄 때는 마음이 너무 아파했다. 그는 강연을 통해 의사들 앞에서, 일반들 앞에서 자신의 실수를 고백한다.

마시는 의사로서 환자들이 죽어 가는 것을 많이 지켜봤지만, 자신의 실수로 환자가 큰 고통을 겪거나 생명을 잃게 되는 것을 목격할 때는 의사를 그만두고 싶을 만큼 회의를 느끼게 되고 고통 속에서 시간을 보내게 되었다. 하지만 그는 가장 어려운 뇌수술도 잘하는 영국에서 가장 존경받는 신경외과 의사로 인정받게 되었다. 그건 수술하면서 실수하고 시행착오를 경험했지만 실수를 반복하지 않으려 연구하고 노력했기 때문이다. 그는 실패를 인정하고 나서부터 오히려 실패의 고통을 덜 느끼게 되고 자유롭게 되었다. 실력 있는 의사가 된다는 것, 그리고 어느 분야에서 거장이 되었다는 것은 그만큼 실패를 많이 하였고, 그 실패를 딛고 일어섰다는 증거이다.

> 우리는 모두 실패한다. 실패는 당연하고 필수적이다. 회복탄력성이 없으면 첫 번째 실패가 마지막 실패가 되고 그것으로 끝이다. 실력이 특출한 사람은 실패와 함께 공존하는 법을 터득한다.
>
> — 에릭 그레이튼스, 《회복탄력성*Resilience*》 중에서

47세 나이에 말기 췌장암으로 세상을 떠나기 전, 카네기멜론대학교 컴퓨터과학과의 교수인 랜디 포시*Randy Pausch*는 《마지막 강의*The Last Lecture*》에서 실패할 때마다 어떻게 극복해 갔는지를 이야기한다. 예를 들어, 자신이 원하던 카네기멜론 대학원에 낙방했지만, 낙담

하지 않고 해당 학과장을 찾아가 면담했다. 대학원에서 공부하고 싶다고 진심으로 호소하고 멘토도 지원사격을 해서 결국에는 입학을 허락받았다. 그래서 그는 "만약 당신이 무언가를 절실히 원하면 절대 포기하지 말라"고 당부한다. "인생의 마지막을 눈앞에 두고 보면 당신이 가진 모든 것은 시간뿐인데, 생각보다 시간은 얼마 남지 않았다는 것을 알게 될 것"이라고도 했다.

조너선 페이더Jonathan Fader는 미국 메이저리그 야구팀인 뉴욕 메츠Mets의 스포츠 심리 닥터로서 많은 선수들, 기업인들, 연예인들을 도왔다. 농구의 황제라는 마이클 조던Michael Jordan이 어떻게 실패를 극복해 갔는지를 그의 저서 《단단해지는 연습Life As Sport》에서 소개한다. 조던은 고등학교 농구팀에서 방출된 적도 있고, 선수로 뛰는 동안 9,000번 넘게 슛을 성공하지 못했다. 거의 300번의 경기에서 패했고, 경기의 승패를 결정짓는 중요한 슛을 놓친 것도 26번이나 되었다. 조던은 "인생에서 저는 계속 실패하고 또 실패했습니다. 그게 제가 성공할 수 있었던 이유입니다"라고 고백했다. 조던은 실패에 굴복하지 않고 자신의 꿈과 목표를 향해 실패를 오히려 역전의 기회로 받아들여 끊임없이 노력한 것이다.

조지 무어 주니어George Moore Jr.는 전쟁터에서 심한 부상을 당했지만, 결국은 이겨낸 참전 용사이다. 그는 "승자는 한 번 더 도전한 패자이다." "승자는 '더 좋은 실패'를 할 줄 아는 사람"이라고 했다. 우리가 끝까지 포기하지 않는다면, 언젠가는 목표에 다다를 수 있다. 역사적으로 이름을 떨친 많은 사람이 그 사실을 증명해주는데, 그들은 목표를 향한 여정에서 뒤로 물러서야 할 때도, 그리고 목표에 도달하지 못했다는 좌절감이 들 때도 끝까지 목표를 놓지 않았다고 페이더는 지적한다.

강자가 반드시 승리하는 것도, 약자가 반드시 패자가 되는 것도 아니다. 오히려 강자가 패자가 되고 약자가 승자가 되는 경우가 있다. 예를 들어, 책을 읽는 데 장애가 있는 난독증 때문에 학교생활뿐만 아니라 직장과 사회생활에서 약자이고 실패자로 여겨지는 사람들이 성공적인 삶을 살게 되는 경우가 있다. 《워싱턴 포스트》의 기자였고 《뉴요커》에서 작가로 활동 중인 말콤 글래드웰*Malcolm Gladwell*은 그의 저서 《다윗과 골리앗*David and Goliath*》에서 어떻게 약자*Underdog*가 강자를 이겨냈는지 보여준다. 그는 성경에 나오는 다윗과 골리앗을 시작으로 여러 가지 흥미 있는 사례를 분석한다.

미국의 최대 투자은행 중의 하나인 골드만삭스*Goldman Sachs*의 회장이었고 트럼프 정부의 경제고문이었던 개리 콘*Gary Cohn*은 난독증 장애자였다. 그는 글을 제대로 읽을 수 없어 초등학생 때 1년을 낙제한 것을 시작으로 학창시절 내내 실패와 좌절감을 경험해야만 했다. 하지만 열심히 공부해 다행히도 아메리칸대학교를 졸업하고 U.S. 스틸*U.S. Steel*에서 일하면서 휴가차 뉴욕 월가에 갔다가 우연히 대형증권사의 중역을 만나면서 그의 인생이 완전히 바뀐다. 그는 다른 사람들보다 훨씬 더 많은 노력을 해 큰 성과를 냈고, 골드만삭스에 채용된 후에도 승진을 거듭해 최고의 자리까지 오르게 된다. 난독증 장애를 극복하고 성공한 그야말로 '샐러리맨의 신화'라고 할 수 있다. "난독증이 아니었으면 최고의 자리에 이르지 못했을 것"이라고 그는 회고한다.

　난독증 장애를 극복하고 성공한 사람은 의외로 많다. 미국 최대 증권회사 중의 하나인 찰스슈워브Charles Schwab의 창립자 찰스 슈워브Charles Schwab, 영국의 갑부 기업가이자 혁신의 아이콘이며 버진 그룹Virgin Group의 회장 리처드 브랜슨Richard Branson, 미국 저가 항공사 제트블루Jetbule의 창립자 데이비드 닐먼David Neeleman, 할리우드 최고의 제작자 브라이언 그레이저, 그리고 소설가 존 어빙John Irving 등. 〈취권Drunken Master〉, 〈상하이눈Shanghai Noon〉, 〈러시아워Rush Hour〉 등 100여 편의 영화에 출연한 동양 최고의 스타인 영화배우 성룡成龙, Jackie Chan도 어느 인터뷰에서, 난독증 때문에 너무 힘든 시간을 보냈다고 고백했다. 그는 대본을 읽기 힘들어 대사를 통째로 다 외워야만 했고 남보다 몇 배의 눈물겨운 노력을 했다. 할리우드 최고의 미남 배우인 톰 크루즈Tom Cruise 역시 난독증이 있어 지인이 대본을 읽어주면 이를 암기하여 영화를 촬영했다고 한다.

　2005년 《타임》에서 가장 영향력 있는 100인 중의 한 사람으로 선정되었던 말콤 글래드웰은《다윗과 골리앗》에서 다음과 같은 여러 학자의 연구도 소개한다. 미국의 역대 대통령 44명 가운데 12명, 즉 4명 중 1명은 젊었을 때 아버지와 사별했다. 12명 중에는 미국 건국의 아버지인 조지 워싱턴과 토머스 제퍼슨*Thomas Jefferson*, 빌 클린턴과 버락 오바마*Barack Obama*가 포함되어 있다. 19세기 초부터 제2차 세계대전 전까지의 영국 총리에 관해 조사를 해보니, 3분의 2 이상의 총리들이 열여섯 살이 되기도 전에 부모 중 한 명이 세상을 떠났다.

탁월한 인물들 573명 중에서 4명 중 1명은 열 살이 되기도 전에 부모 중 한 명이 죽었고, 45%는 스무 살이 될 때까지 부모 중 한 명이 죽었다. 이러한 조사 결과가 시사하는 것은 역사적인 인물들은 어려운 환경이나 실패에 굴복하기보다는, 그리고 장애나 약점에 굴복하기보다는 역경을 극복하면서 단단해지고 성장하여 훌륭한 인물로 다시 태어났다는 점이다. 독일의 철학자 니체는 20대부터 여러 가지 질병과 싸워야 했는데, 그중에서도 편두통에 극심하게 시달렸다. 하지만 극심한 고통은 그를 더 강하게 만들었다.

확률적으로 보면 난독증 때문에 제대로 학교를 마치지 못하고 직장생활도 제대로 하지 못해 힘든 생활을 지속하는 사람들이 난독증을 극복해 성공적인 삶을 사는 사람들보다 절대적으로 많을 것이다. 부모 중 하나 또는 둘 모두가 세상을 떠나게 되면, 그 자녀들은 심리적, 정신적 고통에서 벗어나지 못하거나 공부와 일에 집중하지 못해 낙오할 확률이 부모가 모두 살아있는 환경에서 자라는 아이들보다 훨씬 높을 것이다. 부모가 안정된 직업을 갖고 있어 경제적으로 안정된 환경에서 자라나는 아이들은 그렇지 못한 환경에서 자라나는 아이들보다 학교와 사회생활에서 훨씬 더 유리할 것이다. 하지만 어려운 환경이나 장애 때문에 패자요, 약자로 여겨지는 사람들이 오히려 승자가 되고 강자가 되기도 한다. '선천적 약점'을 이겨내기 위해서는 엄청난 노력과 끈기, 열정과 도전정신, 실패에서 일어서는 회복력이 필요하다. 분명 쉽지만은 않을 것이다. 하지만 이 모든 것이 갖춰졌을 때, 약점이 강점으로 바뀌고 패자로 살던 인생이 승자로 바뀌는 역전을 이루게 된다. 자신의 열악한 조건과 환경을 탓하던 인생이 의미 있고 행복한 삶으로 바뀌는 놀라운 변화를 경험하게 된다.

chapter 15

목적을
이루어 가는
과정을
즐기는 자세

아무리 그럴듯한 삶의 목적과 의미를 위해 살아가더라도 결과에만 집중하고 그 과정을 즐기지 못한다면, 그리고 목적을 성취하는 그 날만을 생각하고 지금 이 순간을 희생하듯 보낸다면, 목적을 성취 했다고 하더라도 허탈감이 앞서게 된다. 삶의 목적과 의미만큼 중 요한 것이 있다. 목적을 향해 가는 과정 하나하나에 의미를 부여하 고 과정을 이루는 작은 요소들에 즐거움을 느끼고 경험하고 깨달 으며 땀 흘려 일하는 것을 즐겁게 받아들이는 것이다.

목적에 너무 집중하다 보면 스트레스가 쉽게 쌓이기 때문에, 때로는 목적 자체를 잊고 대신 과정 자체에 집중하여 그 안에서 즐거움과 만족감을 얻을 필요가 있다. 마치 많은 시냇물이 모여 큰 강을 이루듯, 목적을 향해 가는 순간순간의 과정을 즐길 때 자연스럽게 목적이 이루어지기에 지금 이 순간을 허투루 보내서는 안 된다. 지금 이 순간은 삶의 목적을 이루기 위해 희생하는 순간이 아니라, 목적을 이루는 과정의 일부분이기에 땀 흘려 일하더라도 즐거움의 연장선이다. 만약 삶의 목적으로 가는 일 자체가 재미없고 흥미를 느끼지 못하면, 오래가지 않아 목적 자체에 회의를 느끼고 포기하게 된다. 어떤 분야든, 어느 위치든, 자신이 좋아서 하는 일이든, 그렇지 않든, 자신이 하는 일을 즐기지 못하면 오래 할 수 없을 뿐만 아니라 그럴듯한 결실도 이룰 수가 없다.

최고의 성과를 이뤄내는 사람들

수많은 프로 골프 경기에서 우승을 차지한 전설적인 프로 골퍼 잭 니콜라우스_Jack Nicklaus_는 어느 인터뷰에서 말했다. "오랜 프로 골프 경력을 돌이켜볼 때, 사람들이 정말 자신이 하는 일을 즐길 때 최고의 성과를 올릴 수 있으며, 즐기지 못 하는 일에는 뛰어난 성적을 내기 힘들다." 자신이 하는 일을 즐기고 일을 하는 과정에서 즐거움을 느끼고 지금 이 순간 집중해서 일을 즐길 수 있다면, 분명 만족스러운 결과를 얻을 수 있고 생산적인 삶이 될 수 있다는 것이다.

세계 최고의 축구 스타로 인정받는 아르헨티나 출신 리오넬 메시*Lionel Messi*가 CBS 인기 시사프로《60분》의 인터뷰에서 다음과 같이 말했다. "나는 최고의 축구 선수가 되려는 목표를 위해서가 아니라 축구를 즐기려고 했다." 타의 추종을 불허할 만큼 마술사처럼 공이 그의 발에서 자유자재로 묘기를 부리다 골대로 들어가는 그의 축구 실력과 세계 최고의 축구선수라는 명예는 그가 진정으로 축구를 좋아하고 즐겼기 때문에 얻어진 부산물에 불과하다.

일 자체를 즐기기 위해서는 자기가 하는 일을 사랑하거나 자신이 정말 좋아하는 일, 자신에게 흥미를 유발하는 일, 또는 자신의 가슴을 뛰게 하는 일을 해야 한다. 천재 물리학자 알베르트 아인슈타인은 어린 시절 말을 늦게 배웠고 내성적이고 조용하였으며, 수학과 과학을 제외하고는 성적이 탁월하지 않은 지극히 평범한 학생이었다. 하지만 틀에 박힌 사고를 좋아하지 않아 내적으로나 외적으로 생각과 행동이 항상 자유로웠다. 아인슈타인이 상대성이론 등 뛰어난 업적을 남긴 배경에는 다음과 같은 요인이 있다.

자기가 정말 하고 싶어 하는 일을 발견했다.

일이 너무 즐겁고 재미있기에 그 일을 평생 지속적으로 할 수 있었다.

그의 성공을 위한 공식은 A(성공) = X(일) + Y(유희) + Z(침묵)

- 게오르그 포프Georg Popp, 《위대한 사람은 어떻게 꿈을 이뤘을까Die Großen der Welt》 중에서

스티브 잡스는 애플 컴퓨터, 아이팟, 아이폰, 아이패드 등 뛰어난 제품으로 전 세계인들의 마음을 휘어잡았다. 부모 집 창고에서 동료와 함께 애플을 창업하여 4,000명이 넘는 직원을 거느린 세계적인 기업으로 성장하기까지의 과정은 한 편의 드라마 같다. 그 과정에는 자기가 만든 회사에서 쫓겨나는 수모도 있었다. 하지만 그는 자신이 지속적으로 일을 할 수 있었던 이유는 자신이 하는 일을 진정으로 사랑했기 때문이며, 우리도 진정으로 사랑하는 일을 발견해야 한다고 조언한다.

위대한 일을 하는 유일한 방법은 자신이 하는 일을 사랑하는 것이고, 그것을 아직 발견하지 못했으면 계속 찾아야지 타협해서는 안 된다. 이 지상에서 우리에게 주어진 시간은 무한한 것이 아니라 한정되어 있어 남의 인생을 살면서 시간을 낭비해서는 안 되고 자기 인생을 살아야 한다.

- 스티브 잡스, '2005년 스탠퍼드대 졸업식 연설' 중에서

잡스는 대학에서 철학을 한 학기만 수강하고서 중퇴하여 사과

농장에서 히피 생활을 하며 불교에 입문하였고, 인도 순례 여행을 통해 불교에 심취하기도 했다. 하지만 기술과 제품 디자인에 대한 그의 열정은 기존의 정해진 길을 가길 거부하고 자신만의 길을 만들어 갔다. 소유주이자 최고 경영자로서 애니메이션 〈토이 스토리 Toy Story〉, 〈인크레더블The Incredibles〉 등을 제작하여 히트시킴으로써 컴퓨터 애니메이션 제작회사인 '픽사Pixar'를 할리우드 최고의 애니메이션 회사로 키워 내기도 했다. 그는 "오늘이 이 지상에서 보내는 마지막 날이라면, 오늘 해야 할 일을 정말 하길 원하는지 묻고, 만약 대답이 여러 차례 '아니오'라고 나오면 변화해야 한다는 것을 알았다"고 한다.

잡스는 "인생은 짧고 인간은 누구나 죽는다"고 자주 말했다. 췌장암 말기로 56세의 나이에 세상을 떠나기까지 짧다면 짧고 길다면 긴 인생 동안 그는 자기가 하는 일을 정말 사랑했다. 정말 자기가 좋아하는 일을 했기 때문에 시간 가는 줄 모르고 미치도록 일할 수 있었고, 기존의 제품과는 전혀 다른 혁신적이고 창의적이며 차별화된, 세계 최고의 제품들을 만들어 낼 수 있었다. 스티브 잡스의 전기를 쓴 카렌 블루먼솔Karen Blumenthal에 의하면, 잡스가 개발해 낸 제품은 일 년에 휴대전화기 7,200만 개 이상, 아이팟 4,200만 개 이상, 아이패드 3,200만 개 이상, 컴퓨터 1,700만 대 이상을 팔았다고 한다.

하지만 간혹 동료, 부하, 경쟁자, 친구, 기자들에게 소리를 지르기도 하고, 자기가 생각하는 방향으로 일이 진행되지 않으면 신경질적으로 변해 버럭 화를 내며 가혹하리만큼 망신을 주고 굴욕감을 느끼게 했다. 그 이유는 우리에게는 이 지상에서 있을 시간이 한정되어 있기에, 떠나기 전에 목표를 이루어야 한다는 그의 사명감에서 비롯되었을 것이다. 남의 아이디어를 자신의 것으로 가로채기도 하여 성격과 인간적인 면에서, 그리고 직업윤리 면에서 문제가 있다고 여겨졌고 함께 일하던 많은 동료와 부하들이 비판적이고 부정적이기도 했다. 하지만 죽음이 가까워지자 병문안을 온 빌게이츠가 잡스를 향해 소프트웨어와 하드웨어를 통합한 접근법은 성공적이었다고 찬사를 보냈듯이, 그는 분명 발명왕 에디슨이나 자동차왕 헨리 포드처럼 우리가 생활하는 방식 자체를 바꾼 천재적인 발명가이자 기업가였음을 부인할 수 없다.

스티브 잡스의 사례에서 보듯이, 자신이 좋아하는 일을 찾아 즐기며 일하면 놀라운 결과를 만들 수 있다. 뛰어난 결과는 일을 즐기는 자세에서 나오고, 이것은 자신이 진정 흥미를 느끼거나 자신의 가슴을 뛰게 하는 의미 있는 일을 발견하고 그 일에 빠져 들어가는 것에서 시작한다.

생명을 살리는 사람들

~~~~~~~~~~~~~~~~~

한국전쟁 이후, 가난하고 문맹률이 높고 의료 수준도 낮은 한국을 돕기 위해 외국의 많은 의사, 간호사, 교사, 목사들이 한국에 들어와 자신들의 젊음을 바쳤다. 그중에는 1960년대 초 오스트리아 인스브룩에서 간호대학을 막 졸업한 꽃다운 간호사 수녀 마리안느 슈퇴거*Marianne Stoger*와 마가렛 피사레크*Margreth Pissarek*가 있다. 두 수녀는 20대 때 전남 고흥 소록도에 있는 한센인 전문치료시설인 소록도병원에 들어와 무려 40년 넘게 나병 환자들의 진물이 나는 환부를 닦아주고 약을 발라주며 섬겼다. 아무런 보수도 받지 않고 연금도 없이 자기 돈을 들여가면서 자원봉사를 했다.

마리안느 수녀는 대장암이 걸려 본국으로 돌아가 투병 중이고, 마가렛 수녀도 건강이 안 좋아 본국으로 돌아갔는데 알츠하이머병에 걸려 투병 중이다. 나는 소록도를 방문한 적이 있었는데, 두 수녀를 기리는 기념비 앞에 서 있으니 촛불이 자신을 태워 세상을 밝히듯 자신의 삶을 바쳐 세상을 밝힌 그들의 헌신적인 사랑에 저절로 고개가 숙여졌다. 천사 같은 이들을 기리기 위해 한국 정부에서는 공식적으로 노벨평화상 후보로 추천했다.

이들은 그나마 언론에 알려졌지만, 그 외에도 알려지지 않은 많은 사람—외국 사람이든, 한국 사람이든, 해외에서 봉사하는 한국 사람이든, 아니면 세계 곳곳에서 어려운 사람들을 돕는 지구촌 사람들이든—이 병원, 학교, 자선단체에서, 그리고 분쟁 지역에서 묵묵히 자신의 사명을 다하고 있다. 이렇게 자신의 젊음과 삶 전체를 바쳐 봉사하는 훌륭한 사람들이 사명감 하나로 수십 년간을 버틸 수 있었을까? 그들은 자신의 사명과 목적만큼이나 사명과 목적을 이루어 가는 과정 자체를 중요시하고 하루하루 자신에게 주어진 일 자체를 즐겼을 것이다(너무 힘들어 즐길 수 없다고 판단이 들면 의식적으로 즐기려 했을 것이다).

그것이 모든 사람이 꺼리는 나병 환자의 진물을 닦고 함께 대화를 나누는 것일지라도, 죽어 가는 사람들의 고통을 줄여주기 위해 옆에서 간호하면서 말을 들어주는 호스피스의 역할일지라도, 그 과정 자체를, 그 일 자체를 중요하게 여기고 즐겼을 것이다. 그렇게 일할 수 있는 순간 자체를 감사하게 여겼을 것이다. 만약 그렇지 않다면, 중도 포기하고 자기 자신을 자책할지도 모른다.

중동 지역 시리아에서는 내전으로 40만 명 이상이 사망했다. 2011년부터 독재자 바샤르 알아사드*Bashar al-Assad*를 축출하려는 반군과 시리아 정부군 사이에서 내전이 진행 중이다. 수니파 이슬람 극단주의 무장단체인 ISIS까지 가세해 매일 참혹하게 총과 폭탄으로, 심지어는 생명에 치명적인 독가스가 든 폭탄을 떨어트려 무고한 시민들과 꽃다운 아이들이 죽어 가고 있다. 그런데 무너진 건물에 갇힌 민간인과 군인을 구하기 위해 목숨을 걸고 구조를 하는 자율적인 민간구호 단체이자 민방위대가 있다. 바로 '하얀 헬멧*The White Helmets*'이다. 구조 과정에서 총알이 날아오고 폭탄이 떨어져 대원들이 죽는 경우도 허다하지만, 이들은 맨손으로 무너진 콘크리트를 파헤치며 그동안 8만 명 이상을 구조했다.

'하얀 헬멧'은 2012년 말 내전 격화로 인해 국제구호단체들이 철수하자 자구책으로 시리아 시민들이 스스로 결성한 구호 단체로 학생, 교사, 운전사 등 일반 시민들로 구성되어 있다. 처음에는 수십 명으로 시작하여 현재는 3,000명 이상이 자원봉사하고 있다. 하얀 헬멧의 구조 활동은 전 지구촌의 심금을 울려 2017년 만해평화대상 수상자로 뽑혔으며, 노벨평화상 후보로 추천되었다. 무너진 콘크리트에서 사람들을 운 좋게 구조해도, 심하게 다치고 피를 많이 흘려 수술이 필요하거나 이미 불구가 되어 있는 경우가 많다. 그리고 병원들은 파괴되었거나 의사가 부족해 '국경없는의사회 *Doctors Without Borders*'의 의사들과 간호사들이 환자들을 치료해주는 경우가 많다.

이들 자원봉사 의료진들은 하늘에서 떨어지는 폭탄과 총알에 맞아 목숨을 잃는 경우도 많다. '국경없는의사회'는 전 세계에서 지원한 의사, 간호사, 의료 전문가, 엔지니어 등 3만 명 이상의 자원봉사자들로 구성되어 있다. 분쟁 지역이나 재난 지역, 개발도상국가에 의료 지원을 해주는 비정부기구인데, 인도주의적인 업적을 공로로 인정받아 1999년에 노벨평화상을 받았다. 하얀 헬멧 대원들과 국경없는의사회의 의료진들은 총알과 폭탄에 맞아 동료가 죽어 가는 것을 보면서도, 자신도 머지않아 그렇게 죽게 될 것을 직시하면서도 포기하지 않고 자신보다는 당장 죽어 가는 생명을 구조하고 치료하는 데 전념하고 있다.

전쟁터에서 이토록 훌륭하면서도 고통스러운 일을 하는 천사 같은 사람들은 분명 사명감과 목적의식에 의해서 움직였을 것이다. 하루도 아니고 오랜 기간 총알이 날아들고 폭탄이 떨어지고 사람들이 죽어 가고 살려 달라고 아우성치는 지옥 같은 상황에서 사람들을 구조하고 치료하는 순간순간이 고통스럽지만, 자신이 하는 일을 소중히 여기고 감사하게 여겼을 것이다. 전쟁이 하루빨리 끝나면 더없이 좋겠지만, 사람들이 죽어 가는 상황에서 자신이 하는 구조와 치료가 너무 중요하다는 것을 알았을 것이다. 그래서 날아오는 총알과 폭탄에 자신의 목숨이 언제 날아갈지 모르지만, 자신이 하는 일을 오히려 기꺼이 즐기는 마음이었을 것이다.

피할 수 없다면 즐기라고 하지 않았던가! 설사 그것이 전쟁터이더라도, 자기 목숨이 하루살이 파리 목숨 같이 느껴지더라도, 하루하루 생명을 살리는 순간에 감사했을 것이다. 그렇지 않고 오직 사명감과 목적의식만으로 봉사했다면, 사람들을 아무리 구조하고 치료해도 전쟁이 끝날 기미도 보이지 않는 것을 보고 중도에 포기하고 일상적인 군중 속으로 사라져 버렸을 것이다. 공자는 "알고 있는 사람智者은 좋아하는 사람好者만 못하고, 좋아하는 사람은 즐기고 있는 사람樂者만 못하다"고 했다. 지적으로 아는 것에 그치거나 감성적으로 좋아하는 것에 그치는 사람들보다는 그 일을 즐기는 사람이 훨씬 낫다는 뜻이다. 즐기는 사람을 당해낼 사람은 없다.

chapter 16

냉철한
머리보다
따뜻한
가슴으로

삶의 목적을 향해 가는 길은 따뜻하고 뜨거운 가슴의 소리를 듣고 그 소리가 원하는 대로 따라가야 할 필요가 있다. 냉철한 이성으로 상황을 분석하고 치밀한 계획을 세워 실행해야 하는 부분도 분명 있지만, 이러한 부분은 컴퓨터나 인공지능이 더 잘할 수 있고, 점차 컴퓨터나 인공지능이 대체하고 있다. 컴퓨터나 인공지능이 할 수 없는 것은 바로 인간의 마음, 감성, 공감이다. 사람의 마음은 때로는 비이성적이고 비합리적으로 여겨질 때도 있지만, 때로는 우리의 머리와 이성보다 훨씬 더 직관력과 통찰력을 제공하기도 한다. 우리 인간에게 특권이 있다면 바로 머리보다는 가슴을 믿고 가슴이 원하는 대로 따르는 것이다.

전쟁터에서 자신의 목숨을 내놓고 자신의 동료가 죽어 가는 것을 보면서도 피 흘려 쓰러져 가는 생판 모르는 사람들을 살려내는 '하얀 헬멧'과 '국경없는의사회'는 자신의 머리로는 도저히 할 수 없는 것을 가슴이 시키는 대로 따르는 용기 있는 사람들이다. 보수나 연금도 없는 자원봉사자로서 자신의 꽃다운 젊음과 삶 전체를 바쳐 진물이 나는 나병 환자들의 환부를 40년간 닦아주고 자신의 형제자매처럼 섬긴 오스트리아 출신의 간호사는 머리를 따르지 않고 가슴을 따른 천사 같은 사람들이다.

월가의 많은 전문가들이 실패할 것이라고 예상했던 사업들을 혁신적으로 성공시켜 이제는 세계 최고 부자의 반열에 오른 아마존의 창업자이자 CEO인 제프 베조스는 어느 인터뷰에서 "머리를 따르지 말고 가슴을 따르라"고 강조했다. 애플의 창업자 스티브 잡스도 스탠퍼드대학교 졸업식 연설에서 "가장 중요한 것은 당신의 가슴과 직관을 따를 용기를 가지는 것이다. … 항상 갈망하고 무모하라"고 말했다. 사업가들은 치밀하고 계산적이고 이성적이고 합리적인 머리로 사업을 구상하고 추진하는 면이 강하다. 하지만 승부수를 걸 때는 머리보다는 가슴을 따르게 되고 본능과 직관, 그리고 통찰력을 따를 때가 많다.

따뜻한 감성이 주는 변화의 힘

기업의 규모가 커지면 뛰어난 인재 선발과 동기 부여, 조직 관리가 중요한데, 이러한 것들은 합리적인 시스템의 차원을 넘어 따뜻한 마음과 감성이 큰 역할을 할 때가 많다. 이것은 영리를 추구하는 회사든, 비영리를 추구하는 공공기관이든, 조직은 사람들로 구성되어 있기 때문이다. 사람들은 로봇이나 컴퓨터, 그리고 인공지능이 아니어서 가슴으로 느끼고 감동을 받으면 변화가 생기고, 그것은 개인 차원에서 그리고 조직 차원에서도 더 큰 성과를 이루는 것으로 이어진다. 실제로 직원들은 경영진이 머리가 아닌 가슴으로 대할 때 인간적으로 인정받고 있음을 느끼게 되고 조직에 일체감과 자부심이 생기게 되어 자연히 일의 만족도와 생산성이 높아진다.

온라인으로 신발을 판매하는 회사인 자포스*Zappos*의 CEO 토니 셰이*Tony Hsieh*는 참으로 감동적이고 사람들에게 꿈과 영감을 주는 인물이다. 그는 자유와 풍요를 찾아 대만에서 미국으로 이민 온 이민자의 자녀로 일리노이에서 태어났다. 공부를 잘해 많은 이민자 부모들이 그렇듯 그의 부모도 미래가 보장되는 의사가 되라고 했지만 그는 부모의 말을 따르지 않고 하버드대학교에서 컴퓨터공학을 전공했다. 그리고 졸업 후, '링크 익스체인지*Link Exchange*'라는 광고 네

트워크를 개발해 마이크로소프트에 판매해 많은 돈을 벌었다.

벤처 회사에서 잠시 일하다 온라인 신발 판매회사에 스카우트되어 신발을 미국 전역에 기록적으로 판매하는 성과를 이루었다. 자포스는 미국에서 직원들이 일하기 좋은 회사 중의 하나로 선정되기도 했다. '꿈을 판다'는 그의 독특한 경영철학은 직원들이 마치 자기 집에서 자기 가족과 함께 일하는 것 같은 일하기 좋은 분위기를 만들어주었다. 직원들의 업무 만족도가 높고 이직률이 낮은 것은 자연히 고객에게 최대한의 서비스를 제공하는 것으로 이어졌고 그로 인해 소비자의 만족도도 높아졌다. 자포스는 아마존에 매각되었고 토니 셰이는 막대한 돈을 수중에 넣을 수 있었다.

한두 사람이 아닌 많은 수의 사람이 한 기업이나 정부 조직에서 일하는 경우, 조직의 규모가 크든 작든 어려운 과제가 있다. 그것은 오케스트라 지휘자의 지휘에 맞춰 각자의 악기를 연주하는 단원들이 조화로운 화음으로 아름다운 소리를 내는 것처럼, 공동의 목적을 향해 한마음으로 나아가는 것이다. 이 과정에서 무엇보다도 최고 경영자의 경영철학이나 경영방식에 따라 조직의 운명이 좌지우지되는 것이 현실이다. 자포스는 꿈을 파는 최고 경영자의 부드럽고 따뜻하며 뛰어난 경영방식 때문에 영업 이익이 높고 직원과 소비자의 만족도가 높아 두 마리 토끼를 한꺼번에 잡는 우수한 기업의 예를 보여주고 있다. 이처럼 놀라운 성과를 낸 배경에는 토니 셰이의 따뜻한 마음과 꿈을 파는 그의 독특한 경영철학이 큰 역할을 했다.

　미국에서 가장 일하기 좋은 직장으로 인정받고 있는 곳은 구글, 페이스북, 애플, 마이크로소프트가 아니고 세일즈포스*Salesforce*이다. 2018년《포천》은 일하기 좋은 최고의 기업 100개 중에서 1위로 세일즈포스를 선정했다. 그리고 세계에서 가장 혁신적인 기업 중의 하나로 5년 연속 선정하였다. 세일즈포스는 샌프란시스코에 본사를 두고 고객 관계 관리 솔루션을 중심으로 비즈니스 응용 프로그램과 플랫폼을 인터넷으로 제공하는 클라우드 컴퓨팅 회사이다. 세일즈포스가 일하기 가장 좋은 직장이 된 것은 보수, 복지, 근무환경 등 여러 가지 이유가 있지만, 세일즈포스 창업가이자 CEO인 마크 베니오프*Marc Benioff*의 따뜻한 가슴으로 하는 경영이 큰 역할을 했다.

　베니오프는 더 좋은 세상을 만들기 위해 기업의 사회적 역할과 공헌을 몸소 실천하는 가슴 따뜻한 기업가이고 자선 사업가이다. 사회적 약자를 차별하는 법안을 적극적으로 반대하는 데 목소리를 높일 뿐만 아니라, 많은 돈을 지역병원과 사회단체에 기부하고 있다. 그는 기업 자선의 '1-1-1 모델'을 만들어 실천하고 있다. 회사 자산의 1%, 직원들의 일하는 시간 1%, 그리고 기업 생산물의 1%를 지역사회에 되돌려준다는 것이다. 2016년《포천》은 사회적 이슈와 평등에 기여한 공로로 세계에서 가장 위대한 지도자 50인 가운데 한 명으로 그를 선정했다.

베니오프는 직원들을 자기 가족처럼 생각하는 것에 그치지 않고 모든 직원이 인간답게 그리고 공정하게 대접받도록 노력하고 있다. 그중 하나로 남녀 임금체계의 공평화가 있다. 통계를 보면, 미국 여성은 남성과 똑같은 일을 해도 보수는 남성에 비해 약 4분의 3밖에 못 받는다. 여러 유럽 국가도 비슷한 실정이다. 지역에 따라, 업종에 따라 다르지만, 단순하게 표현하면, 남성이 1달러를 받으면 여성은 약 78센트를 받는다고 보면 된다. 이에 대한 이유를 여러 가지로 설명하는 사람들이 있지만, 사실 아무런 이유 없이 여성이 임금을 적게 받는 현실이 관례화되어 있다. 법으로는 오래전부터 임금 차별이 금지되어 있지만 대부분의 경영자는 여성에 대한 임금 차별이 문제가 있다는 것을 알면서도 모른 척하고 넘어간다.

여성에게 남성과 똑같은 임금을 주기 위해서는 임금 정책, 임금표, 전 직원의 임금 현황 등을 전체적으로 조사하고 뜯어고쳐야만 하는데, 그렇게 하려면 시간과 비용이 막대하게 소요된다. 아울러 회사 안에 있는 직원들뿐만 아니라 다른 기업에서도 반대하는 목소리를 무시하기 힘들다. 베니오프는 임금에 있어 여성이 차별받지 않도록 남성과 공평한 임금을 제공하기 위해 모든 직원에 대한 임금 현황을 조사하고 새로운 임금체계를 만들어 가고 있다. 이러한 그의 행동에 대해 다른 기업 최고 경영자들이 회의적으로 보기도 하지만, 여성이 고용, 승진, 임금, 복지 등에서 차별을 받아서는 안 되고 여성이 일하기 좋은 직장을 만들어 나가야 한다는 그의 따뜻한 경영철학이 기업의 성장에 크게 작용하고 있다.

어떤 조직이든 조직을 이루는 것은 사람이다. 경쟁과 상벌체계를 엄격하게 해 생산성 향상과 이윤 창출을 꾀하는 것도 중요하지만, 더 중요한 것은 직원들을 감정을 가진 인격체로 보고 서로를 인정하고 존중하는 것이다. 설사 사업이나 프로젝트에서 실패했더라도 비난보다는 격려하는 문화와 팀워크가 장기적으로는 조직을 번성하게 하고 조직 구성원들도 발전시키고 성취감을 느끼게 한다. 직장 내에서 직원들 사이에 의사소통이나 의사결정 과정, 채용, 승진, 퇴직하기까지 모든 면에서 직원들과 경영진은 갈등과 변화에 직면한다. 이 과정에서 비난과 처벌보다는 상대방의 입장에서 생각하고 이해하고 동정하는 연민이 절실히 필요하다.

누구에게나 가슴 아픈 사연이 있다. 비난받아 마땅하지만 알고 보면 참 딱한 사연인 경우가 많다. 살아있기에, 또는 살기 위해 어찌할 수 없이 저지른 잘못된 행동이 망령처럼 계속 따라다니며 자신을 괴롭히고 사람들의 따가운 시선에서 벗어나지 못하게 한다. 그래서 우리는 상대방을 따뜻한 마음으로 포용할 넓은 가슴이 필요하다. 상대방이 어떤 이상한 행동을 했든지, 또는 정상에서 벗어난 행동을 했든지, 상대방을 이해하고 수용할 마음의 자세가 필요하다. 연민(동정심) 또는 측은지심은 자기중심적인 이성적 사고에서 벗어나 상대방의 입장이 되어 상대방을 이해하고 함께 고통을 느끼는 따뜻한 감성이다.

연민이 주는 강한 힘

비즈니스, 그리고 커리어와 관련된 정보를 공유하는 소셜 네크워크 서비스를 제공하는 링크드인*LinkedIn*은 200개 이상의 국가에서 사용하고 있고 5억 명 이상의 회원을 갖고 있다. 링크드인의 CEO는 제프 와이너*Jeff Weiner*이다. 그는 CBS와의 인터뷰에서, 링크드인에서 10년 넘게 기업을 경영했던 날들을 돌이켜봤을 때 최고 경영자로서 기업에서 가장 중요한 것은 연민이라고 한다. 기업인들은 입만 열면 혁신이니 경쟁력 강화를 이야기하는데, 그는 정반대로 기업 경영에 있어 연민이 중요하다고 강조한다.

우리가 부정적으로 취급하고 무시해 왔던 연민이나 감사하는 마음 같은 감성적인 요소가 개인의 발전과 기업의 성장에 크게 기여하는 것을 보여주기도 한다. 우리는 개인이나 기업의 성공을 가름하는 중요한 잣대로 강한 정신력이나 의지력, 치밀한 계획력과 추진력 같은 이성적인 요소를 그동안 강조해 왔다. 하지만 이러한 이성적인 측면이 끊임없이 변화하는 미래에는 실효성이 떨어진다. 지속적으로 변화하는 환경에서는 큰 그림을 보고 빨리 적응할 수 있는 감성적인 측면이 중요하게 되었고, 연민이 개인이나 조직 차원에서도 중요한 가치가 되어 가고 있다.

스타벅스Starbucks의 창업자 하워드 슐츠Howard Schultz는 그의 삶을 통해 만들어진 연민이 경영에 깊은 영향을 준 대표적인 인물이다. 그는 뉴욕 브루클린의 빈민가에서 태어나 정부 보조로 저소득층이 사는 아파트에서 살았다. 아버지는 기저귀를 수거하고 운반하는 트럭 운전사의 일과 공장 노동, 택시 운전 등의 일을 전전하였으며 자기 소유의 집 한 채 없고 저축도 연금도 없었다. 폐암으로 아버지가 사망한 이후로는 경제적으로 더 큰 어려움이 가중되었다. 그가 가정을 책임져야 하는 상황이 된 것이다. 미식축구 선수 장학금을 받아 노던미시간대학교를 졸업한 그는 제록스 등 몇몇 회사에서 일하기도 했다.

이탈리아 여행 중에 경험한 이탈리아 특유의 에스프레소 바를 미국에 적용하기 시작하면서 그의 삶은 급변하게 된다. 기존의 스타벅스를 1987년에 인수하여 CEO가 된 이후, 시애틀에서 시작한 스타벅스는 로스앤젤레스, 시카고, 뉴욕을 넘어, 일본, 중국, 한국 등 아시아에서도, 쿠웨이트, 레바논 등 중동에서도, 그리고 유럽 대부분 국가에서도 점포를 열기에 이르렀다. 스타벅스는 78개 국가에서 3만 개의 가게가 있고 35만 명 이상의 직원이 일하고 있다.

2001년《비즈니스위크*Businessweek*》가 세계에서 가장 뛰어난 25인의 경영자 중 한 사람으로 선정했을 정도로 하워드 슐츠는 뛰어난 경영자이다. 그의 저서《스타벅스, 커피 한잔에 담긴 성공신화*Pour Your Heart Into It*》에서 보듯이, 따뜻한 가슴으로 직원을 가족처럼 대하고 정성을 다해 커피에 부어 고객과 사람들을 감동시켰다. 그는 냉철한 머리보다는 따뜻한 가슴으로 사람을 대하고 기업을 경영했다. 수익 추구도 중요하고 고객 만족도 중요하지만, 어떠한 어려움 속에서도 직원을 신뢰하고 직원을 가족같이 인격적으로 존경심을 갖고 파트너로 대했다. 스타벅스는 다른 기업들과는 달리 파격적으로 파트타임 직원들까지도 의료보험 혜택을 주고 있다. 불임으로 힘들어하는 직원들이 아이를 가질 수 있도록 치료비도 파격적으로 지원하고 있다.

그는 기업의 사회적 책임과 지역사회 기여를 강조하며 손수 모범을 보이고 있다. 미국이 인종 갈등과 빈부 격차 등 여러 가지 위기로 갈등을 겪고 있을 때마다, 기고와 강연을 통해 차별과 편견이 없는 공정한 사회와 섬기는 따뜻한 리더십을 강조하고 있다. 이처럼 그의 따뜻한 경영철학과 리더십은 어려운 환경에서 성장한 자신의 과거를 잊지 않는 데서 기인한다. 다른 사람들이 짊어진 무거운 짐을 가볍게 하려고 최선을 다하려는 모습은 그의 삶의 목적에 기인하고 있다. 2018년 그는 CEO에서 스스로 물러나 분열하는 미국 사회를 통합하기 위해 다각적인 활동을 하고 있다.

빌 게이츠가 마이크로소프트의 CEO로 있을 때는 불공정 독점 기업으로 비판을 받기도 했다. 하지만 은퇴 후 록펠러처럼 빌 게이츠 재단을 설립하여 자선사업에 치중하여 교육, 의료, 빈곤타파 등 다양한 분야에 천문학적인 돈을 기부하고 있다. 아프리카에서 많은 사람이 전염병으로 죽어 가는 상황에서 전염병을 효과적으로 퇴치할 수 있는 신약 개발에 많은 돈을 기부해 죽어 가는 아프리카의 많은 사람을 살리고 있다. 그리고 제3세계 국민의 에이즈*AIDS* 예방과 미국의 공공교육을 위해 많은 돈을 기부하여 건강, 교육, 복지에 크게 기여하고 있다. 세계 최고 부자들인 워런 버핏*Warren Buffett*, 전 뉴욕 시장 마이클 블룸버그*Michael Bloomberg*, 그리고 월가의 갑부들 등 많은 기업인이 빌 게이츠처럼 머리보다는 가슴에 따라 움직이고 있다.

어느 일요일, 온 가족이 집을 떠나 휴스턴으로 여행을 가는데, 갑자기 천둥 번개가 치며 앞을 볼 수 없을 만큼 비가 쏟아지더니 운전하던 자동차마저 문제가 생겨 고속도로 갓길에 세운 적이 있었다. 일요일이어서 자동차 수리점은 문을 닫았는지 모두 연락이 안 되어 고속도로를 지나가는 차들을 향해 손을 흔들어 도움을 요청

했지만 정차하여 도와주는 사람이 없었다. 그러다 30분이 지났을
까, 어느 픽업트럭이 정차하더니 중년의 백인 남성이 무슨 일인지
상황을 묻기에, 자초지종을 설명했다.

차를 고쳐보려고 하더니 안 되자, 바쁜데도 불구하고 자신의 트
럭 뒤에 내 차를 달고 내 집까지 약 한 시간을 달려 함께 왔다. 너무
고마워서 집안으로 초대해 한국 음식을 대접하고 한국 기념품을
주며 여러 이야기를 나누었다. 그는 수재여서 벤처 사업으로 많은
돈을 벌었지만 뉴올리언스를 강타한 카트리나 재난 지역뿐만 아니
라 아이티를 포함해 해외 재난 지역에서 힘든 일을 마다하지 않고
자원봉사를 많이 다녀온, 머리보다는 가슴이 시키는 대로 사는 따
뜻한 사람이었다.

이처럼 머리가 아닌 가슴으로 사는 사람들은 안다. 이 세상에
패자는 없고 모두가 승자라는 걸. 살아있다는 것 자체가 승자라는
증거이다. 때로는 잠시 패자의 자리에 있기도 하지만 그 자리는 언
제든지 바뀔 수 있다. 언젠가는 승자도 패자가 되고, 패자도 승자가
되는 게 우리의 삶이다. 1996년 미국 대통령 선거에서 한 사람은 승
자가 되고 다른 사람은 패자가 되었다. 민주당의 빌 클린턴은 승자
가 되어 대통령이 되었지만, 공화당의 밥 돌Robert Dole은 패자가 되었
다. 둘 다 정계 은퇴 후 케네디센터 시상식에 오랜만에 나란히 섰을
때 "우리는 국가를 위해 의견을 달리했을 뿐, 적이 아니다"라고 말

하며 너털웃음으로 소감을 대신하는 모습이 인상적이었다. 이 세상에 존재하는 우리는 모두 승자이며 패자는 없다는 것을 보여주는 한 예라고 할 수 있겠다. 이 세상에는 진정한 승자도, 패자도 존재하지 않으며 그것을 구분하는 것은 의미가 없다.

행복은 냉철한 머리가 아닌 따뜻한 가슴에서 나온다. 우리의 머리는 끊임없이 분석하고 계산하고 판단하려 하고 논리적으로 따지려는 성향이 있다. 냉철한 머리가 현대 문명을 이루는 데 많은 기여를 한 것은 분명하지만, 냉철한 머리로 인해 우리는 끊임없이 번뇌하고 괴로워하고 열등감과 우울증에 빠지고 자신이 불행하다고 생각한다. 만약 우리가 머리가 아닌 가슴으로 세상을 살아가면, 그리고 냉철한 머리를 내려놓고 연민과 공감을 바탕으로 자신과 타인을 관대하게 대하면, 잃어버렸다고 생각했던 행복이 바로 옆에 있음을 알게 된다.

인간과 사회가 얼마나 성숙하고 행복한지는 냉철한 머리가 아닌 따뜻한 가슴에 있다. 우리가 머리가 아닌 가슴으로 자신을 성찰하고 타인을 대하고 세상을 바라볼 때 참 행복이 피어난다. 그건 이 책의 서두에서 지적한, 우리가 행복에 집착하지 않고 행복을 포기했을 때 오히려 행복이 찾아오듯이, 우리가 머리를 비우고 가슴을 열어놓을 때, 행복이 가슴속에 살아 숨 쉬며 우리 삶을 의미 있고 아름답게 피어나게 한다.

참고 문헌

ㄱ

- 가완디, 아툴, 《어떻게 죽을 것인가》, 김희정 옮김, 2015, 부키.
- 고어츨, 빅터 외, 《세계적 인물은 어떻게 키워지는가》, 박중서 옮김, 2006, 뜨인돌.
- 고틀립, 대니얼, 《샘에게 보내는 편지》, 이문제 외 옮김, 2007, 문학동네.
- 공자, 《논어》, 도광순 옮김, 2013, 문예출판사.
- 그랜트, 애덤, 《오리지널스》, 홍지수 옮김, 2016, 한국경제신문사.
- 글래드웰, 말콤, 《다윗과 골리앗》, 선대인 옮김, 2014, 21세기북스.

ㄴ

- 노자, 《도덕경》, 오강남 평역, 2010, 현암사.
- 니체, 프리드리히, 《짜라투스트라는 이렇게 말했다》, 정진웅 옮김, 1983, 한국출판문화공사.

ㄷ

- 달라이 라마 외, 《달라이 라마의 행복론》, 류시화 옮김, 2001, 김영사.
- 더크워스, 앤절라, 《그릿》, 김미정 옮김, 2019, 비즈니스북스.
- 도킨스, 리처드, 《이기적 유전자》, 홍영남 옮김, 1976, 을유문화사.
- 드웩, 캐롤, 《마인드셋》, 김준수 옮김, 2017, 스몰빅라이프.

ㄹ

· 랜디, 포시 외, 《마지막 강의》, 심은우 옮김, 2008, 살림출판사.
· 랭어, 엘렌, 《마음챙김》, 이양원 옮김, 2015, 더퀘스트.

ㅁ

· 맥스웰, 존, 《다시 일어서는 힘》, 김고명 옮김, 2017, 비즈니스북스.
· 맥어스킬, 윌리엄, 《냉정한 이타주의자》, 전미영 옮김, 2017, 부키.
· 무솔리니, 베니토, 《무솔리니 나의 자서전》, 김진언 옮김, 2015, 현인.

ㅂ

· 반스, 애슐리, 《일론 머스크, 미래의 설계자》, 안기순 옮김, 2015, 김영사.
· 버스카글리아, 레오, 《살며 사랑하며 배우며》, 이은선 옮김, 2018, 홍익출판사.
· 벤 샤하르, 탈, 《해피어》, 노혜숙 옮김, 2007, 위즈덤하우스.
· 부이치치, 닉, 《닉 부이치치의 허그》, 최종훈 옮김, 2010, 두란노.
· 블루멘탈, 카렌, 《스티브 잡스 첫 청소년 전기》, 권오열 옮김, 2012, 서울문화사.

ㅅ

· 사마천, 《사기》, 이주훈 옮김, 1984, 배재서관.
· 샌델, 마이클, 《정의란 무엇인가》, 김명철 옮김, 2014, 와이즈베리.
· 세이건, 칼, 《칼 세이건의 말》, 김명남 옮김, 2016, 마음산책.
· 세이건, 칼, 《코스모스》, 홍승수, 2006, 사이언스북스.
· 쇼펜하우어, 아르투어, 《생존과 허무》, 최적순 옮김, 1982, 을지출판사.
· 쇼펜하우어, 아르투어, 《의지와 표상으로서의 세계 외》, 김중현 옮김, 1980, 집문당.

· 슈바이처, 알베르트, 《나의 생애와 사상》, 천병희 옮김, 1999, 문예출판사.

· 슐츠, 하워드 외, 《스타벅스, 커피 한잔에 담긴 성공신화》, 홍순명 옮김, 1999, 김영사.

· 스티글리츠, 조지프, 《거대한 불평등》, 이순희 옮김, 2017, 열린책들.

· 스티글리츠, 조지프, 《불평등의 대가》, 이순희 옮김, 2013, 열린책들.

· 시오노, 나나미, 《로마인 이야기》, 신석희 옮김, 1995, 한길사.

ㅇ

· 앨봄, 미치, 《모리와 함께한 화요일》, 공경희 옮김, 2017, 살림출판사.

· 왕꾸어똥, 《장자평전》, 신주리 옮김, 2005, 미다스북스.

· 이건, 케리, 《살아요》, 이나경 옮김, 2017, 부키.

ㅋ

· 카네기, 데일, 《링컨: 당신을 존경합니다》, 임정제 옮김, 2003, 함께읽는책.

· 캐플런, 프레드, 《링컨》, 허진 옮김, 2010, 열림원.

· 캔필드, 잭 외, 《내 인생을 바꾼 한 권의 책》, 손정숙 옮김, 2006, 리더스북.

· 케이건, 셸리, 《죽음이란 무엇인가》, 박세연 옮김, 2012, 엘도라도.

· 켈러, 헬렌, 《사흘만 볼 수 있다면》, 이창식 외 옮김, 2005, 산해.

· 코비, 스티븐, 《성공하는 사람들의 7가지 습관》, 김경섭 옮김, 2017, 김영사.

ㅌ

· 토케이어, 마빈, 《명화와 함께 읽는 탈무드》, 이용주 옮김, 2006, 풀잎문학.

· 틱낫한, 《중도란 무엇인가》, 유중 옮김, 2013, 사군자.

ㅍ

· 파스칼, 블레즈, 《팡세》, 안응렬 옮김, 1975, 동서문화사.

· 페이더, 조너선, 《단단해지는 연습》, 박세연 옮김, 2016, 어크로스.

· 포프, 게오르그, 《위대한 사람은 어떻게 꿈을 이뤘을까》, 박의춘 옮김, 2003, 좋은생각.

· 프랭클, 빅터, 《죽음의 수용소에서》, 정태시 옮김, 1960, 제일출판사.

· 프롬, 에리히, 《자기를 위한 인간》, 강주현 옮김, 2018, 나무생각.

· 프리드먼, 토머스, 《늦어서 고마워》, 장경덕 옮김, 2017, 21세기북스.

· 플라톤, 《대화》, 최명관 옮김, 1984, 종로서적.

· 피에르, 아베, 《단순한 기쁨》, 백선희 옮김, 2001, 마음산책.

ㅎ

· 헤세, 헤르만, 《데미안》, 송숙영, 1978, 갑인출판사.

· 헤세, 헤르만, 《선. 나의 신앙》, 이인웅 옮김, 1977, 가정문화사.

· 홉킨스, 토드 외, 《청소부 밥》, 신윤경 옮김, 2006, 위즈덤하우스.

· 히틀러, 아돌프, 《나의 투쟁》, 황성모 옮김, 2014, 동서문화사.

B

· Brooks, David, 《The Road To Character》, 2015, Random House.

F

· Friedman, Thomas L, 《The World Is Flat: A Brief History of the Twenty-first Century》, 2006, Farrar, Straus and Giroux.

G

· Grazer, Brian and Charles Fishman, 《A Curious Mind: The Secret to A Bigger Life》, 2016, Simon and Schuster.

· Greitens, Eric, 《Resilience: Hard-Won Wisdom for Living a Better Life》, 2015, Houghton Mifflin Harcout.

H

· Hadfield, Chris, 《An Astronaut's Guide to Life on Earth》, 2013, Little, Brown and Company.

M

· Marsh, Henry, 《Do No Harm: Stories Of Life, Death, and Brain Surgery》, 2016, Picador.

· Maxwell, John C, 《No Limits: Blow The Cap Off Your Capacity》, 2017, Center Street.

· McCain, John and Mark Salter, 《Faith of My Fathers》, 1999, Random House.

· Mother Teresa and Brian Kolodiejchuk, 《Mother Teresa: Come be My Light》, 2009, Image.

S

· Samuel, Julia, 《Grief Works: Stories of Life, Death, and Surviving》, 2017, Scribner.

· Seligman, Martin E. P, 《Authentic Happiness》, 2002, Free Press.

· Smith, Emily Esfahani, 《The Power Of Meaning》, 2017, Crown.

· Solomon, Sheldon and Jeff Greenberg and Tom Pyszcynski, 《The Worm at the Core》, 2015, Random House.

V

· Vaillant, George E., 《Triumphs of Experience》, 2012, Harvard University Press.

W

· Wilson, Edward O, 《The Meaning of Human Existence》, 2014, Liverlight Publishing Corporartion.

나는 행복을 포기했다

초판 1쇄 발행 · 2019년 7월 25일

지은이 · 김천균
펴낸이 · 김동하
책임편집 · 김원희

펴낸곳 · 책들의정원
출판신고 · 2015년 1월 14일 제2016-000120호
주소 · (03955) 서울시 마포구 방울내로9안길 32, 2층(망원동)
문의 · (070) 7853-8600
팩스 · (02) 6020-8601
이메일 · books-garden1@naver.com
블로그 · books-garden1.blog.me

ISBN 979-11-6416-027-3 03810